星辰街少年

有奕 / 著

郑州大学出版社

图书在版编目（CIP）数据

星辰街少年 / 有奕著. — 郑州：郑州大学出版社，2021.9
（2023.7 重印）
ISBN 978-7-5645-8090-2

Ⅰ.①星⋯　Ⅱ.①有⋯　Ⅲ.①长篇小说 – 中国 – 当代
Ⅳ.①I247.5

中国版本图书馆 CIP 数据核字（2021）第 161068 号

星辰街少年
XINGCHEN JIE SHAONIAN

策划编辑	李勇军	封面设计	孙文恒	
责任编辑	暴晓楠	版式设计	孙文恒	
责任校对	刘晓晓	责任监制	凌　青	李瑞卿

出版发行	郑州大学出版社（http://www.zzup.cn）
地　　址	郑州市大学路 40 号（450052）
出 版 人	孙保营
发行电话	0371-66966070
经　　销	全国新华书店
印　　刷	永清县晔盛亚胶印有限公司
开　　本	890 mm×1 240 mm　1 / 32
印　　张	11.375
字　　数	229 千字
版　　次	2021 年 9 月第 1 版
印　　次	2023 年 7 月第 2 次印刷

书　　号	ISBN 978-7-5645-8090-2	定　价	32.00 元

我沿着儿时的街道一路寻觅

直到那天我终于习惯了遗忘

写在前面的话

又是一年高考时，微博上再度发起了关于高考记忆的话题。我依稀记得当年的高考作文题目《我和 2035 有个约》。我没想到时间溜得这么快，也可能是我这些年过得太过庸碌的缘故。我在不知不觉中撕掉一页页日历，直到有天发现 2035 的字眼映入了眼帘，我霍然一惊，才开始细数已逝的年岁。

2018 年高考前的百日誓师，我和朋友抢来马克笔在学校的愿望墙上龙飞凤舞地写下了各种宏愿。说实话，十七载光阴一晃而过，如今我已丝毫记不清当时愿望的具体内容。但估计有一半都未实现，因为这些年早已明白，喜忧参半、事与愿违才是人生常态。

高中时潦草开场的初恋，刚上了大学就匆匆画上了句点。年少时同学渐行渐远，逢年过节才会收到零星几条祝福语。有的人早已飞黄腾达，我常能隔着电脑屏幕看到他们信步走过花海包围的红毯，在掌声中露出成功者骄傲的微笑。

有的人被岁月磨平了棱角，一杯酒一根烟一脸颓然地在朋友圈宣泄着满腹牢骚，直到被世界拉黑，也浑然不觉。当然更多的人早已失去了联络，也许隐匿在世界的某个角落过着平平淡淡的生活。恕我想象力有限，脑海中总难以勾勒出那群少年少女剥落了稚气，徒留一脸沧桑穿行于高楼大厦的模样，抑或是牵着一双儿女风尘仆仆地往返于家和菜市场的场景。

在我模糊的记忆里，他们还是最初的少年少女的模样。

前段时间我近二十年的挚友也是高中同学许女士由于工作要定居海外。临走前，她先从上海坐飞机回了故乡，说是要卖房子。其实她可以不来，房子早就由她爸妈转让给了她弟弟，可以说这是件与她毫不相干的事情。我猜到她此行另有目的。那晚凉风习习，她约我到高中后门的夜市吃饭，可能是情绪太低落，我们一杯接着一杯地喝着红酒。我已经三十五岁了，早就明白了人生是由短暂的相遇与漫长的分别组成的。可我还是没忍住哭了，我们相拥而泣，她伏在我的肩头一面哭一面嘲笑我半点儿大人的样子也没有。我心想她不也是个长不大的彼得潘。我们喝醉了，牵着手，唱着歌，奔跑在月光下的星辰街。我说这样的生活似曾相识。她无奈地摇头说她早已记不清楚。她忽而转过脸来，有些悲伤地笑道："也许有一天，我只记得我们是朋友，却再也记不清我们之间曾发生过什么。你说算不算一种悲哀?"我大概听懂了："你所依凭的只是强大的惯性? 但这已经足够了。"她听完，陷入了长久的缄默。

我不由得感叹："时间是个强大而神秘的东西，挟裹走了一切我怀念或是厌恶的过去。"这些年各种繁杂之事严重地毁坏着我的海马区。记忆被一点点地消磨殆尽，而我一直在思忖着如何对抗时间与遗忘。

直到这一天，有颗种子在我心中悄然生根发芽。我决定给自己取一个全新的名字——江盼晞。

2035 年 6 月 6 日

1

离开前的最后一次相聚，江盼晞订在了与小区隔两条街的一家餐厅，名叫"不散的筵席"。

就在几天前，江盼晞准备一年多的小升初考试终于画上了完美的句点。她如愿以偿地收到一纸三甲初中的录取通知书。当喜悦的狂澜从心头退却，她才恍然意识到面临着一场盛大的别离。盼晞家即将搬离原先的静水苑小区；新居在遥远的西郊，离她的初中很近，也缩短了父母上班的车程，于理来讲倒是不二之选。那年江盼晞才十二岁，还不明白那些精密计算后的道理。她只明白自己出生以来就住在静水苑，这里有陪她长大的伙伴，有她熟悉的街坊门牌。

盼晞耍着小孩子脾气，顽固地把"静水苑"称作自己的故乡，还扬言不去上什么三甲初中，要和朋友们一同划片就近入学。

爸爸越听越觉得好笑，他说他从十四岁起就跟父亲离乡，辗转各地上学打工，待过十多座城，一座比一座陌生，不是也适应得很好吗？

爸爸拍拍她的肩："你打小就是城市里的人，哪儿来的什么故乡？你那些朋友啊，迟早都要搬走的。"

"对啊。"妈妈在一旁接腔，"你看人家康乐……"

"迟早都要搬走的。"江盼晞念叨着这句话走下公交车。行人来来往往，聚散离合，她已数不清是第几次站在这家餐厅前。历经了三五年的风吹雨打，餐厅门头的油漆已褪色剥落，就像大街上一位蓬头垢面、其貌不扬的过客。牌匾的左侧时隐时现在行道树的枝叶中。大概是晕车的缘故，江盼晞感到头晕目眩，在刺目的阳光下勉强眯缝着眼，却瞧见了牌匾上几个暗淡的字——"散的筵席"。

静水苑的这帮小孩们是"不散的筵席"的常客，每逢谁过生日都到这里做东请客，点上一桌物美价廉的菜肴：毛血旺、水煮肉片、蓝莓山药、拔丝地瓜……再倒满可乐雪碧，摆上一个精致的小蛋糕。不知是谁"嗷"了一声，关掉了屋里的灯，静谧的空间里摇曳着点点烛光，映出彼此稚嫩的笑颜。小朋友们围坐在桌边大声唱着《生日歌》。盼晞双手合十在胸前，闭眼垂下长长的睫毛，在每个生日许下相同的愿望。

今天没有寿星。

几个伙伴已经在二楼"童真厅"坐下。前段时间刚搬走的发小黎康乐也专程赶了回来。她给了盼晞一个大大的拥抱，她瘦削的肩膀有些硌人，盼晞感到她比从前瘦了几分。

黎康乐爱说笑，永远是人群中央谈笑风生的那一位。每次瞧见康乐笑了，盼晞便忍不住同她一起笑，康乐耍赖皮地嘲笑她笑点低。盼晞反驳她，笑还不是因为你？两人互相瞅着，笑弯了眼睛，飘飞了眉毛，失控的表情像极了村头的二傻子。江盼晞喜欢这样的调侃与默契，她曾对黎康乐讲，不如我们长大了一同去说相声，我给你当捧哏。其实做什么都无所谓，无论在辉煌的舞台还是幽寂的角落，只要能站在一起。可惜愿望破灭得比泡沫还快。只怪黎康乐的爸爸是个了不起的生意人，凭借过硬的关系把黎康乐送进了市里最好的初中。

"从你们说要聚会的那一天起，我便开始激动。"康乐讲。

"我知道，我也是这样。"盼晞说。

康乐抬眸看着盼晞，笑了笑，说："前几天，我梦见你了。"

梦境里的静水苑热闹非凡，街道两旁不知何时摆满了市集地摊，木梁上挂起红红的灯笼，来往人群熙熙攘攘。大人穿新棉袄，小孩手里举着糖葫芦。康乐拉盼晞去街边买糖人儿，糖人儿师傅是张陌生的面孔，她们以前从未在静水苑见过。师傅舀起一勺糖料，一点点地浇在石板上，勾勒出树的轮廓，末了再拿木杆穿起。在火红灯笼的映照下，康乐看到了金色的垂柳。"盼晞，柳树在古诗里寓意着什么？"康乐一面说着一面转过身，只见街上人流如织，喧哗扰攘，却唯独没有盼晞和她的回答。人群中都是陌生的脸，康乐抬头时恍然发现，居民楼已换作了繁华商场。她放大瞳孔盯着路标牌上的静水苑……终于，从梦中惊醒。

"是个古怪的梦。"康乐说。

盼晞想到古人灞桥折柳，但没想到阳光女孩会有这样感伤的梦境。

康乐买了本《小王子》送给盼晞，扉页上签着所有朋友的名字。最中央是康乐写的一行幼稚的小字："愿我们永远像小王子一样纯真。"

餐厅的一面墙上贴满了便签，有阅读时油然而生的杂感，也有情侣间的三行情诗与山盟海誓。盼晞瞧着那些"山无棱，天地合，乃敢与君绝"的誓言，还真有点儿唏嘘不已，俨然忘记有朝一日，这面承载誓言的墙也会被推土机摧毁成废墟瓦砾，不必言说的是纸屑会被大雨泡烂，零落成泥。

好友二逗已然买了便利贴，说："我们也在墙上留言吧。"众人一听，纷纷拍手叫好，于是乎贴了满墙的"友谊天长地久""朋友一生一起走"。康乐本想别出心裁，便写了句"此情可待成追忆"，写完才发觉不合时宜，连忙撕碎了扔进垃圾桶。

餐桌上，大家纵情聊着小区里的趣闻，调侃地道着谁曾爱过谁，谁又和谁闹过小别扭，仿佛所有的故事已尘埃落定，怎样畅谈都无关紧要。聊着聊着，大家似乎都意识到了这点，无奈地喝起了气泡水。

吃过饭，康乐提议大家每月都回静水苑聚会。二逗说一个月太长，不如改作两星期见一面。彼时的江盼晞还没料到初中的忙碌，她想每周五打了下课铃就不顾一切地往校外冲，就算身后天崩地裂她也不回头。她要跳上回静水苑的公交，九公里的路程只需要二十多分钟就能到达。她已想象到自己分秒难挨、望穿秋水的模样。

康乐微仰着脸，眼眸闪着晶莹的光。她若无其事地转身展开纸巾，再回头时，已露出灿烂的笑容。朱红的唇，雪白整齐的牙齿，她笑起来很好看。盼晞一直看着她愣了许久。

盼晞和伙伴们一同出了餐厅，走过一条熟悉的老街，街两边卖菜的摊位换了一波又一波，他们的脚印也早把石板路踏得光滑平坦。每到一个路口，便有朋友作别。康乐走时，潇洒地冲盼晞挥了挥手，语气爽快地说了句"拜拜"。

盼晞下意识地攥紧了手中的书，轻飘飘地往前走了几步，可想到告别应有个体面的拥抱，便忍不住折了回来。此刻，康乐却已经踏上了驶向远方的公交车。

空荡荡的长街只剩下了盼晞和紫芳，两人各怀感伤，相顾无言，一同走了几步路，便也各奔东西了。

2

　　江盼晞生于 21 世纪的第一个儿童节。江盼晞喜欢这个生日，当朋友告别了天真，她却可以固执地过着自己的节日。

　　某年某月某日，小盼晞瞪着天真的大眼睛对江父说："爸，你是不是名叫江总？"江盼晞稚嫩的声音里带着笃定，因为大家都这么称呼他的。江父一脸迷惑："江总？你怎么不以为我叫姜子牙呢？"

　　后来小盼晞才恍然大悟，原来爸爸是某家时装公司的总裁。江总只是个了不起的尊称。江盼晞忽然心里喜滋滋的，像是吃了喜之郎果冻。原来自己的投胎技术这么可圈可点，尽管没有含着金汤匙出生，但也勉强算噙了双"铜筷子"。

　　江母是大学文学院的老师，经常动情地为江盼晞朗诵古诗。江母读到忘我之处，常忍不住掩面而泣，涕泗横流。等她回过神来，却发现调皮的小盼晞已经抱着滑板溜下楼了。那腿噌噌蹬得飞快，跟偷了哪吒的风火轮一样，不是托塔天王谁能赶得上。

身为老师的江母自然懂得教育的重要性，给小盼晞报了琴、棋、书、画、舞等一系列课外班，俨然想将其塑为当代颜如玉。

可惜小盼晞顽皮得出类拔萃，只热衷于悠悠球、陀螺、网页游戏，从《奥比岛》到《摩尔庄园》再到《赛尔号》，哪个潮流都没落下，有时还会大半夜上网偷菜、抢车位，攒的游戏币都能买"兰博基尼"了。

周末，江母连哄带骗把盼晞领到课外班去，然而盼晞精力有限，学了几年只习得古琴与古典舞的皮毛。围棋、书法什么的，在脑海里愣是没留下一丝痕迹。至于绘画，江母每次看到盼晞的画作都愁眉不展："你这是画出来的还是泼出来的？各色颜料为何会以惊人的密度堆积在无辜的水粉纸上？"江盼晞理不直气也壮，随意地摆了摆手："你这就不懂了，儿童看到的世界与你们大人所见的当然不同。再说了，抽象是种艺术。"江母"呵"了一声："我不想抽象，我想抽你。"

江盼晞后来感叹，如果当年妈妈不是这般古板，日后是否诞生一位抽象派艺术大师也未可知。

江母在颓败之中转变了思路，既然培养不出才女，那就培养个状元好了。于是，接踵而至的是奥数班、英语班、语文班。江盼晞深受其害，为鸡兔同笼、牛吃草、行程问题等奥数难题洒下了无尽的眼泪。有天晚上她做了噩梦，在梦里深情地大喊：

Is this your handbag?

Pardon?

Is this your handbag?

Yes, it is.

Thank you very much.

（摘自《新概念英语Ⅰ》第一课）

收到三甲初中的录取通知书时，盼晞以为自己得窥曙光，却不承想这只是漫漫夜路的起跑线。

江盼晞的初中坐落于繁星路北段，自打她来上学，就一直在修路。路边原有家肯德基，她在报到那天去过一次，后来就被推土机推得了无影踪。每天早上六点多，江盼晞坐上爸爸的电动车后座，迎着灰蒙蒙的天色出发，穿越颠簸的沙石堆，绕过轰鸣的挖掘机车。风里混着沙砾，刮在脸上，她被迷得睁不开眼，紧紧地搂住爸爸的腰。从那时起，她开始讨厌下雨天。这里地势低洼，每逢大雨来袭都会遭殃，道上满是污浊的泥水，井里咕噜噜地冒泡，弥漫着难闻的气味。江盼晞如履薄冰地走在石板上，冷不防就被喷出的一摊烂泥弄脏了裤管。妈妈曾对盼晞说，这里的街景也没你觉得的那么糟，你不过是讨厌上学而已。

江盼晞思忖着这话也不无道理。初来时的江盼晞一片壮志雄心，铆足了劲儿要拔得头筹，毕竟在刚落幕的小升初赛场上她也曾"春风得意马蹄疾"。初中的第一次月考，她得了班级第7名，本想再接再厉摘得状元，殊不知到了期中考试直接跌到了班里第25名。发卷子时，班主任大着嗓门儿念学生的成绩，江盼晞悬着一颗忐忑的心，盯着老师翕动的嘴，仿佛她的荣辱得失都决定于这一张试卷。

不承想，老师念了个很低的分数，顺便加了句："好好反思一下，怎么退步这么大。"盼晞的脸皮薄得像张纸，在一瞬间涨成了猪肝色，好似被人打了几个耳光。她垂着头想让自己变成一只埋首土中的鸵鸟，不敢看同学的目光，就算那只是寻常的一瞥，敏感的她也能从中读出嘲讽的意味。

语文老师每周会布置两篇日记，盼晞所写的不外乎两种内容，其一是为伙伴们写传记，以防自己哪天得了失忆症。《黎康乐传》《卢二逗传》《邵紫芳传》，诸如此类，最后以一句"呜呼，我怎么就这样离你而去"为结语。其二是用尖锐的笔锋抨击当下的课业与考试。长此以往，语文老师也看得不耐烦了，在下面批注了一句："与其怀念过去，不如活在当下。"盼晞看得眉头紧锁，拿来红笔接着批语写道："你不懂。"

频繁的考试磨去了江盼晞的棱角，她到底是忘记了抨击与怀念，慢慢沉迷于这场考试的游戏，一颗心牵系在起起伏伏的考试排名上。老师日复一日地鼓励催促，爸妈时而自豪时而期待地望着她。她的心曾是片自由的沃土，如今也不知埋下了多少执念的种子。

她仍记得初二期末考试前，她一边往嘴里扒饭，一边听着英语广播，无意间抬头发现父母正窃窃私语。爸妈瞧见她后，神情颇有些不自然，妈妈沉吟了片刻，笑着问盼晞考前心情如何。爸爸跟着说："要劳逸结合，多休息。"

"发生什么了？"江盼晞有预感地问道。爸妈互相瞧了瞧，面露难色，在盼晞的再三追问下才开了口。

"还记得你小时候那个伙伴黎康乐吧？"妈妈说。

黎康乐的名字很久没被提起了，听起来竟显得生分。刚上初中时，静水苑的伙伴们倒还聚过两次，后来便各自埋头于作业考试，就算有人在群里号召一句，也像石沉大海般了无回应。

江盼晞反驳似的说："当然啊，康乐是我最好的朋友。"

盼晞妈妈说："可能压力太大，康乐得抑郁症休学回家了。我真没想到……"

空气静止了，耳边的声音变得不太清晰，盼晞愣在原地，半晌说不出话来，好像感到心里有什么东西轰然坍塌，沦为一片废墟，在残破的瓦片中冒出了一颗怪兽的脑袋，眼里闪着凶光。怪兽爬出废墟，噼里啪啦掸去身上的石块，发出了一声雷鸣般的怒吼。

江盼晞那次的期末考试成绩不尽人意，班里第23名。失望、沮丧退却后，总有些乱七八糟的思绪像巨浪般席卷而来，占领了她的大脑。她平白无故地担心静水苑会被推土机夷为平地，担心和班里的那个小混混儿坐到一桌，担心青春伤痛文学的情节发生在自己身上；担心流言、网暴与不合群。短短一天，她能把所有担心恐惧在想象中上演一遍。她强制自己不去想这些不切实际的东西，却感到一阵头疼，手不住地颤抖，后背冒起了冷汗。她不得不去跑步，去喝苦涩的中药，这才渐渐回过神来。

那时适逢假期，她在犹豫之中还是推掉了大部分课外班，只留下了一门数学预科。每当看到熟悉的同学在诸多课外班之间辗转穿梭，她心中的焦虑便像枫藤一般爬了满墙。下课回了家，刚推开门便涌出一股子浓烈的中药味。灶火上是个小砂锅，妈妈一边用勺搅动药汤，一边滤去浮渣与叶片。在往后的一个多月里，每次拥抱妈妈时，盼晞都能闻到她身上苦涩的药味。到了夜幕降临、华灯初上时，爸妈说要带盼晞出门兜风，一路兜兜转转车就开到了与静水苑隔几条街的商业区，时髦的男女提着满当当的购物袋，楼前的超大屏幕播放着令人眼花缭乱的广告。

这里似乎改变了不少，盼晞忽然想回家看看。

八九点钟的静水苑一片静谧，昏黄的路灯下已不见小朋友嬉闹的影踪，远处传来乌鸦啼叫。仿佛自从她与伙伴们各奔天涯，静水苑就成了一座空城。当年她放了学不回家，不是在楼下疯玩儿，就是去朋友家串门儿，至今她还清晰地记得每个人的住址，比方好朋友慕雨家在前面那栋楼的三层西户。QQ上无人回复，盼晞整理好衣服，熟练地练习了微笑，又深深地吸了口气，才在犹豫中敲响了门。开门的是个满头白发的陌生老太太，当盼晞提及要找慕雨时，老太太撂下句"不认识"便啪地关上了门，一股冷风涌进走廊的窗子，吹透狭长的楼道。廊上一盏孤灯把她的影子拉得很远很远。

盼晞很久没再回去过，她告诉自己只是没空而已。

江盼晞的成绩渐渐稳定在班里 10 名左右，中招时正常发挥考上了市里最顶尖的星辰六中。爸妈听闻喜讯时，激动得原地跳起了恰恰。

星辰六中和盼晞的初中只隔一个路口，她无须再搬家。只要沿着这条下了雨泥水就会泛滥的街道走上几百米，观赏一会儿泥水上漂的油污和烂菜叶，便到了久负盛名的星辰六中。

每年市里的几所高中都为全市第二名校的殊荣争得面红耳赤。

"我们一本率高！"

"我们考上名校的学生多！"

"我们的学生在全国竞赛中拿了奖！"

星辰六中的学生就显得格外低调，悠闲地靠在第一的宝座上，爱莫能助地叹一句："无敌真是寂寞啊。"

爸爸从快递柜拿回星辰六中邮寄的录取通知书。封面上印着学校的景观，几排砖红色尖顶的教学楼巍然屹立，最右边是一个庄严神圣的欧式钟楼。盼晞想到了中世纪的修道院。压在录取通知书下面的是学校简介：

"星辰六中素以学霸博物馆、学神原产地而著称。因坐落于繁星路与星辰街交叉口而得名。星辰六中本着国际化的先进办学理念，采取军校式的严格管理模式，着力于把学生培养成星辰般熠熠生辉的人物。

"2015 年，星辰六中的一本率高达 96%，被 C9 院校录取的学生有二百余人，被'985'大学录取的学生有四百余人……"

江盼晞找回了许久未登的 QQ 号，康乐依旧不在线，她的 QQ 签名已两年未曾更改过：

"欲戴王冠，必承其重。"

3

所幸，高中开学那天，盼晞遇见了一位长得像黎康乐的女生。

她与盼晞同班，初见时，穿着一条"一"字肩紫黑色连衣裙，大波浪金色长发披散在肩，烈焰般的红唇闪烁着魅惑的光芒。

盼晞找她询问超市的方向。女生伸手拉下墨镜，抬眸的一刹那，空气中仿佛响起了古惑仔出场的背景音乐。她目光冷得像南极的冰山，此刻眸中还倒映着江盼晞这只呆呆的企鹅。

她和康乐一样，脸上都带着婴儿肥，都是薄薄的嘴唇，嘴角下方有一颗美人痣，她的在左下方，康乐的在右下方。相像之处不过这些，若再论及气质，简直大相径庭。可盼晞就是有种错觉，在某个瞬间甚至把眼前这座高冷的"冰山"当成了康乐，等反应过来了，又觉得荒唐可笑。也许是想念一个人久了，会刻意从旁人身上寻觅所念之人的影子。

"你问超市在哪里？那边。"女生仰起下巴尖指了个方向。她的声音冷冷的，像台制冰机，周围气温跟着往下跌，一会儿就跌破了冰点。

为了缓解尴尬，盼晞灿烂一笑露出了两排整齐的白牙："同学，我们认识一下吧。"

"冰山"怔了怔，眉毛微微扬起，勉强把那句"大可不必"吞了下去，敷衍地问了句："怎么认识？"

江盼晞仔细思索着这个不能称之为问题的问题，耐心地回答道："先互通姓名，再嘘寒问暖。"

"姓名，许梦如。嘘寒问暖？"她笑了一声，问，"你热吗？"

江盼晞竟无语凝噎。

许梦如对人爱搭不理是有目共睹的事情，因为她的打扮着实惹眼，偶尔会有人来询问衣服品牌或是口红色号。许梦如眼也不抬淡漠地指指商标，再问她有无相关推荐，她只会淡漠地奉送一句"没有"。

有次体育课上练习羽毛球双打，盼晞刚巧和许梦如一个阵营。球朝盼晞这边飞来，她刚摆好接球的架势，许梦如就已化作出鞘利剑，以迅雷不及掩耳之势冲向了羽毛球。许梦如纵身一跃，凌空而起，蓄积全身之力于胳膊之上。她手腕迅速一抖，球拍在空中画出道优美的弧线。动作大开大合，气势雄伟磅礴，就像君临天下的女皇，俯瞰万国朝拜。

然而事态陡转，羽毛球轻巧地从许梦如身边滑过，安安稳稳地落在了地上。许梦如那生猛地一拍不偏不倚砸在跑来接球的盼晞脸上，发出"啪"的一声脆响来。

短暂的麻木后，是火焰燃烧般的灼热。盼晞何曾想到有生之年竟落得和羽毛球一样的待遇。

打球的女生们吓得一蹦三尺高，纷纷撂了拍子，围到了江盼晞身边。许梦如一下怔在了原地，碰撞所带来的冲击力让她右臂发麻。许梦如拨开拥挤的人群，冲到盼晞身旁问她伤得是否严重。

盼晞摸了摸腮帮，笑道："放心，不严重，智齿健在。"然而盼晞的笑容刚绽放了一半，就牵动了那半边肿脸，疼得吸了口凉气。

"脸肿了？"许梦如问。

"没有。"盼晞睁眼说着瞎话。

"对不起。"许梦如说。

盼晞笑了笑："小事一桩啦，谁运动不磕磕碰碰的。"盼晞挥手招呼着大家继续打球，却被许梦如伸手拦住了。

许梦如迟疑了一下，把羽毛球拍递给了她。"你打我一拍子，这样我们便扯平了。"许梦如说。

"啊？"盼晞愣在原地，不禁笑出了声，"哥们儿，你是逻辑鬼才吗？"

"那还有什么解决方法？你尽管开口。"许梦如说。

盼晞笑了："比如说，你可以给我一个冰袋，这样我的脸就不肿了。"

许梦如沉默了一会儿，似是陷入了沉思。过了一会儿，她的瞳孔亮了一些："这是个好主意。"

旁观的女生里有位叫罗妍的，也不知之前和许梦如有什么过节，抓住时机连"啧"了好几声，唾沫星子都快要喷出来了，她跷起兰花指戳了一下许梦如，阴阳怪气地说："哎呀梦如，你瞧瞧你啊，粗鲁莽撞、大大咧咧，就跟个母夜叉似的，从今往后谁还敢和你打球？"

空气凝滞了几分钟。许梦如蹙起了眉头，这话戳中了她的痛处。她纵使再特立独行、自由潇洒，也不得不承认世界上有些事情终归是孤掌难鸣，就比方这羽毛球。

"我啊。"盼晞于人群中微笑着举起手来，"以后我都和她一组。"

4

　　很多故事在不经意间已写就了序章。盼晞记得某个春日的下午，她穿过操场时，正好途经歌手大赛的海选现场。选手的歌声出乎意料的好听，可还没唱上几句，就被评委不耐烦地打断了。

　　"停，有个音儿跑调了。"

　　"停，你唱得太赶了。"

　　"你这唱的什么玩意儿？"

　　"不用再唱了，尾音没收好。"

　　评委是位二十多岁的年轻人，也不知是学校从哪里请来的，一副趾高气扬的样子，这嚣张气焰得烧几炷香供着。才没几分钟，他就接连赶下了五个人，他吊儿郎当地转着笔，每淘汰一个人都要嘟囔句："星辰六中啊，也不过如此。"

　　盼晞微颤一下，这种可悲的偏见她似曾相识。当她因考试成绩而倍感挫败时，也曾蒙上双眼自我欺骗，这群书呆子除了擅长刷题还有什么可称道的？然而事实真相，她却从不敢直视。

　　偏见让这场比赛变得毫无意义，盼晞的秀眉蹙得愈来愈厉害，每待上一秒钟都是陡增愤怒。她刚要转身离场，忽然听到熟悉的前奏，身体一下子就颤抖起来。

　　"这是 Beyond 的《海阔天空》。"她就是这么笃定，哪怕只听到两三秒的前奏。初听此曲时是小学的音乐课，音乐老师背过身偷偷抹了几把眼泪，盼晞便懵懵懂懂地把它添加到了歌单。及至初中，盼晞染上了失眠的恶习，漫长的黑夜里，她常将这歌单曲循环播放。她知道她可能永远不会理解那一代人的精神，但一代人都有一代人的困惑与不安，用此曲聊以慰藉未尝不可。

　　此时此刻站在舞台上演唱的是一位身材修长的少年，身穿湖蓝色的风衣，头戴鸭舌帽，帽檐半遮着脸。

　　虽看不清他的容颜，但只听声音便已足够。少年的声音很有磁性，唱得激情澎湃，有股少年的闯劲儿，但不是意气风发无所畏惧的豪迈，反倒带着点儿淡淡的悲慨无奈，一字一句像是在给自己打气，反复宣称我能行、我能行。

　　第一段歌声刚落，台下就响起了热烈的掌声。盼晞也跟着拼命地鼓掌，她忽然萌生了认识那位少年的冲动。

　　评委仰面靠在椅背上，跷着二郎腿晃啊晃："气息不稳，咬字不清，下去吧。"

　　观众们听了一片哗然，面面相觑。

　　"荒唐。"江盼晞气愤地甩了下长风衣，故意抬高了声音。话就这么飘进了评委耳中。评委脾气大得很，可不会当成耳旁风，拍着桌子就站了起来，一双铜铃大眼紧盯着江盼晞。

几位熟络的同学拉住盼晞的袖子，想把她拽走。评委却已悠悠开口："谁让你走了？不满意是吗？把话说清楚再走。"

江盼晞没走，杵在那里轻轻地笑道："不瞒您说，确实不满意。"

评委哼了一声："我的专业和权威轮不到你一个路人来质疑。"

"权威？"盼晞斟酌着这俩字，越想越觉得可笑，笑得也愈加恣意，"什么是权威？权威就是你用来打压业余的战旗？用来自我宽慰的酒精？"

盼晞多年来积压的情绪趁着这个口子释放了出来，她继续讲："选手们只是未经训练的高中生。您以学院派的眼光来审视，自然不值一提。可唱歌除了技巧总该有点儿别的，只是您压根儿不愿意去感受他们的热忱与真诚。真情实意只换来了您的厌倦与打断，连唱完一首歌的机会也没有，着实可笑。既然您受邀来当评委，还请您能认真听完。这既是对选手的尊重，也是对观众的尊重。"

评委气得脸色发白，被噎得半天说不出话来，结巴了一会儿："不是……不尊重，是我自有时间安排。"

这下江盼晞也笑了："说白了您就是嫌浪费时间吧。"

"可不嘛。"众人转身望去，只见台上鸭舌帽少年掰着指头轻笑着讲，"世上有三种人，一种喜欢听歌，一种喜欢唱歌，还有一种喜欢打压别人唱歌来获取快乐。评委，您说是不?"

　　台下的同学笑倒了一片。评委的面部肌肉抽搐了好几下，把评定表扔在了地上，风把那张纸吹得很远。

　　江盼晞也忍不住笑了，冲台上的少年竖了个大拇指。挑战权威这事儿，她只在小学干过，那时她初生牛犊不怕虎，后来上初中她就学乖了。有人说她们是叛逆的一代，她倒觉得这是被规训的一代。

　　盼晞转身潇洒地离去。没人察觉到，高傲的少年正在远方望着她，眼底泛起了笑意。

5

"真是个奇迹，我们怎么就成了朋友？"考完试那天，许梦如这样对盼晞讲。

高一时不分文理科，期末考九门课。在盼晞看来，这简直像个笑话。韩愈言："术业有专攻。"可她偏偏学成了"上知天文，下知地理，博古通今，比诸葛亮还多掌握一门外语"的通才。若说通才，又是高看了她，她除了会做几道题还真没什么其他能耐。况且考试一结束，这知识从哪里来就该回到哪里去。她寻思着自己小小一个脑壳，同时存储了古文、英文、函数、受力分析、方程式、细胞、中外历史、经济制度、经纬网一系列知识，再努力点指不定就能赶上电脑了。考前那几天，她就担心出门磕着撞着，一不留神把各科知识都格式化了，那可还了得。

考完试那天，盼晞长舒一口气，她删掉了超载的文件，发现脑袋也运转得快了。阳光明媚，心情舒畅，她和许梦如出了校门就直奔旁边的超市，自由得像两只出笼的鸟。巧克力和蛋糕自然要放进购物车里，高压的生活需要高糖的食物。盼晞见了瓶包装好看的梅子酒，想买下来收藏。殊不知许梦如口渴，再加上好奇心理作祟，直接把瓶盖拧了，当成饮料咕咚咚地喝掉了半瓶。盼晞再一看酒精度数，我嘞个乖乖，三十二度。

"你喝过酒吗?"盼晞问她。

"怎么没有?"许梦如晶莹的脸颊透着红润，眉毛一横，瞪着澄澈的大眼睛瞅着盼晞，"放心，我不会醉。"说完，梦如自顾自地笑了起来，笑容有点儿天真有点儿傻。盼晞一下子就愣住了，都过去一个学期了，她还是第一次见梦如笑。她笑时眼睛弯成月牙，月牙傍着卧蚕，脸颊浮出两个酒窝。盼晞忍不住想到了黎康乐，康乐笑时也有酒窝。

"还说没醉?"盼晞腹诽。果然，酒精能让人卸下冰冷的防备。

喝高了，梦如的小动作也明显多了起来，就像根风中的稻草摆来摆去。盼晞怕她摔倒，伸手把她拉进怀里。梦如的头歪在盼晞的肩膀上，眨着眼睛望着盼晞的下巴，思绪滞钝了几秒钟，忽然想到了什么，又倏地弹了起来。梦如转过脸来，开玩笑似的指着盼晞讲："我劝你哦，还是离我这种冷漠自私的人远点儿。"

"别瞎说。"盼晞说。

许梦如面露惆怅地叹了口气："你说我们怎么就成朋友了?"

那天，喝多的梦如讲了很多奇奇怪怪的话。

许梦如连连呼唤她的名字："江盼晞！江盼晞！"

"怎么了？"盼晞问她。

许梦如把手搭在盼晞的肩上，笑嘻嘻地讲："江盼晞，你好烦，好聒噪，天天叨叨地讲个不停，仿佛咱俩前世就认识一样。你还有点儿俗气。在我这里呢，俗气不是个贬义词，因为'不同流俗'也挺悲哀的，高处不胜寒嘛。"

"你这会儿可比我聒噪。"盼晞一阵好笑地拽住快要跌倒的她。许梦如嘻嘻一笑："你这个人啊，怎么老爱拽着我不放。拽得还这么舒服，时间久了，我还真不想叫你松开，就这么甘心被你拽回世俗里去。"

盼晞没想到，许梦如还是个诗歌爱好者。

语文老师快五十岁了，但凡讲到现代诗就是一脸虔敬，一提起当今，她就忍不住感慨"诗情涣散"。她说自己上学时没钱买诗集，同学们就凑钱合买了几本，在班里竞相传抄，食指、芒克、昌耀、翟永明的诗歌，她现在还能背上几十首。

"抄书？"盼晞找梦如打趣，说，"我想到了《送东阳马生序》的'手指不可屈伸，弗之怠'。"

然而许梦如根本没在听她讲话，正目光专注地看着语文老师。

语文老师让学生上台讲现代诗，许梦如就毫不客气地讲了一节课，若不是时间限制，盼晞觉得梦如能一口气讲三天三夜。许梦如从郭沫若的《凤凰涅槃》讲起："满五百岁后，集香木自焚，再从死灰中更生。"许梦如说她震撼于这样雄浑壮阔的时代精神。她又讲到了新月派诗歌，她喜欢徐志摩诗里纯真的孩子气。提及80年代的朦胧派时，她最推崇的是海子与顾城的诗。"顾城把安徒生奉为老师，他曾这样赞颂安徒生'你运载着一个天国，运载着花和梦的气球'。"

语文老师听得两眼泪汪汪，问她读诗的心得体会。许梦如说她憧憬一个童话世界，有大海，有草原，有月光。

盼晞又没听懂，说到"大海"，她在想初中物理好像学过海水的密度。

盼晞对梦如说她最爱的诗是冯至的《蛇》："我的寂寞是一条长蛇，冰冷地没有言语……它是我忠诚的侣伴，心里害着热烈的乡思……"

梦如摇头，说这诗虽是听过，也知道比喻使得巧妙，可就是没有那种切中内心的惊艳之感。盼晞叹口气，许梦如终归是不懂。但盼晞自己却是深有体会。当她一个人待在空荡荡的自习室，有条冰凉的蛇便在她心里咝咝地滑动，穿过被思念烫出的孔洞。

梦如报名参加了诗朗诵比赛。"你知道我为什么要参加吗？"梦如笑容神秘地问盼晞。

江盼晞说："这还用讲，你是以梦为马、仗剑天涯的诗歌爱好者呗。"

许梦如抬眼瞧她，忽然笑了起来："其实，我垂涎奖品。一等奖是套中外诗歌集，有十多本书。海子、舒婷、波德莱尔、华兹华斯等诗人的作品都囊括在内。"

盼晞问了个严肃的问题:"那你的朗诵水平怎么样?"

"还行,得优秀奖没问题。"许梦如说。

盼晞想夸她挺有自信的,结果瞥了一眼报名表,发现只要参加就能得优秀奖。

这下子,盼晞笑得花枝乱颤:"这么不自信?"但她转念一想,又发觉不无道理,星辰六中从来不是个让人自信的地方。这里每个学生的成长都是场声势浩大的军备竞赛,家长们秉持着技多不压身的观念,填鸭式地报课外班。学生们疯的疯、傻的傻、放弃的放弃、沉沦的沉沦,最后留在星辰六中的都不是普通人。

许梦如看了看盼晞:"有什么建议吗?"

盼晞思索片刻,脸上逐渐浮现出了微笑:"有啊,建议就是……"她拿来报名表,在许梦如后面加上了自己的名字。盼晞微微一笑:"你放心,难得你有兴致,我会尽全力帮你的。"

盼晞的灵感来源于康乐。小学时也有朗诵比赛,那时大家都很朴实,只顾对着课文声情并茂地朗诵。康乐是个小机灵鬼,她提议朗诵时加上配乐,中间再插入一段舞蹈。

四年过去了,盼晞循着她的路,提出了同样的建议,只是跳舞的换作了盼晞。盼晞有两位严苛的家长,所以小时候也迫不得已学了点才艺,虽说只是皮毛,可用来虚张声势已足矣。

比赛那天，盼晞穿了一袭雪白的长裙，散下瀑布般的青丝。白裙飘舞，清丽脱俗，像山峰上不染纤尘的冰雪，闪烁着清澈的光亮。俗话讲："三分相貌，七分打扮。"饶是许梦如这般冷艳动人的女子，望着江盼晞这样的打扮，也不禁开口赞一句好看。虽说盼晞五官寡淡，却是气质如兰。

盼晞知道自己长得有多中庸，她有时安慰自己："美人在骨不在皮。"可是自己的骨相明明差得一塌糊涂，还多亏皮相扳回一局。

负责后台的学生喊盼晞和梦如候场。这时，从一旁经过的男主持人蓦然停下了脚步，转过脸来，大眼睛一眨不眨地看着盼晞。盼晞刚才在无意间听到了这位男主持人的名字，似乎是叫作段辞。

段辞很俊秀，像个萌萌的小正太，浓眉大眼，面容白皙，水汪汪的眸子里流露着稚气。

"你叫江盼晞是吗？"段辞的声音又惊又喜，仿佛挖到了金矿。

盼晞迟疑了片刻，站在她身后的许梦如已经发了话："怎么了？"声音轻轻冷冷，像西伯利亚尖细的冰碴子。

段辞吃惊地看了许梦如一眼，继续笑嘻嘻地对江盼晞说："江同学，我有个朋友想要你的 QQ 号。"

盼晞眉头一蹙，脑袋里思索着如何委婉又坚定地拒绝。

许梦如已经淡淡地开口："她没有。"

"那微信号也行，什么社交软件账号都可以。"段辞说。

许梦如冷冷地打量着他："她家没通网。"

盼晞嘴角微微上扬，忍不住在身后伸了一个大拇指。

段辞瞪大眼睛看着这两个大骗子。不过段辞也是格外有耐心："那电话号码有吗？没有手机总有座机吧，如果座机也没有，那就说邮政编码。"

盼晞实在听不下去了："如果没邮政编码，是不是就该要家庭地址了？"

段辞还挠着后脑勺认真地想了想："也行吧。"

许梦如斜瞥他一眼，伸手指着那边的门，口中吐出不近人情的两个字："出去。"

段辞愣在了当场，头发仿佛结了冰。

"主持人该报幕了。"那边的学生喊了起来，段辞这才打了个激灵："你们先别走啊，我马上回来。"段辞一步三回头，悻悻地离开了。

"你很烦他？"盼晞问。

许梦如笑着摇摇头："不过初次见面，能有多烦？其实我讨厌的人也不是他。他就是个倒霉蛋、背锅侠。他刚才那副有恃无恐、死皮赖脸的刁蛮样子让我想起了一个人。那个人确实很惹人厌。"

"是谁？我帮你教训他。"盼晞说。

许梦如轻轻笑了一声，没有答话。

段辞主持得轻松自然，天马行空地随意发挥，写好的台词于他而言简直是形同虚设。

段辞站在台上和观众唠嗑："刚才有个花痴问我，咱学校那棵名叫萧和尘的校草怎么没来当主持人？"

段辞咂咂嘴，接着说："这还用问吗？萧和尘一定是良心发现，我比他主持得更有魅力，所以就打退堂鼓了。"

台下不给面子地砸上来一个汽水瓶。段辞嘿嘿一笑道："好了，不开玩笑了，萧和尘是二十位学生评委之一，专心看比赛呢。那我们请下一组同学带来朗诵。"

段辞信马由缰的报幕终于结束了。

身着紫色礼裙的许梦如端庄典雅地走到舞台中央。

江盼晞沐浴在金色的光芒中，缓缓弹奏着古琴，秀发半遮着那清丽的脸庞。渐渐地，江盼晞放下古琴。伴奏声起，她翩然起舞，发丝轻轻飞扬，长裙也随风飘逸。

在这一刻，她脑海里萦绕的不是节奏、不是律动、不是音符，而是康乐跳芭蕾的模样。她清晰地记得康乐在联欢会上的每一场舞蹈表演，历历在目，明艳动人。跟康乐相比，她连舞蹈的皮毛都没触及。

许梦如如愿以偿地拿了一等奖。她要盼晞拿走一半的诗集。江盼晞态度明确："说好了，我就是来友情客串的。"

"我们没说好。"许梦如忽然起了身，不由分说地把那几本诗集塞进了江盼晞的桌斗里。

江盼晞无可奈何，她扶额想了想道："要不这样吧！我本来就是个俗不可耐的人，没什么读诗的雅好。你倒不如投我所好，买杯奶茶给我。"

6

8 月末，星辰六中再次迎来开学季，江盼晞已成了高二的学生。

进教学楼时，她看见墙上贴的光荣榜印着期末考试的年级前 100 名，红纸金字格外扎眼。

有人从背后拍了她的肩。盼晞回过头来，看见了一位白白净净，像糯米团子一般可爱的女生。她叫周夕蓉，是盼晞高一时的同学。

身后看榜的人群议论纷纷，年级第一萧和尘是他们讨论的焦点。有男生夸张地讲："萧和尘绝对是星辰六中建校以来最英俊的年级第一。"

周夕蓉感慨："从小升初到现在也学了四五年了，我发现天赋这玩意儿确实是不可或缺的。"

盼晞惊异地瞧了她一眼："怎么说？"

周夕蓉说："单从头发来看，就能洞见一二。之前的年级第一为学习披肝沥胆，青丝染白，甚至额上可跑马。再反观萧和尘，头发乌黑浓密，还厚颜无耻地梳了个低调而帅气的发型。"

"我还没见过他真人，传闻倒是听说了不少。"盼晞说。

周夕蓉笑了笑："其实在我来看，学习就是纯粹的学习，学到了心情愉悦，学不到就难过不已，何必非要排出个三六九等来。"

盼晞看着周夕蓉单纯的笑容突然有点儿感慨。周夕蓉依旧是那么"佛系"，可她有"佛系"的资本，每次都是榜单上的五六十名。

"哦，对了，"周夕蓉说，"反正萧和尘选了理科。再优秀也跟咱文科生没半毛钱的关系。"

"不过是个好消息啊。"江盼晞开玩笑地讲，"毕竟文科班这么多女生。"

周夕蓉听了一头雾水，半天没明白过来，一脸迷惑地瞧着她。

盼晞只是笑了笑，望着周围拥挤的人群，最终选择了沉默不语。她也意识到，在事情尚未弄清之前，实在不该妄加议论。

事情的来龙去脉大致如此：上学期不知从哪天起，盼晞从周遭同学口中听到了一些传言。传言中的萧和尘不再是心思单纯、一心学习的三好学生，反倒是摇身一变成了轻浮放浪的花花公子。

而在众多传言里最引人瞩目的莫过于萧和尘与校花乔萌

萌扑朔迷离的绯闻，俨然成了疲惫的高中生在写作业之余可供消遣的谈资。有人说他俩早就在一起了，还有人说只是暧昧而已。

　　好奇归好奇，江盼晞并无闲暇去探个究竟。毕竟两人不在一个世界里，萧和尘就算拈花惹草也惹不到自己。她与他最近的距离是在光荣榜上，一个左上角一个右下角，一米的距离隔着九十八个名字。盼晞那次上榜也纯属侥幸，运气好，不会的题就掷骰子，结果真蒙对了几道，后来运气就背了，再没上过榜。盼晞为此换过几副骰子，还是没能上榜。

7

　　"了解咱新班主任吗?"许梦如托着脸，面无表情地讲。盼晞和许梦如再次分到了同一个班。

　　班主任并不是一个轻松的话题，盼晞点了点头："魏朗啊，看着也有四十多岁了吧。教数学的，听说讲课很快，不预习听不懂。脾气嘛，似乎挺古怪的。"平静的话语里封印着她两天来的郁闷情绪。

　　如果星辰六中的生活注定是苦的，那么有一位和善的班主任，就像是在美式咖啡里加了糖，而如今不仅无糖，还丢进去了一株黄连。

　　此外，盼晞的数学学得不好，从小到大听了不少挖苦的话。初中数学老师为了激励张三、李四，时常指着江盼晞举例子："连人家江盼晞都能学会数学，你们那么机灵有什么学不会的，还是自己不努力啊，这一点儿就要向江盼晞学习，勤能补拙。"张三、李四听到后倍感激励，满血复活，摆出一副要再学五百年的架势。

无辜躺枪的江盼晞眉毛差点飞到后脑勺去。敢情我凭借努力跻身学霸之列，就是为了给你们炖心灵鸡汤喝？太励志了，太励志了。

盼晞挤出了一个宠辱不惊的闲淡微笑，在心中哭笑不得地感慨：老师你不说，我都不知道自己是个傻鸟。

魏朗肚皮滚圆，让人很是心疼他局促的衬衣扣。他却没胖人和善的性格，表情肃穆，杵在那里不说话，就能给人带来压迫感。"魏朗，魏朗的魏，魏朗的朗。也不用过多介绍，迟早会认识的。"

开学第一天，老魏就说课间不能浪费了，以后每天都要有同学上来讲题，俗称每日一题。

好多同学都正利用课间补觉，睡得横七竖八。这么一说，他们只得从梦中惊坐起，本想借着起床气抱怨一番，结果看到老魏威凛的目光，纷纷噤声。

老魏沉着脸："连点儿高二学生的觉悟也没有，浑浑噩噩，东倒西歪的。明天就挂上高考倒计时的牌子。"

此话既出，眼皮粘得再紧的同学，也无可奈何地从兜里掏出一瓶风油精。这年头，想清醒大多靠外力。

老魏说："希望你们中间能出个高考状元，也给我平淡无奇的教学岁月增点光。可看你们目前这学习状态，还真有点儿难。"

老魏拍了几下手："言归正传，今天我们请萧和尘同学讲题。"

话音落了，班里响起一阵不大不小的喧哗声。同学们听了这掷地有声的名字，都下意识地转头。老魏下意识地皱起眉头喊了一声："安静。"

"谁？萧和尘？"正在写作业的盼晞也撂了笔，惊讶地抬起头来。

盼晞不可思议地看向与自己隔着一个窄过道的周夕蓉，笑容微妙："我好像记得，有人信誓旦旦地说萧和尘选了理科，怎么就……"

"他走错班了吧？"周夕蓉的疑惑也很大，大到似乎连她那双偌大的眸子都盛不下。她又是揉眼睛又是掏耳朵，最后还不忘拍拍脑袋，确认了这不是幻境，只剩喃喃自语："我那消息明明千真万确啊。"

说来也有些可惜，江盼晞深居简出，在星辰六中待一年了，都没目睹过这位帅哥的真容。她到底难耐好奇，也抬起头凑个热闹。

刺目的阳光透过纱窗，烧得人面颊灼热，盼晞伸出纤细的五指去遮挡，她眯着眼睛透过手指的缝隙看到了一个身材修长的少年。初晨的阳光是他的背景，他穿着灰白色的风衣，反射着太阳的光芒。那一刻盼晞也搞不清，刺眼的究竟是他还是太阳。

当他站上讲台时，盼晞总算看清了他的脸，棱角分明，五官立体。眉毛是修的，眉峰陡转像是毛笔的顿笔。眸子锐利，眼神深邃。他的头发果然很浓密，留着三七分的头型，一侧的头发长了许多。此外，嵌在修长天鹅颈上的喉结格外魅惑，在吞咽之间爆发出强大的荷尔蒙气息。

萧和尘淡淡一笑，飘然转身，开始在黑板上抄写题目，几行飘逸的行楷悄然出现，倒是有几分惊若游龙的磅礴之姿。

第一次见面，盼晞也有点儿愣住了。萧和尘不像是十六岁的少年，说"老"也许有点儿唐突，用沉稳深邃倒是更恰当点。在某一瞬间，盼晞还觉得他藏着锋芒，似乎是个犀利的人。

好看必然是好看极了。可世界上从不乏俊男靓女，来来往往，多如牛毛，和她又有什么瓜葛？她倒更愿意听周夕蓉常说的一句话，欲望是焦虑之源。盼晞没发现，自己想了那么多的大道理更像是对内心纷乱情绪的安抚。可这纷乱情绪从何而来却是她不敢直视的。

在一旁观望的许梦如突然淡淡地开口："怎么？你看上他了？"

"谁啊？萧和尘吗？"如此突兀的一问，盼晞不由得惊诧。

许梦如淡淡一笑："当然啊，难不成是魏朗？"

盼晞摇头笑道："说实话俩人都没有。"

许梦如说："这有什么，爱美之心人皆有之。只是可惜……你知道他的绰号叫什么吗？"

"这个我知道。"盼晞微微扬起了眉毛，"浪子中的扛把子!"

"你也听说了啊。"许梦如有些惊讶,"程原琪告诉你的?"

盼晞点了点头。她觉得程原琪这个人有些奇怪。

程原琪是她们高一时的班长,待人接物热情大方,坦诚磊落。每次考完试,一群女生为了解闷儿常围坐一桌讨论年级里的八卦新闻,这时程原琪总对她们摆摆手,以一副老学究的样子教导她们:"流言真假莫辨,讨论别人的事情干吗?不如先做好自己。"

就是这么一个作风正派甚至有点儿古板的人,有一天忽然站到了传播八卦新闻的第一线,张口闭口都谈着萧和尘与校花之间的恋情。

盼晞还想起高一的时候,程原琪只要一提到萧和尘,就会有所失态,柳眉直竖,然后愤怒地感慨一句:"见过浪的,没见过这么浪的,简直是浪子中的扛把子。"

盼晞好奇程原琪是不是与萧和尘有什么矛盾。

不知不觉间,盼晞和许梦如就这件事聊了起来,却没发现老魏鹰隼般的眼睛早就盯上了她们。

萧和尘寥寥几句,已然讲完了一道复杂的数学题。他悠然转向大家,随手一摆,啪的一声脆响,粉笔在空中画出一道优美的弧线,落到了粉笔盒里。

萧和尘眯起眼睛,站在讲台上漫不经心地伸个懒腰。"我就说我这方法啊,巧妙便捷,简直啊……巧夺天工。以后都别用基础方法做了，那方法太笨拙了，除了浪费时间……"他耸了耸肩，嘲讽地一笑，"好像也没什么效果了。出力不讨好，无聊无趣无意义。"

台下响起一片哄笑声。没人注意到，靠在墙角的老魏又皱起了眉头来。

萧和尘环视四座："还有人不会做吗？我很乐意解答。"

台下寂静无声。

"那今天的每日一题就到此为止了。"萧和尘嘴角露出清浅的笑意，朝台下浅浅地鞠了一躬，"谢谢同学们。"他转身要迈步离开，却被老魏叫住了。

"稍等一下！"老魏伸出手，不偏不倚正好指向盼晞，"你刚才和同桌讨论得热火朝天，肯定是有什么疑问吧？"

盼晞心中雪亮，自己这哪儿是有疑问，不过是说话被老魏瞧见了。

"我……"盼晞尴尬地从位子上站起来，额头直冒汗。

萧和尘嘴角微微上扬，饶有兴致地看起了好戏。

千钧一发之际，盼晞灵光忽现，计上心头："我……我忘了如何用基础方法解这道题，刚才在跟同桌讨论这个。"

"讨论出结果没？"老魏问。

"还没。"盼晞说。

"萧和尘，你为她解答一下吧。"老魏说。

萧和尘笑了笑："好巧，这方法我也不会。"

台下登时一阵哗然。老魏盯了萧和尘两秒钟："你这样的态度可不对，不是所有的题都有捷径可走。"

"您说得对。"萧和尘面带微笑地讲。

"鉴于你这态度，明天的每日一题，还是你来讲。"老魏说。

"没问题啊，那就继续讲呗。"萧和尘答应得干脆利落。

然而当盼晞抬起头时，却发现萧和尘正似笑非笑地盯着她。

8

第二节是老魏的数学课。

听小道消息说，老魏曾在某所重点高中带竞赛班，被调到星辰六中以后，就改教文科数学了。起初，盼晞觉得这传言太不合理，谁知梦如笑了笑随口解释道："怎么不合理？文科生的钱多好赚。"盼晞顿时就呆住了，醍醐灌顶一般。

一节课未上完，盼晞便已对传言深信不疑。老魏语速迅猛、思维跳跃，盼晞真想劝他早日回竞赛班去，别总在这儿"虐待"单纯朴实的文科生。

老魏讲累的时候，喜欢叫同学上讲台演算："第三道题，江盼晞。"老魏把凳子拉到一边，坐下来喝起了保温杯里泡的菊花茶，菊花茶有败火的良效。

盼晞生无可恋地走上了讲台。老魏看见她还嘟囔了一句："咦？怎么还是你？"盼晞无奈地笑了笑，腹诽道："我也想问呢，怎么还是我？"

盼晞不喜欢做数学题，更不喜欢在几十双眼睛的盯视下做题，这让她很紧张，每次一紧张，她就净犯些低级错误。耳边传来了一连串的笑声，她才发现自己不小心搞错了一步十以内的加减法。余光里，盼晞看见萧和尘笑得肆无忌惮。

课间，盼晞写数学题写到头昏脑涨，再写下去恐要"羽化登仙"了。她搁了笔，想去走廊上沐浴阳光进行光合作用。刚离开座位，碰巧遇到萧和尘迎面走过，过道的距离很窄，江盼晞缩了缩肩膀，向一侧让了让。

就在擦肩而过的一刹那，江盼晞耳畔倏忽响起一阵冷漠而富有磁性的低语："害得我挨吵还要重讲每日一题，你应该道歉吧。"

那一刹那，他们离得很近。随着他低头微微张口，空气中弥漫起丝丝薄荷清新的暗香，似有若无地拂过江盼晞的脸颊，引得她片刻心神恍惚。

盼晞怔了一下，立刻仰脸望去，只见萧和尘正嚼着口香糖，神色清冷地望着她。

盼晞笑了笑："实在抱歉。你自己不愿意讲，我又有什么办法。"

"哦?"萧和尘垂眸打量着她，笑容有些微妙。

盼晞解释说："既然能想出便捷的解题法，又怎么会忘了最基础的方法。两种方法间本来就有联系，你是从基础方法的第二步跳脱出来寻找的捷径，其原理是相似的。"

"哈，哈哈，哈哈哈。"萧和尘鼓了几下掌，又握拳掩住嘴，低声笑了起来。在盼晞眼里，他的笑声有点儿假，还掺杂着故作优雅的做作。

"你不是也会这基础解法吗？"萧和尘的嘴角微微上翘，笑容值得玩味。

"啊？"盼晞微愣，这才发现自己说漏嘴了，忽然有点儿心虚，"所以呢？"

"知道吗？其实我的听力还是不错的。"萧和尘轻笑了一声，抱臂在前，悠闲地嚼着口香糖，"浪子中的扛把子，这话你说的？"

江盼晞一下子怔住，红晕从耳根蔓延至脖颈。"我……好吧，是我说的。"她不知道该怎么解释，只能淡淡一笑试图化解尴尬，"这件事是我不对，不好意思啊。"

"是吗？"萧和尘轻笑着打量她，"以后说违心的话也要装得真诚点，要不然毫无说服力。"

盼晞耸耸肩："我真诚得很呢。你不接受可能是你自己心虚。"

萧和尘怔了一下，倒是没生气，反而笑了笑，有意避开了这个话题："既然你害得我重讲，不如明天的题目你帮我准备？此事过后，我们之间也就一笔勾销了。"

"好啊。"盼晞一口答应下来，心中竟莫名激起了斗志，"那我找三道题，到时你任选一道去讲。"

萧和尘轻笑着撂下一句话："那得看你选的题目怎么样了。"

也许是自尊心作祟的缘故，上午刚一放学，她就挤进了学校旁边人满为患的教辅书店，买了几本数学习题集。经过一中午的不眠不休，她总算从茫茫题海中搜出了三道上得了台面的难题。她仔细研究了解题步骤，用漂亮整洁的字体一笔一画地抄在了草稿纸上。殊不知萧和尘看到她写得密密麻麻的稿纸，不仅没有感激涕零，还咯咯地笑了起来。"你很搞笑哎。买了那么多的习题集，末了只选出这三道俗套的题？常规难题而已，没什么新意。"萧和尘好像怕她误会，伸手指了指桌角几本未拆封的历史杂志，"中午我去书店买杂志时看见你了。没跟你打招呼，因为我们中间隔了太多人，人来人往，熙熙攘攘，我懒得挤过去。"

萧和尘随意讲的一句话，倒令盼晞怔在了原地。我们之间的确人来人往。

"你真没必要买那么多练习册。"萧和尘神秘一笑，从包里掏出本书递到了盼晞面前，"其实我觉得这本才最适合你。"

盼晞看了眼封皮——《小学生口算心算天天练》。她"啊"了一声，知道自己受了嘲讽，想回击却又发现对方无懈可击，陡增了心中的郁闷。

"你怎么会选文科？"盼晞回到了一切事情的源头。萧和尘出现在这里本来就是件怪事。

"你好无聊啊。"萧和尘拉长了调子，懒懒地抬眸瞧着她，"不是给你指过历史杂志了？我喜欢历史啊。"说罢，萧和尘悠闲地跷起二郎腿，抽出一本历史杂志翻阅起来。

9

　　高考不考体育，体育课就形同虚设，学生们只有在考前犯焦虑症时才会于百忙之中到楼下跑上一圈续命。至于什么"培养健康高中生"纯属星辰六中一句应付人的口号。各科老师不仅习惯性地借体育课，还偏学大耳贼刘备借荆州，有借无还。

　　体育老师是新来的实习生，初来乍到不懂星辰六中的规矩。上课铃响了，他眼神懵懂地瞅着操场上坐着、站着、垂头写作业的、叽里呱啦背书的学生。他从口袋掏出手机，打开课表反复确认这的确是他带的班级，望着学生天真地发问："不是刚开学吗？"

　　有同学俏皮接话道："明天有英语听写，后天有语文默写，下星期还有周练，周练不是小测试，是要排考场排名的。可怕吗？这才刚开学而已。"

　　班里同学听得都哄笑起来，只是他们尚未笑得开怀便渐渐转化为苦笑，又重新低头背起单词："abandon，a、b、a、

n、d、o、n……"

盼晞觉得说话人的声音甚是耳熟，循着声音看去，惊奇地发现他就是那天冒昧要联系方式的主持人段辞。目光相接的一刹那，段辞向盼晞嘻嘻一笑，打了个招呼。

体育老师的疑问不止于此，他瞥了一眼学生手中的单词书，问道："你们不是高中生吗？背四六级、专四词汇干什么？"

话音刚落，一阵大风卷着树叶和沙子迎面刮了过来，吹得段辞灰头土脸的。段辞的脸皱得跟个苦瓜一样："我还想问六中的英语教研组呢，阅读里干吗净整那些超纲单词。"

学生们一个个拂去头顶上的树叶，跟着段辞吐槽起来，从英语阅读到离谱的英语老师，再到严苛的管理制度、学校偏僻的地理位置、郊区的大风和大风也刮不走的PM2.5。

体育老师被这架势吓了一跳，喃喃自语："还是个没进入社会的孩子，怎么就苦闷成这样子？"体育老师轻咳几声，企图转移话题："来干点儿轻松的事，绕操场跑两圈。"

学生们懒懒散散地跑完步，七零八落地走到树荫下大声喘气，喘的粗气像呼啸的北风。体育老师看着东倒西歪的学生，惊叹道："不才走了两圈，怎么一个个蔫得像霜打的茄子？"

"茄子们"各自找个角落瘫着，该背书的背书，该写作业的写作业。体育老师放弃了挣扎，挥挥手让大家去自由活动。

体育老师也同样找个地方坐了下来，认真思索起了人生。他也是个迷茫的年轻人，自从来了星辰六中就更迷茫了。他寻思着自己除了挂个体育老师的闲职，是不是该找点儿其他事儿干？人不能闲着，一闲就觉得空虚。再说在星辰六中当个体育老师实在是鸡肋之至，毫无成就感，平时教师大会都不通知他参加。说好听点儿他是个体育老师，说直白点儿该叫体育器材管理员，职责就是看好那几筐起了毛刺儿的篮球。

体育老师越想越觉得苦涩，双手埋在稀薄的头发里抓了几下，抖落的除了头皮屑还有头发。他感叹道："真是个令人头秃的时代。"他霍然抬头，心想年轻人不该这样碌碌无为，乔布斯有言："人活着就是为了改变世界。"当今这个世界有什么需要改变的呢？他想到自己刚才那句至理名言："真是个令人头秃的时代。"他忽然心血来潮，激动得手拍大腿："不如去做假发吧！也算是切中时代症结。"可他看到自己粗糙生茧的大手，又长叹了口气："自己哪儿有这个手艺啊。"

"嘤嘤嘤……"身后传来了抽泣声，他扭头看去，发现旁边是个电话亭，打电话的是位小姑娘。小姑娘的脸哭皱了，眼圈也肿了，哭哭啼啼地说她冷了，绝望了，想回家了。他禁不住感叹一声："这是个需要精神疗愈的时代。"灵感再次浮上他的心头，不如自考个心理咨询师证？

盼晞从体育器材室借来断线的羽毛球拍和残存几根毛的

羽毛球，虽然破旧但也能凑合着使。盼晞和许梦如在路边打起羽毛球，周夕蓉就坐在一旁背书。从高一起就是这个样子。

操场上横空飞出一个足球来，不偏不倚朝周夕蓉这边砸来。后面跟着跑来的男生大喊道："小心。"操场上声音嘈杂，周夕蓉背书背得专心，还纹丝不动地坐在那里。眼看球就要砸过来了，盼晞甩掉球拍就跑了过去，惊险地推开了球。由于冲力太大，她一时停不住脚，往前滑了好几步，直接踹飞了旁边的一个杯子。

杯子落地时，伴随着刺耳的啪嚓声，碎片散得七零八落。里面灌的饮料全部洒了出来，流了满地，弄脏了一旁的深蓝色风衣。

盼晞愣在了原地，垂下头，目光从鞋尖转到了脚边的那一片狼藉。釉白的底色上画着细腻的青色纹路，她全身一颤，忽然发现碎了一地的竟是青花瓷片。

盼晞抬头时看见了萧和尘。他不知何时站在了这里，盯着地面沉默不语。他的神色很复杂，沉着脸不太开心。

"啊！这是你的杯子吗？对不起。"盼晞说着急忙俯身去拾那风衣上的瓷片。她拾得太急，不小心手指被划了一道口子，隐隐冒出血来。她嘶了一声，把手指放嘴边吹了吹。

萧和尘眉头紧蹙，声音也出现了些许波动："徒手抓瓷片，你以为自己有机械臂啊？"

盼晞笑了笑："是机械手。"

许梦如和周夕蓉吓了一跳，慌忙来问她有没有事。江盼晞笑着摇了摇头。许梦如上下翻兜找纸巾时，萧和尘已伸手把餐巾纸递到了她面前："止血用。"

盼晞笑着说："不用。"她抹去了手指上的血迹。"真的挺对不起的。"盼晞说。

"没事，就一个杯子而已，不用在意。"萧和尘淡淡地开口。他的面色又变得很沉静，看不出情绪的变化。

"你也别太沮丧。哪里买的？我还你一个一模一样的。"盼晞说。

萧和尘轻笑了一声，耸耸肩说："想得挺简单！买是买不到的。"

"定制的吗？"盼晞仔细想了想，"那我干脆赔你现金吧。"

萧和尘脸上露出了淡漠的笑意，不耐烦地打断了她的话："现金就没必要了吧，我不缺现金。"

"有必要。"盼晞的态度异常坚定，"我从不欠人东西。"

萧和尘似是一愣，转而笑了笑："既然你这么说了，也行，不能让你的良心受谴责啊，对吧。"他轻笑着走近盼晞，低声道："赔什么我暂时没想好，以后我再告诉你，怎么样？"薄荷清爽的气息又一次在空气中弥漫。

盼晞仰起头来，目光毫不避让地盯着他："好啊，随时恭候。"

10

盼晞在回班的路上碰见了高一时的老班长程原琪，就是提到萧和尘便要一通骂的那位女生。

盼晞和她打了个招呼，却没想到她应了一声后，竟主动上前来找自己攀谈。果不其然，自己这样的小人物根本不值得她兴师动众，她是为萧和尘而来的。

"萧和尘这个人啊，别看他装出一副读书人模样，实际上粗鲁得很呢，毫无教养。"程原琪一边说着，一边把手搭在盼晞的肩上。盼晞抖了一下，有点儿不适应她这样亲热。实际上，她们一点儿也不熟。也许在程原琪看来，敌人的敌人便是可拉拢的战友。

盼晞嘴角动了动，牵强地笑道："今天是我打碎了他的杯子。"

说到杯子，程原琪又来了劲儿，她一口咬定那是校花乔萌萌送给萧和尘的。"那俩人的关系啊……"程原琪露出一个意味深长的讽笑，"不然你以为萧和尘为什么要选文科？

为了乔萌萌？你这么想可就大错特错了。他怎么会为了一朵花而放弃整座花园呢？还不是因为文科班的女生多。年纪轻轻就一道貌岸然的伪君子，大家还真以为他是喜欢历史才来了文科班呢。简直是笑话。"

　　程原琪忙着上课，率先进了教学楼。也许除却萧和尘，她们并没有过多可谈的话题，也许她的先行离开是为了避免四目相对却又静默无言的尴尬。

　　一楼楼梯的转角处贴了一张彩色的海报。盼晞猜学生会又在搞什么讲座。

　　"兴亡千古繁华梦，诗眼倦天涯。落拓不羁、倾国倾城的高二学长将拨开历史的重重迷雾，带你重归两晋的风云岁月，看尽金戈铁马，乱世沧桑，一樽清酒敬千秋英雄。"海报背景是一个男孩的侧颜，灯光勾勒出他高挺的鼻梁与尖削的下巴。盼晞的目光再向下移，她看到了性感的喉结，心中升起了一丝奇怪的预感。

　　海报左下角有几行字。讲题：从八王之乱到淝水之战。时间：周三下午大课间。地点：报告厅。主讲人：高二（1）班萧和尘。

　　事实果然不出她所料。盼晞又想起刚才程原琪的话来，也不知程原琪看了这幅海报将如何自圆其说。盼晞的关注点更多停留在海报本身，若是讲战争又如何以"诗眼"看待。盼晞更想窥探动乱年代的人心，常言道乱世是思想的狂欢。她想了解嵇康所说的"越名教而任自然"，也好奇如何像禅宗那样悟道解脱。她若把这词儿挂在嘴边，倒像是个博学的高中生，可实际上她什么也不懂，也许离懂的年龄还差了二三十载，可她早从初二那年就开始怀疑光怪陆离的大千世界了。

第三节自习课还未结束，同学们已盖上了笔帽，收拾好了文具盒与作业。段辞永远是最夸张的那位，他起身去把教室门推得大开，说是谨防拥堵。他两手支地，摆出110米栏起跑时助跑的姿态，大家知道他在刻意搞笑，一个个都很捧场地笑出了声。

下课铃响了，学生们一溜烟蹿走了，掀起了一阵风，吹拂起江盼晞额前的秀发。班里的人眨眼间跑空了一半，周夕蓉取下耳塞，伸了个懒腰，缓缓开口："今天好像有萧和尘的讲座，我也去抢个座吧。"

"抢座？"盼晞被她逗乐了，"你这是抢座的状态吗？"

周夕蓉左瞅瞅右看看，慢慢地反应过来："我是不是慢了那么一点儿？"

"好像不止一点儿。"盼晞认真地讲。

周夕蓉蹭地从座位上站起来，要拉着盼晞同去。盼晞问她："听讲座不带个本子吗？"周夕蓉笑道："你听评书还记笔记呢？"盼晞愣了愣问："你以前听过萧和尘的讲座？"周夕蓉说："是啊，这是个系列讲座。他就像个说书人，醒木一拍，折扇一晃，战争、朝堂、各方势力的倾轧讲得滔滔不绝，古今多少事，皆付谈笑间啊。有时感觉啊，历史这东西倒挺神奇的，经历者感到的是苦难，后世旁观者却觉得畅快淋漓。"

"看到的又不是历史的全貌。"盼晞说，"我有个奇怪的感觉，觉得有时小说比历史还要真实，一个人或者几个人的经历就像是时代的缩影。"盼晞一面说着，一面感到惭愧。虽然说的话很像大道理，可实际上她既没有读多少小说，也没看过几本历史书，不过是听了几句妈妈的观点，拾人牙慧罢了。

两人健步如飞地走到报告厅门口，却被眼下浩荡的阵仗吓了一跳。"人满为患？举步维艰？"盼晞自语道。听讲座的学生已经多得从后门溢了出来，像极了上班高峰期的地铁一号线。

她们俩历尽了千辛万苦，才挤到了报告厅的后门，场内早已座无虚席，目光所及连个立锥之地也没有。

不一会儿就有戴着红袖箍的学生会同学跑来维持秩序，气势凌人地把这些"无座游民"扫地出门。事实上，盼晞和周夕蓉自始至终就没进得门去。

盼晞见周夕蓉颇为遗憾，好心劝慰说："一次讲座而已，不用在意。"

"是啊，沧海一粟罢了，本来就不值一提嘛。"身后有一男生说道。

盼晞心说这男生倒挺潇洒自如，就也跟着附和了一句："听见没，不值一提啦。"说完又忽然发觉那人声音有些熟悉，她蓦地回首，看到的竟是萧和尘的脸。

盼晞一刹那无语凝噎。萧和尘低着头饶有兴致地打量着她："这是你说的，简直不值一提？"

"是你说的。"盼晞纠正道，"我只是个毫无感情的复读机。"

萧和尘一副无奈的样子："怎么不服的总是你？我可以说我专治各种'不服'吗？要不我给你提供个塑料椅，你就坐在第一排的贵宾席。"

"尘哥，你异想天开什么呢？"段辞拍了拍萧和尘，让他认清现实，"不仅塑料椅被抢完了，连讲台边上都坐满了人。"

"哦，那真的抱歉。"萧和尘笑了笑讲，"记下了，我欠你一场讲座。"

11

按说，竞选班干部这种事情应该与盼晞毫无瓜葛。江盼晞的高中生活简单到苍白，除了学习就是为学习而焦虑。可当她听说新设了心理委员的职务，不由得放下了手中的笔，心里百转千回，一时也不知是惊是喜。她不知道星辰六中出于何种目的要设这职务。

盼晞又想到了黎康乐，就仿佛有蚂蚁在啃噬着内心，又痛又痒，绵延不绝。如果自己在康乐身边待着，康乐是不是不会变成那个样子？可她想了想，又觉得太把自己当回事儿了。

班里的几个男生已经开始起哄，嚷嚷着说尘哥最适合当心理委员，理由还十分充分。首先尘哥冷漠啊，专治各种矫情与多愁善感。其次尘哥长得俊秀啊，只是站着不说话就十分地疗愈。盼晞以为只是个烂透的玩笑而已，附和地笑几声就过去了。殊不知萧和尘真的毫无自知之明地举了手，以压倒性的优势当选了心理委员。因为参选的人只有他一个。

正副班长的职位孤零零地空着，就像两颗烫手的山芋，无论送到哪里去，都无人接手。

老魏动员说："班长这个职务啊，虽然很累，但是非常锻炼能力。大家做事情时不要太急功近利，目光须放得长远些。"

"年轻人多锻炼一下，终会看到一个优秀、卓越、奋进的自己。"老魏毕竟是搞数学的，蹦不出再多的形容词来。他渐渐也住了口，大概是被自己的虚假营销搞得有些反胃了。

教室里更加安静了，只剩下写字与翻书的声音。老魏硬着头皮问："所以有人想当班长吗？"

奋笔疾书的声音更大了。

老魏感到毫无面子，心中有些恼火，横下心来决计要把烫手的山芋送出手。"于昊你来当班长吧。"老魏说。

盼晞听说过于昊，却也只是听说过而已。他同样是位活在神话世界的学霸，中招考试时他是市里的榜眼。

于昊正戴着耳塞专心刷题，根本没听见老魏说话。同桌小心翼翼地戳了几下他的胳膊，于昊不耐烦地甩着脑袋："干吗？"

"于昊。"老魏叫住了他，诚挚邀请，"你来当班长吧？"

"啥？班长？"于昊怔了一下，瞬间急红了眼，一蹦三尺高，脑袋摇得像个拨浪鼓，"老师，我……我还要学习呢。我真的没时间，我妈也不允许。"

同学们哄然大笑，怎么把家长拿出来当挡箭牌了？

老魏眉头微皱，但也没法发火。毕竟是他自己天天提倡，学生就要心无旁骛地学习。于昊也算把他的思想贯彻到底了，如果再批评于昊就是搬起石头砸自己的脚。

老魏又点了萧和尘的名字。萧和尘淡淡一笑："老师，我已经是心理委员了。"

老魏一听就笑了，笑得很大声，像是听了什么荒谬绝伦的笑话："你说心理委员啊，那就是个虚名，啥事儿都不用干，起不到什么锻炼作用。说白了，政教处要的就是个人名，不是个人。上有政策下有对策，稍稍敷衍一下就行了。班长可不一样，是要实际管理班级的。萧和尘，你这么优秀，得对自己有信心啊。你是能做到学习与工作两不误的。你看人家清北的优秀人才，都是一边做科研一边当着学生会主席。"

萧和尘垂下睫毛，修长的手指拨弄着手中的英雄牌钢笔，嘴角流露出自豪的笑意："那好，我兼任。"

老魏满意地笑了，他试图再用好话哄来一个副班长。可剩下的同学都没有萧和尘的自信。老魏的目光在班里逡巡着，但凡在哪位身上停留片刻，被青睐的那位同学就像中电一般抖上三抖，使劲地低头往书里埋，像只自闭的鸵鸟。

老魏也无计可施，一甩手把烫手的山芋丢给了刚走马上任的萧大班长："萧和尘，你对同学们了解，你来推荐一位副班长吧。"

萧和尘扑哧笑了，倒也没拒绝："让我思考一下。"一时间所有人都把目光集中在萧和尘那张即将掀起惊涛骇浪的嘴上。

萧和尘嘴角弯起的弧度一点点变大，所有人的呼吸也随之屏住。萧和尘蓦然抬头笑了一声，缓缓开口："我觉得江盼晞可以。"

空气瞬间凝固了，教室后面的钟表滴答滴答走了两下。班里爆发出了掌声与私语声，同学们的目光都云集在她身上。老魏微笑点头，一脸欣慰地瞧着她。盼晞的大脑蒙了，她回头望去，萧和尘像个没事人一样低头写起了作业。

天降大任于是人也？所以下面一系列的事情将是苦心志、劳筋骨、饿体肤？

下了课，周夕蓉率先坐不住了。她给盼晞分析，当班长不仅是累的事，还要跟政教处打交道。盼晞脑海里浮现出政教处主任仰脸梗脖大声吵人的模样，就像只短脖子野鸭，声音还很扎耳朵。

"没事，我不怕。"盼晞说。要说不害怕那是假的，她脸皮薄，在老师面前又特别笨嘴拙舌，一激动连句囫囵的话也讲不清。

周夕蓉说："盼晞，你大可以学习的名义拒绝，就像于昊那样。"

盼晞心想她哪儿能和于昊相提并论，于昊的成绩可是学校的王牌，人家自然可以用学习当挡箭牌。可她江盼晞算哪根葱，入班成绩才十几名，同水平的学生一抓一大把。话又说回来了，她也不想成为于昊那样除却成绩一无所有的人。

　　"我相信江盼晞。"沉静地坐在一旁的许梦如开了口。

12

"叮叮"的下课铃简直是学生心目中最美妙的音乐。结果，却不合时宜地吵醒了酣睡三节课的周夕蓉。她迷迷糊糊地睁开眼睛，打了个大大的哈欠，刚清醒两秒钟，脑袋一沉，又要倒头睡去。

"夕蓉。"盼晞叫住她。

周夕蓉把肉嘟嘟的脸贴在桌上，慵懒地摆摆手："今天谁也不能阻止我和周公约会。我昨晚研究哲学命题到三点呢。"

盼晞愣了愣，无奈地笑了。难怪周夕蓉的发际线在以肉眼可见的速度向后移，这样不分昼夜地思考人生，着实让人心疼。

"那你继续休息吧。"盼晞很体贴地说，顺便把自己的风衣披在了她身上。

周夕蓉扒拉扒拉风衣，满脸倦怠："没关系，盼晞你想说什么？"

"下午想借用下你的手机，我们一起挑礼物。"盼晞有些冒昧地说，因为她没有手机。

周夕蓉蹭的一下坐了起来，如梦初醒。她这才想起，不久后是许梦如的生日。周夕蓉感慨："盼晞我发现你有个特点，就是把朋友的生日记得很清。"

盼晞笑了笑，也许是习惯了，她小学时总这样。

周三下午是家长探视的时间。星辰六中的住校生与走读生是对半分的。下课铃一响，家长们左手拎一桶山药炖排骨、右手提箱牛奶就拥进了校园里。许梦如也是住校生，可一年多以来，盼晞没见过许梦如的家长。当其他住校生拉着爸妈痛骂星辰六中时，许梦如总是塞紧耳塞，垂下浓密的头发形成隔绝空间，再把脑袋深埋在书里面。

盼晞和周夕蓉找了间空自习室，两人蹲下身来，龟缩在讲台后面，偷偷摸摸地拿出手机。盼晞摸了摸自己的胸口，发现心跳得厉害。"真没出息，心理素质也太差了吧?"盼晞自己对自己讲。她心里住了两个人，一个是畏首畏尾的乖姑娘，一个是任性妄为的假小子。假小子被锁在了陋室里，好久都没出来放风了。盼晞感到悲哀，她不是个成大事的人，成大事的都不是乖乖仔。可学校要的是乖乖仔。

只听啪的一声响，门被推开，拍在墙面，掉下了一层白漆。金色的阳光刹那间涌进了自习室。盼晞手一抖差点儿把手机扔出去，她来不及看清是谁，三下五除二，唰地把手机揣在了兜里，低头弓腰缩成了个刺猬。

星辰六中禁止带手机，被发现了会有处分。盼晞心里怕得要命，她真瞧不起这样的自己。

"谁允许你选的文科！"教室里响起了女人的吼声。

讲台被声波震动得微微摇晃。盼晞向前倾了倾身体，从讲台后面露出半张脸来，仔细观察着眼前的情形。一位中年女子叉腰而立，女子出奇地漂亮，只是此刻的表情令人不敢恭维，用凶神恶煞形容也不为过，两排整齐的贝齿狠狠咬着自己的下唇，牙齿上沾了点口红。

盼晞从未在学校里见过这么漂亮的老师。今天是家长探视日，她猜测这是位学生家长。与中年女子相对而立的是一位身材挺拔修长的男生，此刻正低头沉思。男生又往里面走了几步，微微偏过头来，阳光勾勒出他棱角完美的轮廓。

竟是萧和尘，盼晞惊诧不已。

中年女子的声音又气又急："萧和尘你长本事了啊。要不是我今天来学校，你还想瞒我多久？你想把你妈气死吗？你给我回理科班去。"

萧和尘轻轻地摇了摇头，脸上已浮现了笑意："妈，对不起。我不转，你知道我是要研究历史的人。"

盼晞大概看明白了，原来这位漂亮的陌生女子是萧和尘的母亲。

萧母愣了几秒钟，气得嘴唇直打哆嗦："你疯了，疯了！"

萧和尘笑得人畜无害："妈，我现在大脑格外清醒，仿佛喝了十几罐咖啡，抹了几瓶风油精。"

萧母努力让自己变得镇静："萧和尘你知道吗？从你出生起，做妈的我就一直在帮你想人生出路，想了十多年，给你规划了最完美的人生，你只需按部就班地走下去……"

萧和尘无奈地笑了笑："完美的人生就是研究互联网科技，掌握萧氏集团命脉，最终吞掉资产？我人生的终极奥义就是当个抢钱机器啊。"

"和尘，瞎说什么呢？"萧母神色不悦，"妈妈没你想的那么世俗。妈妈只是想让你活得有尊严。你爸的遭遇你也清楚。他没出息，不务正业，科技公司都被他兄弟霸占了。你看看你叔叔们嚣张跋扈、对我们冷眼相待的样子。"

萧和尘突然微笑了起来："我当然知道，我生来什么都缺，要靠自己去争夺，过去的十多年我也都按你教导的那么做：曲意逢迎讨得爷爷的青睐，睚眦必报引得族弟的畏惧，没日没夜地学习以求将来争得更多家产。我真的累了，也受够了，我一想到将来要继续待在那个乌烟瘴气的地方，我就觉得心里不舒服。"

"心里不舒服？"萧母问，"你到底是知难而退还是道德洁癖？要是知难而退，那你别说是我儿子。我告诉你世道艰难得很，你生在萧家是上天给了你一条捷径。你想当什么？大学讲师？你把几十年的工资算在一起，看看有多少？别说你安贫乐道，你前几天用我淘宝账户买的风衣和球鞋合计下来可快上万了。如果是道德洁癖，那更搞笑了，你想和你爸一个下场吗？你孤光自照，与世无争，自有人把财产一抢而空。等你贫穷得流落街头，千万别乞求强盗的垂怜。他们只会看笑话，指着你的脊梁骨说你是家族的废物。"

"妈，如果我说我喜欢历史，除了研究历史什么事儿都不想干呢？"萧和尘说。

萧母气急："你明明有更好的出路，干吗把自己逼到死角？"

萧和尘仰着下巴，淡淡地笑了笑："可我觉得这就是最好的选择。"

他们终归没有谈拢，萧母气红了脸，摔门离去，撂下了一句话："好好想想吧你！"

萧和尘没有追着老妈出门，反倒懒洋洋地倚在了桌边，把目光投向讲台。"看热闹不嫌事儿大啊。"萧和尘轻轻地笑着，"说你呢，江盼晞你的鞋带开了。"

13

江盼晞哪里会想到，萧学神就连吵个架也不落俗套，透漏的信息足以写本家族秘辛。

晚上放学后，萧和尘恰好当值日生在班里扫地，他手提着扫帚，深弓着背，麻利地穿梭在桌椅之间，直到把所有垃圾都扫到了一起，才站直了身子。

盼晞本来想找个时机上前跟他解释一番，结果看到萧和尘连扫地都这么投入，实在不忍心打扰，甚至有点儿感慨萧和尘真的不像花花公子。

盼晞趁萧和尘出门倒垃圾，在门口拦住了他。盼晞信誓旦旦地讲："下午的事情只是个巧合，实属无意。你放心，我们会当作什么也没听到。"

萧和尘挥了挥扫把，漫不经心地讲："无妨，迟早会闹得沸沸扬扬。"

"什么意思？"盼晞问。

萧和尘轻描淡写地说："过几天等我转回了理科班，自然有多事的家长去我妈那里旁敲侧击，得到一些消息就开始四处传播。一个个舌头长得跟蜥蜴一样。"

"什么？你真要转理科班？"盼晞的声音一下提高了好多分贝。她也不知自己怎会如此激动。也许是萧和尘的倔强给了她希望，而她没想到，希望竟破灭得这么快，几乎是燃起的一刹那就灭掉了，让她怀疑那究竟是火花还是幻觉。

萧和尘也是微微一愣，转而神色黯然地点点头。

盼晞几乎是脱口而出："你下午说得那么信誓旦旦，为何这么快就放弃？你不是喜欢历史吗？你不是要开讲座让所有人都心服口服吗？你就甘心当个提线木偶让别人掌控着？你还是不是那个桀骜不驯的萧和尘？"

盼晞心中不禁感慨万千。人生本来就充满了各种各样的苦难与打击，如果再连自己热爱的事情都不能做，还讲什么人间值得？

盼晞突然意识到了自己的失态，有些话也许根本不应该从她这个陌生人口中说出。她神色略显慌乱地看了一眼萧和尘："不好意思，我有些激动了。"

萧和尘扑哧笑了，一脸奇怪的笑容上下打量着她："这就是你所说的，当作什么也没听到？"

盼晞无言以对。

萧和尘轻笑一声："随口说说而已，我在文科班过得好好的，干吗要转回去？你记好了，我将来是要写历史专著的人，别总轻易质疑我，我立场坚定得很，不撞南墙不回头。"

盼晞一下愣住了，发现居然中了这个人的圈套，微怒道："你……"

萧和尘立刻截住了她的话，淡淡地笑道："等下，你刚才那么激动干吗？我蛮好奇的，我是你什么人啊，你这么关心我？"

盼晞瞪他道："我为什么激动？还不是你先欺骗我的感情！"

萧和尘"哦"了一声，一副恍然大悟的样子："原来你对我还有感情啊？"

14

    星辰六中自称是和国际接轨的学校，但唯一的证明就是学校里有一个外教 Alice。当许梦如说出她要去找 Alice 请教问题时，盼晞不无惊诧。许梦如说："我和 Alice 很能聊得来的，有生词听不懂时，我就让她写纸上。她是加拿大魁北克的人，她说那里的秋天像个童话，fairy tale（童话），你懂吗？红枫叶落了满街，绵延不绝的尖顶红城堡，castle（城堡）。只看图我就已经沉醉了，晚上还破天荒地做了个美梦，梦里的我是个玩世不恭的小王子，身着蓝色的欧式宫廷礼服，骑着一匹白马踏上了城堡金碧辉煌的台阶。"

    盼晞记不清从何时起，梦如的言语变成了中英混杂。梦如的话明显多了起来，有次在众人聊得热火朝天时，梦如冷不丁地开上一个玩笑，逗得全场笑破肚皮。

    周夕蓉笑得抽搐，身体一倾倒在了盼晞身上："盼晞啊，许梦如变成现在这副不正经的样子，你可是要负全责的。"

    盼晞是副班长，自习课要坐在讲台上管纪律。下周有语数外三科的周测。她感到心慌，就像一簇迸溅的火苗烧灼着五脏六腑，烧得她炽痛难耐，心里噼啪作响。每一次，当她铆足了劲儿想要集中精力，就像有块千斤巨石忽然压在了胸口，压得她头脑昏沉，忍不住大声地喘息。

她常发觉，有只暴躁的魔鬼潜进了她的心中兴风作浪。盼晞忙着与魔鬼缠斗，与满篇练习题缠斗，内有忧外有患，此诚危急存亡之秋也，斗到最后精疲力竭，俨然忘记自己正高坐讲台上，负责着整个班的纪律。

刚打完篮球赛的男生，运动衫湿成了地图。他们趁着余兴，继续重温刚才的赛场。文科一班大概是赢了，这与盼晞毫无关系，跟大多数的同学也无关系，自始至终激动的只有那几个上场打比赛的队员。场上没有加油送水的啦啦队，预先好言好语劝来的啦啦队长，带头回班写起了作业。等打球的人带着满身汗味进班时，同学们下意识地捏紧了鼻子。盼晞感叹，班不成班，各自为战。

段辞激动得挥手臂，大着嗓门讲："最后几分钟里，余远那两个三分球真的是宇宙超级无敌酷拽，一投一个准呢，直接把六班的那几个队员惊得瞠目结舌。"

旁人附和他："就算说那个班被吊打了，似乎也不为过吧。"

段辞说："我给你讲，打篮球我就服余远。他在哪个队，哪个队就能赢。本来我觉得尘哥是天下无敌第一帅，但打起篮球来，余远可比尘哥还帅呢！而且余远是全球通，什么球都打得很厉害，足球、排球、保龄球、高尔夫球、乒乓球、羽毛球、网球，样样精通。"

正说着，余远恰好走了过来，略显不可思议地看着夸夸其谈的段辞。

"夸你打篮球帅呢，比尘哥还帅！"段辞笑嘻嘻地说。

余远没有说什么，只是嘴角以轻微的弧度略略翘起。他学习不好，自从来了星辰六中，很少听到人夸赞他。

段辞忽然笑了起来，压低声音悄悄地说："说句实话，尘哥是真的没什么运动细胞。"

旁边又有男生好奇发问："段辞，你之前不还说尘哥小时候打架很在行吗？"

段辞扑哧笑了："你别逗我了，打架算什么运动？尘哥小时候学的那叫散打。"

余远愣了愣："尘哥看着那么文弱，居然还学过散打？"

"可不嘛，这你就有所不知了。"段辞跷起二郎腿，捻着下巴颏儿，一副故弄玄虚的样子，"正因其文弱，才要学散打防身。要不总挨打，可如何是好呢？"

"什么？你说尘哥挨打？谁敢打他？"在座的男生登时瞪大了眼睛互相看了看，然后又齐刷刷地看向了段辞。段辞心中乐得响起了一阵阵欢呼声。每当旁人用灼热的目光盯紧他，他才能真实地感受到自己的存在。

段辞得意地往后一靠，舒服地倚在椅背上，嘴角流露出了一个讳莫如深的笑容。段辞心想，自己若斗胆把故事说出来了，尘哥怕是要对自己发上好大一通脾气。尘哥看着斯文，实际性情古怪得很。所以段辞早就打好了自己的小算盘，抛下个悬念，这样既满足了自己的虚荣感，又保守了尘哥的秘密。

众人见段辞陷入了缄默，还以为是萧和尘忽然现身，一个个忙转过头四处张望，却见萧和尘的位子上空空如也。有人问："尘哥上哪儿去了？"

"这还用说吗，依我对尘哥十足的了解，他必然是去超市给咱买饮料了。"段辞说话依旧是扬扬得意的语气，"尘哥很会笼络人心的。我们高一每次打完球，尘哥都给球员们买饮料喝。"

旁边有男生不无艳羡地问段辞："你何以和尘哥的关系这样铁？"段辞并未察觉到，这话里实际带了几分对他的质疑。他听完依旧沾沾自喜，挺直腰板儿，大言不惭地讲："没办法，我就是极富人格魅力的一人儿呗。"

旁人听后耸耸肩就过去了，段辞有多浮夸，谁心里还没点数？只有于昊不解风情，抬起头冷淡地讲了句："得瑟。"

段辞表情尴尬地愣住了："昊哥，你不能夸我几句吗？"

于昊哼了一声不再搭腔，继续低头写起卷子来。他心想时间就是生命，哪儿有工夫和段辞这等无关人士消耗时间。

教室是喧哗的，盼晞的内心亦是躁动的，两者仿佛在针锋对决。当教室里的喧哗声略胜一筹时，盼晞才从繁复思绪中回过神来。她抬眼望去，班里同学三五成群地打闹着。她内心竟有几分安慰，原来浮躁的人不止她一个。作为副班长的盼晞连喊了几声"安静"，可同学们说话的声音太大，远远盖过了她，任她喊几下都是杯水车薪，于事无补。

就在此刻，只听到咣当一声巨响，仿佛银瓶乍破。前门被推得大开，拥进来的除了铺天盖地的冷风还有位留着利落短发的中年女子。

说得起劲儿的同学们一抬头，差点儿傻愣在原地，纷纷吓得噤声，手在文具袋里一阵乱掏，不管三七二十一，拎起一根水彩笔就开始急忙装模作样地奋笔疾书。

徐苏的名号在星辰六中极其响亮，她是政教处的主任，跟她打过交道的同学再看到她时都躲着走，私下里都称她为暴君。

盼晞对此还煞有介事地进行了一系列的相关思考。是先有徐苏，还是先有星辰六中的严苛制度？换言之，是徐苏创造了制度，还是严苛制度培养了徐苏？后来盼晞渐渐发觉，徐苏纵使在星辰六中学子面前再威风八面，可她终究只是机器上一个小小的零件而已。

徐苏一进班，大家就安静得像舌头打了结。可徐苏并不好哄，脸还是拉得很长，像冻了层霜。徐苏是个不怒而威的人，只要不笑就看着凶巴巴的。她的眼睛会说话，目光锐利得像把解剖刀。萧和尘过后还调侃，徐苏的长相不去做政教处主任，真是对资源的严重浪费。他还说，人与人的分工不同，有人生来适合治愈人，有人生来为了规训人。盼晞心道，萧和尘当真犀利毒舌。

"真是反了你们了！"徐苏与往常一样，先是当头一句棒喝。

"你们看看表，这都上课多久了？还在那儿大声喧哗。我还以为自己是进菜市场了！你们真给星辰六中丢脸。想不想上课了？不想上课现在就给我下楼跑圈去。"

徐苏的声音着实响亮，不弱于刚才班里的喧哗声。只是此刻没人有胆子接话，胆小的学生已经开始腿发颤；而胆子肥的学生也知道识时务者为俊杰，一边埋头看书一边吐舌头。

徐苏又尖尖地吼了一声："我问你们话呢！给我装起哑巴来了？现在知道写作业了，刚才一个个仰脖尖嗓的！"

同学们依旧沉默着，只是把头埋得更深了几分，一是看着虔诚恭敬，二是显得认真刻苦，至于第三条，是为了遮掩这一刻脸上的微妙表情，以免让徐苏瞧见了怒火陡增。

徐苏说："再有下回，你们全都给我站走廊上去，每人写上五千字的检查。"

众人以为这场训斥即将告终，预感徐苏这一转身是要推门而去，殊不知，徐苏一下子转了三百六十度，指了指坐在讲台上的盼晞："你出来。"

盼晞当上副班长那天就有预感，这个在星辰六中走廊上反复上演的画面，也会降临在自己头上。盼晞没有恐惧和逃避，坦然地随徐苏到了门外的走廊上。

盼晞垂下头来，诚恳认错，谨听徐苏的教导。

徐苏说："你是看不见，还是听不到？班委坐讲台上是管纪律的，不是当雕像的。你觉得自己很好看还是怎么的？摆出样子给谁看呢？"

徐苏有自己独特的说话艺术，专拣难听的讲，语气咄咄逼人，一通疑问句问得人哑口无言。

"自我、冷漠、毫无责任感可言。你知道你这叫什么吗？精致的利己主义者。星辰六中决不要这种学生。"

徐苏的训斥声充斥了整栋教学楼，如雷霆暴风，而盼晞便像被肆意摧残的花朵。

盼晞明明可以告诉徐苏这次是个例外，自己正在努力准备数学考试，确实无暇顾及班里纪律，或者跟她解释，自己大喊了很多遍"安静"，只是没有人听从而已。

但她没有辩解，任凭徐苏数落指责。她怪自己不够优秀，无法同时兼顾学业与班级工作。她必须承认自己比不上萧和尘那样的天才。错了就是错了，何必再给自己找无数个推托的理由。

"主任，错不在她啊。"有人拉长调子喊着。走廊转角赫然转出个人。

盼晞身体蓦然一震。只见萧和尘右手插兜，左手提了一袋子瓶装汽水，衬衫湿了半截，吊儿郎当地走到了她身边。"徐主任，您是不是吵错人了？我才是班长，她啊，就是个副职。"

"犯了错误倒还有理了？我告诉你，你这个班长同样当得太差劲了！"徐苏怒道。不出所料，萧和尘嬉皮笑脸的样子很快转移了徐苏的注意力。

萧和尘淡淡一笑道："您说得没错。"

站在一旁的盼晞忽然开了口："失职的是我，犯错误的也是我。我给老师添麻烦了，也辜负了同学们的期望。"盼晞向徐苏鞠了一躬，又转身朝着班门的方向同样鞠了一躬。

"不，错根本不在你。"萧和尘斩钉截铁地说。他想说是我出于私心非要逼你当副班长，才会让你今天挨吵。可这一切都哽在喉中，说不出口。

盼晞转头冲他淡然一笑："班长不要再说了，这和你没关系，请回吧。"

一瞬间，无边的苦涩在萧和尘心头疯狂地肆虐。这样的感觉，他从来不曾有过。萧和尘紧紧地盯着她，可终究没说一句话。

15

　　盼晞看得真切，当她把那个包装精致的礼物盒塞进许梦如怀中时，许梦如经历了短暂的诧异，眼里忽就起了雾。她转过身去，背对着盼晞，想装作什么都没发生过的样子。只可惜，浓厚的鼻音还是让她露出了马脚。"江盼晞，你是有多无聊。你没事记这无聊的日子作什么？没人记得的。"她的情绪着实有些激动，过了会儿，似是意识到了自己的失态，极力想扭转，又干笑了声，"客套，不就是生日，多大点事儿啊，你送什么礼物？你知道我这人不喜欢收礼，其实也没人送过。"她自己把自己给逗乐了。

　　盒子里有两件礼物。第一件是木色的旅游手账本，展开扉页是张世界地图，后面的每一张都是彩色的风景画，夹层用来夹旅游的照片，下面的空白格留着写随想。

　　第二件是盒主题为"与你一起环游世界"的明信片，绘着世界各地的山川河流、瀑布海洋、都市古城。明信片装在精致的木盒子里，许梦如刚见木盒时，手抖了一下："这是……那个……"许梦如的语气不再平静。她旋即打开盒盖，一张张地翻阅，盼晞从旁边揽着她的肩一同瞧这纸上风景。

香格里拉的湖泊映着雪山，澄澈透亮，一尘不染；甘南的荒漠落日是一种旷古的寂灭，一条无人公路就像通往世界的尽头；林立居民楼间逼仄的街，街边带着烟火味道的小店，温柔夜色中闪烁着霓虹灯牌，香港的夜就像张复古胶片触发了一切关于20世纪香港电影的回忆；奈良的樱花小鹿，飘落的樱花是人间的大浪漫；瑞士童话般的乡间小镇；余晖下的金门大桥以浮华城市的剪影为背景。每一帧明信片都在讲述着浪漫的情怀，美到极致便让人心生憧憬。盼晞一直都觉得，美妙的景色是一剂治愈的良药。

盼晞解释说："这些照片出自我在社交媒体上关注的一个驴友摄影师。他的摄影作品常出现在地理杂志的封面。"

"我知道他，我当然知道啊。"许梦如说，"这位摄影师名叫'天地任平生'，明信片是限量发售的，只有五十盒。当我看到他有五百万粉丝时，我就打了退堂鼓。只是我没有想到……我真的没想到，那天开抢时，不是上课时间吗？"

盼晞笑而不语，旷课看手机这种事轻易不要讲出口。许梦如却已经回忆起星期三下午晚归班的江盼晞。许梦如一时竟讲不出更多的完整话来，只是重复着："你啊你……"

盼晞笑着撇开话题："那位摄影师的人生倒也传奇。他不是学摄影出身的，也不是旅游管理专业毕业的。他本来是个电脑工程师，有天忽然就看倦了人生。有人解释是因为他家人去世了，他看着病床上家人撕心裂肺的疼痛，忽然觉得人生无解。又有人说他的公司在一夜之间从市值几十亿到跌停退市，攥在手里以为是命根子的东西，忽然就灰飞烟灭了，他跌进了绝望的深渊。也说不清什么样的契机，让他忽然当起了背包客，先是骑摩托车环游中国，又深度旅行了五大洲二十多个国家。"

"你从哪里知晓了我的梦想？"许梦如问她。

盼晞说："你刊载在校报上的英语作文，说你学英语只是想多去几个国家旅游罢了。你知道吗，和别人比起来，你的理由真的蛮酷的。"

"还有，"盼晞继续说，"你常对着地图发呆。我思量着，每一个爱诗的人大概都会憧憬远方吧。"

"原来知晓的只是这些。"许梦如说。

盼晞疑惑地问她："那你以为的又是什么？"

这一次轮到了许梦如笑而不语。

16

　　许梦如讲，这是她过得最快乐的一个生日。原来当生日被别人记起时，才真正有了仪式感。那天下午大课间，她订了三杯奥利奥蛋糕奶茶的外卖。盼晞用衣服罩着外卖，周夕蓉放哨，防备随时会从草丛里蹦出来的政教处老师，一路上像极了在做特工任务。许梦如说："如果是一个人取外卖，除了紧张也没什么其他感觉，但是三个人就极富游戏体验感了。""战略大转移?"盼晞笑着打趣。三人很快从学校后门转移到了食堂里。三人在食堂落座后，盼晞又起身去学校超市买泡面。

　　如果说位居学校美食榜榜首的是泡面，那这个学校的食堂大概是无药可救了。盼晞为了改善生活，已经是第三天进超市买泡面了。

　　回首高一时，食堂尚存两道像样的菜，一曰麻辣烫，二曰炸鸡。盼晞依稀记得今年夏天自己右手拿筷子扒拉着火锅丸子、左手举着鸡腿的贪吃鬼模样。结果高二刚开学，那两个窗口全都被取缔了。原因是不利于学生形成健康的饮食习惯。

盼晞听说后瞠目结舌，气得牙痒痒。星辰六中真是一片神奇的土地，不仅培养你的学习习惯，还要改变你的饮食习惯。

从这以后，食堂的主打菜就成了凉拌黄瓜丝、清汤萝卜挂面。一批批寡淡的养生餐弄得学生头晕目眩。

超市的人很多，都是来改善生活的。收银台前排着曲折的长队，盼晞夹在其中。眼看离收银台越来越近，突然有个身材强壮的男生撞进了队中，直接把盼晞还有附近的两三个人挤出了长队。

盼晞没站稳，往后退了好几步，刚好踩到某个同学的脚上，她没站稳身子又是一跌，像个小陀螺一样晃晃悠悠地撞进了另一人的怀中才算停了下来。

"同学，对不起。"盼晞立马转身冲那位同学道歉。

结果盼晞刚回过头，就看见了萧和尘。她的目光被萧和尘身旁的女生吸引了，那女生当真是绝顶漂亮，像个电影明星。盼晞愈看愈觉得眼熟，恍然发觉那人就是星辰六中的校花乔萌萌。

乔萌萌的目光往下垂，盼晞只当自己直愣愣地瞧着她把她看得害羞了，便也不好意思地垂下目光。垂下后才发现，乔萌萌的白布鞋上印着一个大大的脚印。盼晞的脸唰的一下红了，尴尬至极，这一路撞过来，她祸害了多少人？

盼晞向她致歉。乔萌萌并没有骂骂咧咧说你不长眼之类的话，她只是抿嘴一笑说了句"没关系"。盼晞更加愧疚了，也感慨于她的人格魅力。难怪如此啊，盼晞瞬间思绪纷飞，想起了萧和尘与乔萌萌之间扑朔迷离的关系。这是他们俩第一次同时出现在盼晞的视野里。她忍不住在心里猜测揣度。

"你还好吗？撞到哪里没？"萧和尘问盼晞。

"我好得很。"盼晞说。

"真傻了。"萧和尘伸手在她眼前使劲晃了晃，"别人插队，都把你挤出来了。"

"哦？你说这事儿啊。"盼晞脑海中这才缓缓浮现出刚才的场景，的确是那个爆炸头男生在作祟。以她的风格，遇见这种事情必须要讨回公道。她转身准备走，却被萧和尘拽住了帽子。

"松手。"江盼晞扭脸斜了他一眼。萧和尘却伸手抢走了她手中的康师傅老坛酸菜牛肉面。"干吗呢你？"盼晞蹦着要抢回东西，萧和尘却高举过头顶，不让她碰到。"我帮你。"萧和尘说。

盼晞抱臂而立，远远瞧着萧和尘。只见他一手按在插队男生的肩膀上，低下头面色严肃地讲了几句话，插队男生好像抖了一下，就让出了位置。萧和尘接替了他的位置，刚巧排到了收银台，他就直接把泡面的钱也付了。

盼晞一下子蒙了，她扭头用一脸探索八卦的神情盯着乔萌萌，乔萌萌正以同样的神情望着她。盼晞顿时有点儿摸不着头脑，也不知道萧和尘演这么一出热情的戏码究竟在给谁看。

盼晞赶忙追了过去，然而萧和尘已经付了钱，飘然走出了超市大门。盼晞看到萧和尘正靠在食堂的桌边等她，还顺手提了个开水瓶。

盼晞把买东西的钱如数还给了他。萧和尘没有推辞，垂眸看着手中的一张纸币和一个硬币，只是淡淡地说了一句："你终于把十以内加减法算对了。"

17

　　盼晞扒拉泡面的时候，无意间一瞥又瞧见了相对而坐的萧和尘和乔萌萌。这俩人就坐在盼晞斜前方的餐桌边。萧和尘边上还坐了一个男生，他正缩在角落垂头看书。盼晞因看不清他的容貌，特地找周夕蓉借了副眼镜。

　　盼晞架着眼镜瞧了瞧，发现那位男生也是星辰六中的一位名人。他叫凌辰枫，高一时就在全省数学竞赛中拿了金牌，还跻身了全国赛。功成名就之后，他那张稳坐教室、低头沉思、眉头紧蹙的帅气特写在学校展板里贴了半学期。星辰六中素有崇拜学霸的优良传统，一个个同学东施效颦学起了偶像的"凌式沉思"。不承想，这种表情风靡校园，每到自习课，班里就仿佛义愤填膺之士济济一堂。

　　盼晞托腮观察着那张桌上的实况，只见萧和尘谈笑风生，像个卖假药的大忽悠，时不时拍一下凌辰枫的肩膀。

　　盼晞捻着下巴颏儿，若有所思地讲："总觉得事情不像程原琪说的那样简单。"

许梦如转身看了一眼："难不成乔萌萌和那个数学幽灵凌辰枫是一对？"

许梦如说完，大家都笑了。星辰六中流传着这样一个玩笑，就算木头恋爱了、石头结婚了，数学幽灵也不会早恋的。

盼晞想了想说："这事得深入侦查，才能下结论。"她还运用了柯南的名言："真相只有一个。"

周夕蓉扑哧笑了，险些喷出一口奶茶来。许梦如愣了一下，摆手在盼晞眼前晃了晃："江侦探？如果你一定要侦破这个案子，那我只能无条件支持你的行动。"

萧和尘吃完饭和那两人走出了食堂，盼晞撇下许梦如和周夕蓉跟了出去。

一路上，萧和尘都站在中央，边上的两人总是沉默不语，大多时刻在抿嘴微笑，只偶尔张开绣口说上一两句，像两个大家闺秀。萧和尘的话着实多，还连说带笑，笑声震天响，吓飞了树梢上的两只麻雀。笑完了，他似乎脱了力，一倾身子瘫在凌辰枫肩上，凌辰枫面不改色，任由他这般闹着，一副心不在焉的样子。

盼晞若无其事地跟在他们后面，心中感叹，萧和尘的模样像极了哗众取宠的小丑。

萧和尘大概是有所察觉，走路速度越来越快。转过一个弯道时，萧和尘忽然回了头。盼晞立刻侧过脸，伸手抓来一片灌木丛中的泛黄的树叶，装出认真欣赏的模样来。盼晞心里责备自己的行径像个狗仔。

萧和尘笑了笑说："真没想到你比我还清闲啊。"

盼晞装作没听见的样子，继续低头摆弄着树叶。萧和尘却几步走到了她身边，直到离她半步远时，盼晞终于装不下下去了，抬起头来弯了弯眼睛笑道："你好啊。"

萧和尘低头看了看地面，她穿着卡其色的带跟凉鞋，露出白皙的双脚，纤细的脚踝，优雅迷人。只是小趾的一侧蹭得有些发红，大概是走得太快的缘故。

萧和尘表情淡漠地指了指她的鞋："你下次跟踪时别穿这种有跟的凉鞋，听着聒噪。"

18

"你也该注意下自己的语文成绩了。"妈妈这样对盼晞讲，"你瞧瞧你书架上的世界名著，都落一层灰了，再过几天就该结蛛网了。我以一个文学教授的身份告诉你，不阅读休想学好语文。"

"拜托我的老妈，你能不能看清一下形势？想在数学的夹缝里找出点读小说的时间谈何容易啊？"盼晞说，"再说了，这是个讲究做题技巧的年头，你文学素养再高，得不了高分，也只能是哑巴吃黄连——有苦说不出啊。老妈你也别蹙眉头，我还是中学生，学校就是应试教育，铁打的规矩，你再吐槽也没用。"

"那我给你找个语文班去。"盼晞妈妈说。

教室隐藏在一栋破旧的居民楼里。盼晞妈妈说这是她费尽心思从一位熟识的家长那里打听到的课外班，据说星辰六中的各路学霸都云集在此。各路学霸？不知是否有姓萧的那一路？盼晞心想。

盼晞进班的时候看到了于昊。她在前排找了个临近过道的空位坐了下来。几分钟后，走过来个男生对她讲："同学，借过一下吧。"那男生的声音干巴巴的，没什么音调起伏。盼晞特意抬起头看了下，这一看就呆住了，心中暗道："当真是巧了。"

　　这位架着圆眼镜，看起来斯斯文文的男生可不就是星辰六中的竞赛大神凌辰枫吗？

　　"尘哥，咱们进去吧。"凌辰枫扭头对后面的人说。盼晞再一抬眼，正好与那姓萧的学神四目相对。萧和尘就站在凌辰枫的身后，下巴颏儿还搭在凌辰枫肩上。

　　"哎哟嘿，你都跟踪到这里了？"萧和尘又在开盼晞的玩笑。盼晞不甘示弱地反击："这次可是我先坐在这儿，跟踪的人倒像是你。"

　　萧和尘被逗乐了，本是想冷笑一下，结果没把控好风度，大笑了好几声，牙龈都露出来了。"挺有意思一人儿。"萧和尘自言自语，把书包甩在了与她相隔一个座位的地方。

　　盼晞望着他们俩之间的空位子思绪沉沉。她果然还是猜到了，没过一分钟，伴随着一阵轻快的笑语，身旁走来个扎着长马尾的女孩子，是校花乔萌萌。乔萌萌的嘴里叼了根棒棒糖，空气中飘荡着大白兔奶糖甜甜的奶香味。

　　她在盼晞旁边落了座。也算是有过一面之缘的人了，盼晞鼓起勇气跟她打了个招呼。乔萌萌瞧见她，忍不住微笑了起来："你好呀。"

乔萌萌笑的时候，眼睛弯成了月牙的形状，就像个八九岁的小女孩儿。

当真是好看极了！盼晞无论是第几次见她都会重复这样的话，有时会多加个副词或补语来抒发感叹之情。盼晞及时低下头，不好意思再这么直勾勾地看着她，自己这副神态万一被当成小流氓可就冤枉大了。觊觎美貌这事儿她不干，她只是心里翻起了浓浓的容貌焦虑感。盼晞腹诽："星辰六中真是个成吨贩卖焦虑的鬼地方。"

乔萌萌刚坐下来，就转身去找萧和尘、凌辰枫聊天。课间有十几分钟，乔萌萌拿出本教辅，翻开摊在了萧和尘面前。"给我讲道数学题吧。"乔萌萌说。

萧和尘应了一声，却连题目都没看，就浮夸地叫唤了一声："天啊！这题也忒难了！我怎么一点儿头绪也没有，大脑唰的一下全白了。"

"啊，我的天啊！"乔萌萌先是惊诧地张大嘴巴，再是长叹一口气，愁容满面地讲，"这可该如何是好啊？"

"有了！"萧和尘蓦地在空中伸出食指来，一副灵光乍现的样子，"别忘了，我兄弟是数学竞赛班的种子选手，岂有他解不出的题？"萧和尘一面夸张地说着，一面理所当然地把教辅塞到了凌辰枫的怀里。

凌辰枫表情愈来愈怪异："尘哥，这道题你真的不会？"

"是啊。"萧和尘信誓旦旦地讲。

"可这是一道初二的题……"凌辰枫说。

萧和尘瞪他，在他耳边低语："呆子，就算是道幼儿园的题，我也不能会啊。"萧和尘拍了拍凌辰枫的肩膀，"咱俩换下位子？你给乔萌萌讲题。"

凌辰枫顿时愣住了，原来这两位喜剧演员演了半晌竟是为了这个？凌辰枫稍显迟疑地说："没必要吧，这题套个公式就出来了。"

萧和尘说："那你就讲讲公式是怎么推导的。"

凌辰枫再次犹豫了："可这公式要用高数来推导，不知道乔萌萌愿意……"

"我愿意学！"乔萌萌声音清脆地讲。

就在一刹那，盼晞看到凌辰枫的耳根子红了，慢慢地脸颊也跟着涨红了。他不好意思地垂下头，抿了抿嘴，嘴角却忍不住地扬起，最终轻轻地点了下头，与萧和尘换了座位。

凌辰枫在讲，乔萌萌在听。坐在一旁的盼晞已灵敏地察觉到这奇怪的氛围。凌辰枫讲的内容或许艰涩难懂，但这并不碍事，因为没过一会儿，乔萌萌的目光就从草稿纸移到了凌辰枫的侧脸。慢慢地，凌辰枫也不讲了，对着稿纸傻乎乎地笑。乔萌萌呢？就傻笑地看着他傻笑。盼晞想到了许梦如常给她念叨的一句诗："我们站着，不说话/就十分美好。"许梦如会用这句诗来形容她们俩沉默的时刻，而盼晞倒觉得眼前的场景更合诗意。

美好的氛围终归是被萧和尘那个大嘴巴打破了。萧和尘提议下了课去附近一家火锅店吃饭，凌辰枫挠挠头，不紧不慢地说："我记得乔萌萌之前发了条朋友圈说那家店的锅底口味太重。"

"你注册微信号了？"萧和尘问。

凌辰枫说："我刚注册的，现在列表就一个好友。"

"哦，就一个好友啊。"萧和尘嘴角流露不怀好意的笑，"暗恋专用号？"

19

下课后，门口挤满了人，有准备撑伞的，有等家长的。盼晞挤到门旁，外面天色阴沉，下了大雨，她借着昏黄街灯看到银针如瀑布般洒落。石砖上的沟沟洼洼积满了水，雨滴漾开一圈又一圈波纹。

这里还总是下雨，不是淅淅沥沥充满朦胧气息的小雨，而是要把大地冲刷得一团糟的倾盆暴雨。这里地势又低，每次暴雨过后，路面就像片污浊的汪洋。

妈妈迟迟未到，盼晞猜她是被这场大雨困在了路上，大雨来临时，积水几乎淹没了汽车的半个轮子。

萧和尘恰巧在门口徘徊，盼晞向他借手机打一通电话。事实果然如她所料，江母让她先回自习室写会儿作业。盼晞感到疲惫，小学时她以为这世界丰富多彩，她能做许多事；等长大了点儿却发现，原来人们能做的不过是学习和工作。

这时，凌辰枫垂头丧气地走过来，失落地说："尘哥，火锅店去不了了，我得去找我叔叔上物理课。"

萧和尘看了看手表："已经七点钟了，你又不吃晚饭了？"

凌辰枫无奈地一笑："你知道的，我的晚饭都是十点才开始。我先过去了。"凌辰枫的语气有些疲倦。

凌辰枫刚迈出几步，似是想到了什么，突然转过头，麻木的脸上流露出几分笑意来："尘哥，谢谢。我知道你一直在帮……"

"不用谢我。"萧和尘淡淡地说，"你本来就值得。"

"我……"凌辰枫的声音一下就哽咽了，"尘哥，你说这些干什么？"

"你知道的。"萧和尘又重新恢复了脸上的笑意，"去上课吧，别迟到了。"

凌辰枫愣怔良久，终究没说出一句话来，转身匆匆离去。那微颤的背影有种说不出的寂寥。

冷风吹进了课外班的走廊，江盼晞感叹了一句："好冷。"她转身看向了萧和尘，漫不经心地说："天凉了，我请你去吃火锅吧。"

"请我？"

"对，我今天心情好。"盼晞微笑地直视着他说，"就去你说的那家火锅店。"

萧和尘轻轻笑了几声："你是好奇我和凌辰枫与乔萌萌之间的关系吗？"

盼晞耸耸肩："这有什么可好奇的，你不就是月老吗？"

萧和尘无奈地笑了笑："知道了还请我吃火锅？"

"就是因为知道了，我才请你。"江盼晞笑得灿烂。

萧和尘转身拿起挂在墙上的雨伞，用伞尖指了指门外："那走吧。"

火锅店里冒着重重白气，云雾缭绕。

"萧先生好。"服务员看到了萧和尘，很热情地跑出来迎接他。

萧和尘似乎是这里的常客，和店员一副熟络的样子。

二人落座，萧和尘先帮着盼晞把风衣塞到一旁的储物筐，又将两人的茶具拆去塑料包装，拿热水冲了冲。洗好后，又帮盼晞倒上了茶。这一系列的程序，萧和尘做得如行云流水，就像是经过专业培训的服务生。

萧和尘似乎也察觉到自己这些行为过分殷勤，无奈地耸肩解释道："只是形成习惯了。"

萧和尘认真地勾画着菜单，半分钟就圈好了，把菜单递给了盼晞："你随便点，我请客。"

盼晞抬眸看了看他，轻轻一笑："我不喜欢别人跟我抢账单。"

盼晞好奇地看了眼他点的菜，雪花肥牛、肥牛上脑、香辣牛肉、鲜切牛肉、牛黄喉、牛肉丸、牛仔骨……

"肉食者鄙，未能远谋……"她脑海里凭空飘出这句话来。

"你吃生菜吗？"盼晞问萧和尘。

萧和尘倚靠在桌边，支着下巴颏儿看她："你什么恶趣味，我不吃剩菜。"

盼晞环视着火锅店的风光，店内装饰着小桥流水，古香古色。"看样子，你很喜欢来这家火锅店。"盼晞说。

"作为一位历史爱好者，我自然喜欢一切带有古风的东西。"萧和尘优雅地举起茶杯，眼神蒙眬，轻轻抿了一口茶，"这装修甚合我意，就像个古代的小茶楼，若来往有背行囊的侠客、坐轿子的官人，舞台中央再玉立位长袖曼舞的歌女，我就真以为在做梦了。话先立在这儿，等我资金充足之时，把它收购了未尝不可。"

"店长，店长，有人觊觎你的店呢。"盼晞开玩笑地讲，她笑得过分开怀，一不小心就把口中的茶喷了出去。几滴茶水带着一小片茶叶就那么喷到了萧和尘的脸颊上。

"你……"萧和尘怔住了。盼晞瞧见他这副狼狈样，不禁笑弯了腰，好心给他递去一条湿毛巾。

萧和尘还没反应过来，盼晞就摇了摇手腕，毛巾上的水珠甩在了萧和尘长长的眼睫毛上。萧和尘反射性地闭上了眼睛。江盼晞趁机在半空中展开了毛巾，唰的一下蒙在了萧和尘的脸上。

盼晞终于忍不住了，扑哧笑出声来，一场恶作剧仿佛让她回到了童年那段爱闹腾的时光。

萧和尘不禁气结，哼了一声，扒拉下来头上的湿毛巾，擦了擦脸，然后端起一盘肥牛呼啦啦地倒进了锅里面。

盼晞若无其事地问："对了，那天我打碎的陶瓷水杯外观很好看的……"

"我爸送我的生日礼物。杯子上是他的国画作品《傲雪凌霜》。"萧和尘说。

"原来是这样啊。"盼晞说。

萧和尘说："想听我爸的故事吗？我和他的经历倒是有几分相似。他本是学理工科的，后来跟着些画家、诗人出去游历山河，忽然变了性子，改行学了水墨画。我爷说他沉醉在那个时代的幻想中，死活不愿意醒来。"

"其实无论是水墨画，还是书法、篆刻、古体诗，我爸都有涉猎。他还喜欢收藏古籍善本，这倒是对我大有裨益。我和我爸交流并不多。他有自己的文人圈子，聚会写生是常事，我偶尔会和他见上一面。我忙着和卷子周旋，他泼墨挥毫，陶醉于画卷之中，各自相安，无非是他问一句，近来学习可好。我回问一句，近日有没有开画展。这话问多了，听着挺乏味的。也许，他更喜欢和山水对话，而我不显山不露水。"萧和尘眉毛轻轻扬起，像在讲一个不甚有趣的冷笑话。

"想必叔叔在山水画方面很有造诣吧。"江盼晞说。

萧和尘愣了一下，蹙眉沉思片刻，微微笑道："怎样算是有造诣？若是拿名声衡量，也许欠妥。可他这番耕耘最后无人问津，那又是为谁辛苦为谁甜？"

萧和尘抿了口茶，无意噙到片茶叶，舌尖微苦。他再次开口时已经转移了话题，他笑道："那个杯子上画的是岁寒三友，寓意挺美好的。希望我不怕冷，冬天也别感冒。"

盼晞听完后笑得花枝乱颤。

"你别笑啊。"萧和尘说，"我爸无论做什么都喜欢讲究个寓意，比方说我的名字'萧和尘'就取自《道德经》的'和其光，同其尘'。我爸说这是他喜欢的处世方式。"

"原来如此。"盼晞说。

萧和尘无奈地笑了笑讲："最初我可不懂这寓意，还去质询我爸呢。我说'和尘'这名字取得不好，让人不由得就想起了'同流合污'一词。我爸瞪了我一眼，递了本词典给我。"

江盼晞准备备涮菜时，才注意到了锅底，问道："这是鸳鸯锅？萧和尘，你是不是对鸳鸯有什么误解？"

"怎么？你还研究过鸳鸯呢？"萧和尘淡淡地问。

江盼晞无言以对。

两边的底料看样子并没有什么区别，都是上面覆满一层厚厚的红油，油上漂着几根火红的小辣椒。

萧和尘用勺子捞起了几粒花椒说："一边麻辣，一边香辣，不可以吗？"

"可以，可以，当然可以。是我输了。"江盼晞拱手说。

赠送的小食里有份茴香油条，萧和尘居然拿了几根泡在了火锅里。

萧和尘解释："个人喜好，我什么都爱放在火锅里煮。哦，除了汤圆。"

"你煮过汤圆？"

"试过，香辣锅底煮蓝莓味汤圆。汤圆不太争气，烂了。"

"味道如何？"

萧和尘笑说："相当于小布丁蘸老干妈，你觉得呢？你要想吃，我可以给你露一手。"

江盼晞笑着摆了摆手。

江盼晞从锅中夹起一卷肥牛，蘸上些许芝麻酱，送到嘴边，朱唇轻启，皓齿微动。可还未来得及细嚼慢咽，只听到一丝轻微的咔嚓声，麻椒的威力在一瞬间爆发，舌头被麻得不住颤抖，接踵而来的浓重辣味就像是一团灼热的火焰不断地燃烧着味蕾。

辛辣的味道直刺咽喉，江盼晞辣得从脖子红到额头，一瞬间泪眼汪汪。她忙不迭地拿起了杯子，大口大口地喝着茶。等江盼晞缓过劲儿来时，额头已经冒出了一层细密的汗珠。

"你不觉得辣吗？"江盼晞问。

"当然觉得。"萧和尘笑了笑，"这是我常吃火锅的一个原因。每当我辣到飘飘欲仙时，所有的烦心事都可以抛在脑后。说到底就两个字：'解忧。'"

谈到凌辰枫，萧和尘无奈地笑了笑："你以为我喜欢当电灯泡啊？"

"是啊，我真以为。"盼晞说。

萧和尘无言以对："如果不是凌辰枫，而换作别人，我才不会这样卖力。不只是我们关系铁的缘故，你不了解凌辰枫。大多数人都以为他是天之骄子，是成绩优异的竞赛大神，是住在独栋别墅里的富家少爷。可事实上呢，他一路走来真的不容易，孑然一身，就像个海上的漂零者，连块浮木都抓不到。他没尝过生活的甜，就以为人生是枚彻彻底底的苦果，没什么理所应当的幸福，遇见甜的也当成糖衣炮弹，想要抱头鼠窜。我若是不推他一把，难道就让他眼睁睁地错过？"

关于凌辰枫和乔萌萌的故事，盼晞后来又断断续续地从萧和尘和段辞那里听闻了一些。

在凌辰枫还不懂得何为去世时，他的父母就都出了意外离开了他。他只依稀记得那天，一个大木头盒子后面跟着黑压压的一群人，那是哭丧的队伍，里面大部分是陌生的面孔。他们哭得很凶，像野兽的怪号，凌辰枫被吓得小脸苍白，哇的一下就哭了出来。他想拽着妈妈的衣角，藏在她的背后，可是却没能在人群中寻到妈妈的身影。

从那以后，他换了个住处，那是一个幽深的小院，院子里有一座三层小楼，他住在一楼背对阳光的小屋里，晚上野猫一阵阵的叫声听着有些瘆人。

他渐渐搞清楚了，那位头发银白，不苟言笑，动不动就爱踢飞痰盂或是指着别人鼻子怒吼的暴躁老头儿竟然是自己在这里的唯一亲人，尽管爷爷给予他的从未有亲情，大部分只是一个上级军官对下级士兵的威慑而已。

凌辰枫童年的伙伴是只爱伸舌头流哈喇子的金毛犬。他曾给萧和尘看过他和金毛的合影，那是他牵着金毛在院子后面的草地上玩耍，金毛跷着前爪，而他和金毛一般高，亲热地搂住金毛的脖子。后来金毛不知吃了哪里的老鼠药，吐了几口白沫，眼一翻，腿一蹬，就归西了。狗皮被人剥下来钉在了客厅电视机后面的墙上，成了装饰品。

那张合影出自他爷爷雇来的保姆李妈之手。李妈和蔼可亲，每次做完家务活儿，会教凌辰枫辨别蔬菜五谷或是缝衣织布。金毛不在了，凌辰枫哭得稀里哗啦，李妈就坐大巴回老家拎回了一只小黄鸭逗凌辰枫开心。爷爷常因此感慨保姆的文化水平低，净教他孙子一些俗不可耐的东西。

凌辰枫曾一厢情愿地把李妈幻想成自己的母亲，可两年后李妈生病回老家了，凌辰枫在阴暗的小屋子里哭了一晚上，爷爷骂他没出息。后来断断续续又换了些保姆，常常干不到七八个月，还没和慢热的凌辰枫变得熟络，就换了下一位。

按萧和尘所说："我曾以为，由于小时候的经历，他该是最擅长告别的人，却没想到他早被告别吓破了胆。他说所有片段的拥有，都是为了离别的那天让你哭个撕心裂肺。"

萧和尘又说："我曾经极力痛斥他这种悲观思想，他为了辩驳，把他的过往全告诉了我，作为一种例证。我听了后哑口无言，却暗自下定决心要去帮他。”

高一那年，凌辰枫遇见了个新同桌叫乔萌萌。女孩每天嘻嘻哈哈，跟前后桌的小姐妹插科打诨，总是古灵精怪地撞破凌辰枫沉郁的思绪。凌辰枫本来绷着脸不想笑，可看女孩笑得花枝乱颤，竟忍不住随她一同笑了起来。凌辰枫曾无意间对她讲：“大姐，你能成熟点吗？”

谁知乔萌萌不仅不安静，还梗着脖子去反驳凌辰枫：“你倒是说说什么算是成熟？就你这样，沉默寡言得像个闷葫芦，表情皱得像个缩水苦瓜？凌辰枫同学，我告诉你，你这叫自闭不叫成熟。”凌辰枫被她气得发抖，瞪大眼睛盯着她，半晌竟想不出一句反驳的话，到最后憋了一肚子气。凌辰枫睡觉前翻来覆去琢磨她的话，谁知还真体味出了点奇妙的感觉。

周三大课间，凌辰枫毫无预兆地出现在了文科一班的门口。萧和尘心中诧异，暗道一声“稀客”，上次撺掇他吃火锅未果，这回他竟主动找了过来？萧和尘再清楚不过凌辰枫的个性。这孩子自闭久了，患有深度的社交恐惧症，想让他主动找别人简直天方夜谭。萧和尘曾经问他：“兄弟，你属实有些夸张了，是学习使你快乐还是怎么的，你这一天二十四小时坐课桌前，一言不发，不嫌闷得慌吗？”凌辰枫抬眸瞧了他一眼，无奈地笑了笑：“快乐？我怎么知道什么叫快乐，只要不痛苦就可以。说实话，这个世界除了读书学习，我真的不知道还能干些什么。现在就连打游戏都要一起组队，可我只想一个人静静地待着。生而为人，我实在可悲，人为什么一定要是群居动物呢？哦，对了，除了学习还有睡觉可干。至于我为什么不天天睡大觉，那是因为我爷喜欢聪明努力的小孩。能多被喜欢一点儿就是一点儿吧，以免他生意受挫后骂我'无能'。"萧和尘听后哑然失声，似曾相识的记忆像一个个按不住的空葫芦浮上了心头。

萧和尘反复确认，那个扶着门框，踩在门槛上的少年就是凌辰枫，他脸上的喜悦之情溢于言表。

萧和尘刚走出门，凌辰枫就伸手递给他一瓶汽水："尘哥，喝汽水！这是你最喜欢的那种，冰镇而且摇过的。"

萧和尘微微惊讶地看着他，笑问："什么事如此开心？当初你竞赛拿了奖，也没见你乐成这个模样。"

凌辰枫激动地推了下萧和尘的肩，大声地讲："尘哥，我向她表白了！"

正在拧瓶盖的萧和尘蓦然抬起头来，汽水瓶里的白色气泡喷泉般涌出，像漫天飞舞的纯白雪花，落在他青涩的脸庞上。凌辰枫的脸上第一次露出了幸福的笑容。

"表白了？居然表白了，兄弟你真的出息了！"萧和尘万分惊诧地看着他。

那个在异性面前低头不敢吭声的害羞男孩，那个终日把内心锁在昏暗监牢的忧郁少年，那个遇到美好幸福却要绕路而行的小尿包居然表白了。

凌辰枫说："当我低着头揉着衣角，对她说出'我喜欢你'以后，我感觉我整个人就像升华了一般，我第一次这么激动，这么慌张，紧张到能够听到自己的心跳声。那一霎我感觉人生充满了期待与意义，就像盘古开天地一样把我混沌的内心劈出一条路来。我当时在想，如果她不答应，那也没关系。慢慢来，我会一直努力。目标就像颗北极星，让我识得了方向。可是一切假设都不存在了，她答应我了，她真的答应了。我们约好了，等到高考以后就在一起。"

"兄弟，祝你幸福。"萧和尘说。

20

  月考前的最后一个周末，高二年级要举行一场拓展训练。老魏念了念通知："如果没有特殊情况，必须全员参与，不得请假。希望各班借此时机，提升班级的凝聚力。"读到"凝聚力"一词时，老魏也觉得有些烫嘴，连读着一略而过。老魏是蹙着眉头读完的，事情来得突然，他似乎也心有不悦。

  很快，于昊用他不满的嘟囔声，很好地解释了老魏烫嘴的原因："闹什么花样呢，花里胡哨，还不够折腾人呢。凝聚力？高中谈个屁凝聚力，千军万马过独木桥，不是你落水就是我溺亡。上了考场谁不是单枪匹马，各自为战？"

  及至后来，盼晞才搞清楚，老魏那一蹙眉是为了他自己。参加拓展训练，班级要他来带队，已经严重影响了他周末在外带课的计划。

  "这不就是郊区旅游，吃喝玩乐吗？"段辞与周遭的同学开着没大没小的玩笑，声音响亮了点儿，就被老魏听了去。

老魏呵呵一笑，瞪了段辞一眼，嘱托大家把书和卷子都带上，活动之余就背几页书："月考在即，我看你们谁还有心思好好地玩儿。"

盼晞早就没了心思，她不止一次苛责自己过差的心理素质，考前失眠是常有的事儿，更别提坐拥旅游的闲情逸致了。当心中揣着场考试，所有娱乐消遣都成了场毫无营养的聒噪，她除了按下静音键，别无他想。

有学生打了个甚是精彩的比方："星辰六中的生活就像个连环铁锁，由大大小小的考试扣连而成。"而每一场考试都被赋予了近乎夸张的仪式感，布置考场，等成绩，出排名，贴红榜，开班会，成绩分析，批评褒奖，与任课老师对谈。一次考试的失利，迎来的将是一整月的阴郁与自嘲，这倒也解释了盼晞焦虑惶恐的缘故。

周五一早，天色刚蒙蒙亮的时候，星辰六中偌大的操场上已经站满了整装待发的学生们。雾霾重得可怕，空气是灰白色的，万物都像被打了马赛克，同学们有说有笑，将此戏称为"人间仙境"，只是还没说上几句，嗓子便有些疼了，慌里慌张地拿出了酷似防毒面具的口罩。

两位班长对着名单查人，人来得齐整，只是单单缺了于昊。"哦，你说那个于昊啊，他请假了。"老魏说这话时，哼了一声，从鼻子里冒出两股气来，在空中留下两道白烟。他转脸向其他老师吐槽："我们班的一个家长有意思得很。周五拓展训练，周三就给儿子请了假。你们听听这请假措辞有多离谱：'老师，整得怪不好意思嘞。我儿子孱弱，周五那天估计要发烧，没法子参加拓展训练。'我听完之后真的是一阵好笑，心想这年头看病不找医生，找预言家吗？"

那几个老师听了都忍不住笑出声来，盼晞自然可以推断出，老魏口中那位离谱的家长正是于昊妈妈。前几天刚出周测成绩的时候，盼晞在路上碰见了于昊和他妈妈。那晚天气很冷，秋风飕飕地吹，哗哗啦啦地灌进袖口和领口，当然比天气更让人心凉的是于昊妈妈的话。"你想气死俺哩是吧？不肖之子。都到文科班了，你还拿不了年级第一？别给俺说你失误了，你高考要敢失误就得去复读。你倒是讲讲这次周测年级第一是谁？萧和尘？于昊你逗俺玩儿呢，连他都考不过？真给恁娘丢人，俺含辛茹苦把你当成少爷供着，这口恶气你都不替恁娘争。你倒是讲讲萧和尘初中时才算老几？说不出来吧，他当初跟你都不是一个档次的人，现在你让他跑到你前面去了，你不嫌羞愧，俺都替你感到没面子。于昊，你这样下去对得起谁啊。同学的家长里，你看看有像恁娘一样好的没。"于昊垂着头，下意识地缩了缩脖子，脸色苍白得很，一句话也没有说。江盼晞转过头，裹紧了风衣，迅速地钻进了苍茫的夜色中。她突然庆幸，自己的爸妈还不错。

天空渐渐泛白，老魏让两位班长去监督同学们在操场上早读。布置完任务的老魏打了个哈欠，挺着肚子扬长而去，留下萧和尘与江盼晞在原地。

"一天之计在于晨"的老古董思想对盼晞而言净是瞎扯，

"早起半小时，委顿一整天"才是她的真实写照。譬如此刻给她一个支点，她就能睡得昏天黑地。江盼晞耷拉着眼皮，慵懒地倚在篮球架边，乌黑的长发垂在肩上，被清晨淡淡的雾霾笼罩，显得风姿绰约。果不其然，但凡是雾里看花，无论是怎样的花都多了重朦胧之美。萧和尘看得有些呆住了，稀里糊涂地拿书在盼晞眼前晃了晃："哎，醒醒。"

江盼晞抬眼看他："你真准备喊他们去背书啊？"

"废话，当然不喊啊。你是不是对星辰六中的学生有什么误解？他们还用我来督促？"萧和尘指了指班级的队伍。只见昏黄的路灯下，挤着一群借光背书的同学，他们的身体在冷风中瑟瑟发抖，牙齿咯咯作响，嘴里却嘟嚷着各种知识点。

江盼晞看得瞠目结舌，长长地叹了口气，就差流下不争气的眼泪了。每次看到其他同学豁出去地往前冲，盼晞都觉得自己要被全世界遗忘。

盼晞忽然想起高一的时候，早晨六点要跑早操，雾霾天也不例外。冬日的清晨，漆黑一团，寒风刺骨，同学们宁可冻红了手指也不愿丢掉课本。漆黑的操场上，手电筒散发出的点点微光就像是夜空中的星辰，照亮了一本本英语单词书。那一刻江盼晞突然觉得星辰六中这个名字格外贴切。可惜太空里有星辰也有垃圾，而她的存在更像后者。她在星辰六中什么品质也没培养成，自我否定这种技能倒是手到擒来。

仰望星辰，是一个优秀垃圾的自我修养。比方此刻，盼晞就以浓浓的雾霾为掩护，偷眼瞧着萧和尘。

　　萧和尘伸了个懒腰，跷起二郎腿坐在了篮球架下，从书包里掏出了一本历史书。江盼晞扬起袖子挡在了他的面前："天色还有些昏，看书可是对眼睛不好。"萧和尘问："那不看书，我又能做些什么？跟你聊天不成？"

　　"怎就不行？"盼晞不服气地讲。

　　二人就这么促膝而坐，肩并着肩聊了会儿。盼晞第一次与他坐得这样近，呼吸之间就能嗅到萧和尘身上弥漫的薄荷气息，她不禁有些紧张。她用余光看到萧和尘身体坐得笔直，也非轻松的状态，心里不禁多了几分安慰。萧和尘说有个喜讯，就是他终于圆满结束了自己的月老生涯。还有个疑问一直藏在盼晞心底，那就是关于他和程原琪的过节。盼晞害怕此刻发问有些突兀，终归是忍住了。

21

　　无人能理解段辞的兴奋心情，尤其是萧和尘。段辞从上车起就试图与萧和尘勾肩搭背，还兴致勃勃地给萧和尘讲各种段子。萧和尘听了一会儿就困了，见段辞还在耳边叽叽喳喳，便冲他摆摆手，让他找自己女朋友去讲。段辞瞬间脸红到脖子，心里早已笑开了花。

　　段辞拿出 iPod，与萧和尘一人一只耳机，准备听摇篮曲催眠。享受了婴儿待遇的萧和尘安然入睡。段辞还在想着自己那如花似玉的女朋友，不觉间笑得痴傻，越发兴致盎然、了无困意。

　　段辞百无聊赖之际起了玩心，先是拿手机偷拍了几张萧和尘英俊不凡的睡姿，然后又把摇篮曲调成了重金属摇滚，愣是把萧和尘从睡梦中摇醒。萧和尘没起床气，却还是揍了段辞一顿，道："你是汽水吗？出了校门就冒泡啊。"

　　这话倒是戳中了段辞的心窝子，段辞说："我真的是一天都不想待在星辰六中了，不，是一分钟都不想待了。"他说话声音特别响亮，响亮到贯穿整个大巴。可他一点儿也不想压低声音，就算有人听了不满，他也要梗着脖子与那人反驳。

路上，许梦如晕车了，盼晞跌跌撞撞地赶到司机师傅那里拿了个塑料袋，许梦如对着塑料袋一通干呕，最后嚼了个盼晞递给她的口香糖才勉强稳住了心神。

"盼晞，你可别笑我，说别笑你怎么还笑得更欢了？你这个人很过分哎。不瞒你说，我以前可是从不晕车的，今天就是个意外。"许梦如向她解释，"昨天我激动过头了，约莫着到凌晨五点半才睡着，出发的时候太急，没顾上吃早饭。"

许梦如又想了想，也觉得自己甚是可笑："怎么说也是将来要环游世界的人，来个山沟就激动成这个样子，着实丢人，没出息。"

盼晞说："旅游不就是为了开眼界？繁华是种经历，凋敝也是一种，只要与原先生活不同，便都算旅行。"

"你这话在理。"许梦如说。

盼晞莞尔一笑："不过是从那位旅游博主的空间摘录出来的而已。"

许梦如指了指窗外漫天飞的黄沙："你看，这等破败，岂是在城市里能够欣赏到的？"

盼晞的目光勉强穿透飞扬的尘土，望见了几排破破烂烂的低矮瓦房。"那是猪圈还是鸡舍？"盼晞下了车才发现自己的话欠妥，因为那是他们要入住的宿舍。

随着大巴叮叮咣咣地挺进了训练基地，段辞的满腔热情彻底熄灭了。这里的艰苦条件，不是段少爷能够忍受的，他的少爷朋友萧和尘也同样嗤之以鼻。房间里有霉味，硌腰的木板上落了层灰。段少看到了墙角的蛛网，上去一脚把网踩进了尘埃里。踩完后，身上起了层鸡皮疙瘩。段少和蛛网纠缠不休时，萧少正在问宿管阿姨问题："这被子好好的，干吗一定要套被罩？"阿姨看他的表情像是在看白痴，聪明却不绝顶的状元郎觉得此刻受到了莫大的冒犯，脸色一青，就想拿来成绩单证明自己的智商。

那天下午是场长达二十公里的远足，盼晞从未见许梦如这般兴奋过。梦如似乎就是为观赏天地之景而生的，凋敝的落叶林，山间的涓涓细流，溪流边生满青苔的石头，山路转角处的破草棚，每到一处景观她都要激动地指给盼晞看。

到了中途休息时分，大家都走倦了，也不管三七二十一，屁股一沉就坐在了那条尘沙漫天的废弃公路上。同学三五成群，打打闹闹，许梦如对盼晞讲："不如我们下公路，去那边的林间瞧瞧。"她眼神清亮，容光焕发，丝毫不像一宿未睡的模样。

这样的邀约勾起了盼晞深埋心底的冲动。谁小时候还不是个探险家呢？小学时盼晞的玩心大得很，放了学从来不回家，一准儿是朝着家的反方向走上个一两公里，去隔壁小区爬假山，去荒草丛生的菜地里踢球，有时一脚踹飞棵白菜，大家笑得差点跪菜地里。这些倒不是盼晞最感兴趣的，他们最喜欢玩儿的是心跳，尤其是看了柯南、奥特曼，觉得不刺激点又算什么精彩人生。于是乎，他们就组建了一支探险小队，第一站是静水苑西北角废弃的电影院，电影院是 20 世纪末遗留下来的，墙上的白漆剥落了大半，染上了一块又一块斑驳的黄泥。蓝色的老旧玻璃落满了厚厚的灰尘，模糊了视线，让人看不清那把铁锈大锁锁住的神秘天地。有人提议，先把玻璃擦干净了。盼晞还记得当时康乐那副屄样，她从地上捡了片树叶，手指颤颤巍巍地在玻璃上抹了几把，身体也不争气地跟着抖，筛糠一般。"别怕，有我在。"盼晞说。"我才不怕呢。"康乐嘴硬地讲。结果话音刚落，康乐就一蹦三尺高，嗷地叫了一声："鬼哟！"小队的成员们见状撒腿就窜，有人为了求速度干脆连书包也扔路上了。大家一路向西跑，直到跑不动了，就弯着腰，扶着膝盖一通大喘气。过了半分钟，康乐追了过来，上气不接下气地问大家："哎，我说你们跑什么？"大家反问她："那你又叫唤什么？"康乐解释："我擦玻璃时看到里面有个扎马尾的女鬼！"大家一听又是瑟瑟发抖，嗷嗷乱叫。康乐嘿嘿一笑："现在想通了，那不是我的倒影吗？到头来，女鬼竟是我自己。"

盼晞把这事儿讲给妈妈听，故事还没讲完，自己先笑得前仰后合。妈妈面无表情地瞧着她，口中缓缓地飘出了一句："无聊。"盼晞腹诽："你们这些死板的大人啊，永远不懂小孩的情怀。"

而今，盼晞再回想起那时的话来，不禁觉得汗颜，现在的自己又残存了几分小孩的情怀？时间才过去五六年而已，她已快对世界失去最初的好奇心。

江盼晞与许梦如趁着领队低头系鞋带的工夫，偷偷溜出队伍，一纵身翻下了公路，走进了凋敝的林间，一路上踩着枯枝败叶，脚下窸窣作响，枝丫嘎吱嘎吱地擦着迷彩服。她们朝着一个方向走了几百步，盼晞问："为什么要向东走？"许梦如神秘一笑："东边有流水声。"拨开最后一片枯枝，她们看到了山间的瀑布，山泉哗啦啦地流进一片小小的水潭，微风吹拂，碧波荡漾，游鱼愉悦地翻出水花儿，飞鸟的翅尖轻掠过湖面。这一刻，梦如感到自由，而眼中万物，皆是天地间自由的过客。

许梦如从岸边拾起一颗扁石子打水漂儿，石子在水面蹦跶了三下，沉入水中，漾起一圈圈波纹。她弯腰掬起一捧水来，手腕一抖，漫天花白的水珠落下，给了盼晞一个不小的惊喜。盼晞哪儿肯罢休，就这么与她打起了水仗。山谷间回荡着她们俩的笑声，此起彼伏，绵延不绝。如果不是泉水的冰凉让江盼晞保持几分清醒，她还真的以为自己回到了小学那无忧无虑的纯真岁月。

归队时，盼晞问许梦如是否还记得来时的路。许梦如莞尔一笑，指了指手表上的指南针："当然，我可是要环游世界的人。"

22

　　晚上，训练基地的空旷水泥地上点亮了几盏昏黄的照明灯。四五个班级的学生围绕着舞台坐成一圈。教官讲，要举办乡野歌会。教官先让班级合唱，结果班里每一小撮人都按照自己的节奏随心所欲地吆喝，愣是演绎成了惊心动魄的十重唱。教官听得瞠目结舌，当节奏紊乱与跑调并存时，那就只能夸"有气势"了。

　　教官又让每班派一两个人上台独唱。教官话音落下许久，台下依然是阒寂无声。同学们一个个羞羞答答，推推搡搡。段辞在一旁嘲笑："瞧你们那尿样儿。"同学讲："站着说话不腰疼，也没见你多勇敢。"段辞不搭理他们，转而去鼓捣萧和尘："尘哥，来一首！尘哥，来一首！"萧和尘反问："你自己咋不去呢？你不是自称摇滚小王子吗？"段辞心道，还是尘哥懂我，我这是不想去吗？我这是先推托一下，等着你们来请我呢。段辞嘻嘻一笑："既然尘哥都这么讲了，那我就勉为其难去唱一首，尘哥，你看我多给你面子。"段辞把手举得高高的，后来干脆从地上跃了起来，一点儿也不像勉为其难的样子。段辞的台风很酷，指头一勾，把拉锁拉到最下面，把外套一甩，扔进了风中。教官说："别乱扔，把风衣捡起来。"段辞一脸尴尬，偷眼瞧了下台下的同学，他们都在交头接耳地聊天，没人注意到他的尴尬境地。他暗自松了口气。当拿起话筒的那一刻，他又暗自下决心，今晚定要当这星辰六中最酷的仔。段辞说要唱一首重金属摇滚歌，当大家一脸茫然时，萧和尘不慌不忙地捂住了耳朵。段辞情绪激荡地对着麦克风吼了几嗓子，那气势排山倒海，像火山爆发。是不是摇滚，同学们不知道，但段辞确实唱到了喉咙沙哑。好不好听，同学们评判不了，但鼓膜确实有点儿疼了。专业不专业，同学们也说不上来，但所有人都记住了这位叫段辞的年轻人。"少年，勇哉！"

段辞放下麦克风的时候，发现全场同学都在注视着他。他一瞬间感到热血澎湃，他太喜欢这种万众瞩目的感觉了。"人生一世，不就是图个存在感。"段辞把这话挂嘴边，写在桌角。

经过段辞的暖场，在座的同学也变得踊跃了几分，心道："就算唱得不够完美，也不至于像段辞那般丢人吧。"大概这就是传说中的抛砖引玉？同学们忽然开始感慨段辞的奉献精神。

几轮过去后，一班再度陷入了沉寂。段辞想起一首更为惊心动魄的歌曲，一下子又按捺不住上台的冲动。段辞准备重走方才的流程，照旧先去撺掇萧和尘，可声音不小心大了点儿，被周遭的同学听了去。萧和尘知道他醉翁之意不在酒，可在座的同学哪里懂得段辞的小心思，一个个跟着段辞劝萧和尘。这呼声就像滚雪球一样，从段辞一人，到全班人，最后连隔壁两个班也开始跟着呼喊："尘哥，来一个。尘哥，来一个。"

一旁的段辞看得瞠目结舌，暗自赞叹："这才是校草该有的模样。"憧憬之余，内心深处又涌起了自卑的暗流。

萧和尘站在台上，手扶着话筒架，仿佛要以此为支点，撑起他摇摇晃晃的身心。萧和尘偏过脸去，弯着嘴角无奈地笑了笑："说真的，对于登台唱歌这件事，我还是心存畏惧的。"寥寥几句话，引起了满场的嘘声。正所谓："学霸的嘴，骗人的鬼。"段辞撇撇嘴，当场把手握成喇叭状对着舞台喊："别谦虚了，尘哥你可是校园十佳歌手！"

段辞心想，尘哥这也忒自负了点儿。因为常言道："过度的自谦是一种自负。"段辞再反观自己，忽然一阵透心的凉，那自己这"过度自夸"又算什么？

萧和尘扶额沉思了几秒，终于探出手来，拿下了架上的话筒："那我就唱一首我很喜欢很喜欢的歌曲。人生难免遍布湍流峭壁，但我祝大家海阔天空。一首 Beyond 的《海阔天空》送给各位。"

23

    训练基地的宿舍是三十多人的大通铺，每两张床并排挨在一起。负责排床位的是生活委员，她遇到一个棘手的问题——没人愿意睡在许梦如的边上。班中有传言，许梦如夜夜做噩梦，或是猝然惊醒，或是嚷些奇怪的梦话。

    就在生活委员焦头烂额之际，盼晞拎包进了宿舍，淡淡一笑："把那个床位留给我吧。"

    盼晞没心思看生活委员泪眼汪汪地夸张道谢，转身去寻许梦如的身影，只见她正在床边专心地套被罩，冷冷清清，置身世外。盼晞希望她是真的什么也没听到。

    盼晞挨着许梦如坐下，故作惊喜："挺巧，我们刚好挨着。"

    许梦如抬眼瞧了瞧她，淡淡地讲："演技浮夸了。"

    "盼晞，她们说得没错。"许梦如讲，"你试想，乌鸦啼叫、漆黑一团的夜半时分，躺你身边的人忽然惊坐而起。这确实是件可怕的事情。你这种连奥特曼打怪兽都不敢看的胆小鬼，就别逞能了。"

"你可别在这儿小瞧我。到底谁在逞能呢？"盼晞自顾自地笑着说，"如果怪兽是你，我有什么可害怕的？"

盼晞背过身去，不再看她，从书包里拿出来叠得整整齐齐的睡衣。过了一会儿，有人从身后拍了拍她的肩膀，一只纤巧的手擦过盼晞耳畔，在她面前伸开了五指，盼晞看到了手心上放的那枚蛋黄酥。是许梦如。她自然而然地把胳膊搭在盼晞的肩上，对盼晞讲："我不太擅长分享东西，所以你一定不能拒绝。"

晚上，宿舍熄了灯，被子里是一盏盏亮起的小夜灯，在昏暗中闪烁着微光。盼晞听到了哗啦啦的翻书声，翻书声中还夹杂着细碎的背书声。

书香很快就被浓郁的甜香冲淡了，是江盼晞和许梦如在分吃蛋黄酥。许梦如忽然问她有没有去过新加坡。盼晞点了点头说："小时候跟爸妈去过。我对大排档里的肉骨茶与黑胡椒蟹倒是记忆犹新。"

盼晞见她在黑暗中沉默不语，便说："等高中毕业了，我们可以一起去。"

"好啊，我还想先去探探路呢，就找几家你喜欢的大排档吧。"许梦如打了个长长的哈欠，说今天爬山太久，有些乏了。她拉上被子埋住头，说希望这是个无梦之夜。

盼晞躺了半晌都没睡着，是月考前的焦虑情绪在隐隐作祟。窗被帘子遮上，漏不进一丝月光。她就瞪眼望着天花板，身边小夜灯一盏一盏地熄灭，眼前渐渐被黑暗吞噬。羊数了几千只，知识点的大电影也放了好几遍，可她仍旧了无睡意。

原来那个唱《海阔天空》的少年一直都是萧和尘……

为何世间会有萧和尘这般优秀的人？……

萧和尘又和程原琪有怎样的嫌隙？……

梦如因何得了孤独症？……

杂乱无章的思绪在盼晞的脑海里游荡。盼晞忽而听到耳畔传来的床板震动声。她借着手表的荧光在黑暗中看到了许梦如，梦如正用胳膊肘撞击着床板。她闭着眼睛，嘴里嘟囔着梦话："你们不用再说了。我知道，我从小就知道自己可有可无。"许梦如双手抓着床边栏杆，一下子坐了起来。她抱紧膝盖，把头深埋在被子中。

空气再度陷入沉寂，许梦如渐渐从梦中醒来。"真是个快要做烂的梦。"许梦如喃喃自语。不同的版本，相同的内核，类似的故事在她脑海里一晚晚地上演。自己不是被逐出家门就是离家出走，诸如此类，层出不穷。

"做噩梦了？"黑暗之中，盼晞伸手搭在了她的肩膀。

梦如抬头茫然地望着盼晞。睡意渐渐消退，她长长地叹了口气："还是把你吓醒了。"

"我就没睡着。"盼晞说。

"你骗我，你总爱这样。"许梦如说。

"这次是真没骗。"盼晞说，"讲讲你刚才做了什么梦。"

许梦如摇了摇头："千篇一律的噩梦罢了。"

"还怕吗?"盼晞问。

"醒了就没什么好怕的了。"许梦如说。

"这会儿还能睡着吗?"盼晞问。

许梦如笑了笑:"你醒着,我还睡什么?"

盼晞听了忍不住想笑:"那也好。我正闲,陪我聊会儿天吧。聊会儿就困了。"

"你说聊什么?"许梦如问。

盼晞想了想说:"那就从睡前的那个话题讲起,为何单单是新加坡?"

梦如愣了愣,一时没忍住,又笑出了声来。梦如说:"盼晞,你可真是个神人,随意一问就切中了要害。我以前从来没想过向谁讲,因为说出来会显得我很脆弱的样子。其实这种事情我就没 care(在意)过,也不是完全不 care,反正就冷眼旁观嘛。但是今天这个时刻有点儿特别,噩梦刚醒有点儿悲伤,有点儿恍惚,我就暂且由着自己脆弱一会儿。等故事讲完了,你就监督我,我还是那个孤傲又坚定的许梦如。"

盼晞犹豫了片刻,说:"其实你没必要故作坚强。"

许梦如只是看了盼晞一眼,未作回答,转而讲起了自己的故事:"我有个弟弟,比我小两岁。从我记事起,爸妈旅游就只带他一个人。我爸妈是暴发户,他们不缺那点钱,缺的是观念。我年龄小的时候,他们把我托付给邻居;年龄稍长，就把我一个人撂家里。十岁那年，我得了全国少儿英语大赛一等奖，好像还有奖金，不记得是一千还是五百块了。我就向爸妈要求，带我出去旅游。爸妈犹豫了一会儿，最后也同意了。你知道吗？我激动得好几天没睡好觉，我查地图，看攻略，就连梦里也是异国街道。"

"后来呢？"江盼晞问。

许梦如无奈地笑了笑："结果自然是没去成。"

临出发前，梦如爸妈抱歉却又不失温和地对她讲："梦如，实在不好意思，我们俩忘了你没护照，现在已经来不及办了。"

弟弟又是冲她拍屁股，又是朝她吐舌头："就不带你去，就不带你去。"

许梦如说："真是越想越愤慨，我怎么就稀里糊涂地被扔在了家里。那天早上他们赶飞机，七点就起床了。按说此事与我无关，我该睡懒觉的，可我六点就醒来了，也许是内心不甘吧。我就站在家门口，眼巴巴地看着爸妈拉行李箱远去的身影，还有弟弟那张有恃无恐的笑脸。"

许梦如讲完了故事，打了个长长的哈欠："说出来倒是舒坦了不少，也许我是需要个听众。趁着我还没睡着，再给你讲些我的故事。等明天睡醒了我就把这些彻底遗忘。我从小学三年级就开始住校了，这样我爸妈就能够花更多时间去照顾弟弟。到了初中，爸妈希望我一个月回一次家，我也照做了。有次期末考完试，我拖着大大的行李箱回家时，敲了半天门没人开。我打电话给我爸，问他们啥时候回家。你猜他们说啥？得过十天半个月。我听到电话那头我弟在喊'茄子'，并且催着我爸挂电话。我爸云淡风轻地对我讲：'忘告诉你了，我们一家去大理了。'哦，是你们一家啊……"

许梦如也不知道故事到底讲到了哪里，自己就昏昏沉沉地睡去了。她还依稀记得江盼晞对自己说："如果你愿意，我们可以一起环游世界。"

24

第二天一早，萧和尘那三五个好兄弟商量着要悄悄溜走。段辞说："坐大巴进来的时候，我看见训练基地的西北角有片果园和一个小池塘，我想摘果子和捉鱼兴许蛮好玩的。"

他们几个满怀激动地把想法说给萧和尘听，萧和尘眉头一蹙，当即就否了："我说哥们儿，别在这儿异想天开了，虽说咱人多力量大，但开溜这事儿可不能扎堆儿。缺六个人？矩形方阵直接少了个角。"

萧和尘又好言劝慰大家："等周末有空了，大家一起出去痛痛快快地玩一场，电玩城、网吧都可以，干吗在这穷乡僻壤没 Wi-Fi 的鬼地方寻自由。"

段辞吐了吐舌头，既然威信十足的尘哥都发话了，段辞也不好说什么。可是在场的人都心知肚明，萧和尘这样的梦已经做得太久了。痛痛快快？这个词儿似乎永远都和他不搭边，只是谁都不愿去挑明罢了。

段辞总归是有些意难平，去集合的路上，没能忍住就出言调侃了萧和尘一句："我说尘哥啊，你平时不是挺叛逆的，怎么今天也有点儿怂了？"

萧和尘瞥了他一眼，面不改色，淡淡地讲："叛逆也是有脑子的叛逆，不是傻乎乎地往枪口上撞。智者从来不为无把握之叛逆。"

段辞"哦"了一声。在他看来，萧和尘说话带着一种强大的气场，无论讲什么都理直气壮，振振有词，颇有几分师长说教的味道。

尽管如此，段辞还是忍不住腹诽："尘哥，你这算哪门子叛逆啊，简直遗失了叛逆的精髓。你这样啊，倒更像个激进的政治投机者。"

集合的路上，盼晞碰到了程原琪。程原琪想要热情地搂住江盼晞，却被江盼晞刻意挡了一下。自从知道了程原琪是蓄意造谣，盼晞不由得对她产生了些许芥蒂。

程原琪依旧笑着搭住了盼晞的肩膀："今天上午的攀岩活动正好咱两个班一起。"

江盼晞点点头说："是啊，真好。"

同学之间的客套寒暄，大多不离学习，尤其是在星辰六中。

程原琪问盼晞："该月考了，你们文科班压力大吗？"

盼晞点了点头，如实道来："科目虽是少了，却并不比高一轻松。"

程原琪笑了笑："盼晞，你这就不对了，高二哪儿能跟高一比？高一学的知识实在太过浅显，都是点皮毛，就算上课不听，也能接近满分啊。分班前，我爸妈也劝我选文科，对，就跟你们班那个浪荡子一样。我爸妈说理科难，学霸又多，担心我进不了年级前三名。事实证明，我爸妈根本就是在耸人听闻，学校的作业和试题都很稀松平常，哪儿有那么轻易就掉出年级前三名啊。我的时间倒是宽裕得很，正寻思着去竞赛班旁听一下。"

盼晞站在一旁，像海豹一样给她鼓掌说："小程优秀。今日你以星辰六中为荣，明朝星辰六中定以你为荣。"

程原琪莞尔一笑："盼晞，真不瞒你说呢。我来这儿上学啊，幸运的是六中不是我。悄悄告诉你，我本来准备去北京人大附中呢，都怪我爸，在这边儿有生意，忙得走不开。唉，可惜了。我家在海淀区有套房子，装修得可漂亮了，出门过几条街就到人大附中了。对了，再告诉你个小秘密，我家又在北京东城区买了套房，跟几个当红明星住一个小区里。"

小秘密？盼晞心里寻思着，我们好像不太熟。

两个班各自集结完毕，果然被领队带进了攀岩场。段辞像孩童一样又蹦又跳地叫嚷："尘哥，还好你今日阻挡了我们开溜。我很喜欢攀岩的，初中跟同学玩过几回。尘哥你信不信，我爬起来蹭蹭的像个蜘蛛侠。"

萧和尘眯眼瞧着段辞，懒洋洋地问："啥？猪猪侠？"

教官先是讲解示范了一通，又带大家一起做热身运动，这才允许同学们自愿尝试。

段辞蹲在一旁，等得花儿都快谢了，一听"自愿尝试"，唰地从地上蹦起来，兴致勃勃地拽起萧和尘的衣袖，就往教官面前拥："我们！我们！"

教官看了眼这两位洋溢着青春活力的俊朗少年，体格强健，应该不成什么问题。只是发现二人的表情倒是格外精彩，一位生无可恋，一位嬉皮笑脸。

教官问："你们谁先来？"

被拽到前面的萧和尘面无表情地解释道："我就是来陪他……"

正说着就被段辞激动的声音打断："尘哥先！"

萧和尘无言以对。

"那就你先来。"教官指了下萧和尘。

萧和尘不情愿地脱了外套，甩到段辞脑袋上。段辞笑嘻嘻地抱着衣服，一脸关心地说："尘哥，穿卫衣攀岩不太方便，再脱一件吧。"

"你闭嘴。"萧和尘目光凌厉地拒绝了。

段辞吐了吐舌头，不再为女生们讨福利。

简单尝试后，是两个班的攀岩接力赛。盼晞和萧和尘总算是培养了那么一丁点儿的工作默契，学会了合理分工，一人选男生，一人选女生。

萧和尘先在报名表上写下自己的名字，然后把表拍在了桌上。"是男子汉大丈夫就给我报名。别拿恐高症当借口，丢不丢人啊。我告诉你们，换作是我，就算有恐高症，也会表现得比谁都勇敢。当然了，就打个比方而已，我肯定不是。"萧和尘自顾自地嘟囔着，"你们尘哥从小到大就没怕过啥，不怕高、不怕黑，蜘蛛不怕、鬼也不怕，大恶人见多了就也不怕了。"

女生那边东拼西凑只凑来了九个人。女生们灵光一闪，竟一致推选江盼晞作为倒数第二棒。许梦如还笑称江盼晞是"压轴"的。江盼晞听了目瞪口呆，想推辞却耐不住班里那群好朋友的热情鼓舞，再加上自己是副班长应该身先士卒。盼晞叹口气，最终还是报了名。

开赛前有半个多小时的准备时间。盼晞追着教官请教攀岩的技巧，恳请他做一遍示范与指导。这般感天动地的认真精神，倒引来了萧和尘的调侃："不至于，不至于……你瞧你的额头都冒汗了。别什么事都太当真。游戏不就是图个乐呵吗？"

盼晞嘴硬地讲："我才没当真。"盼晞怕的不是比赛亦不是攀岩，而是团队赛。一个人破罐破摔便算了，在星辰六中她也丢人丢习惯了。她最怕的是辜负了别人的期望，拖了大家的后腿。若夸她具有极强的集体荣誉感，她是万万不敢当的。她知道自己不过是卑微地活在别人的眼光里而已。

正式的接力赛开始了。两队都是菜得不行的新手，攀岩的场景酷似开了 0.5 倍速的视频。尽管速度都异常缓慢，却也是慢得旗鼓相当，棋逢对手。

轮到段辞时，比赛出现了小小的转折，由于有经验，他很快就领先了对手两三米。段辞心道，这会儿自己身上肯定发着光，别人看自己的眼神也得带着光。段辞越想越得意，狗尾巴要翘上天去。既然如此，何不趁此机会耍一把帅气，他要让所有人记住他，不刷存在感的人生有什么意思。段辞开始在朴素的攀岩动作里融入一些炫彩的跳跃技能和吊单杠的技巧。

萧和尘看得眉头紧锁，一声喝彩也喊不出来。教官也蹙眉叫道："小心一点儿。"

段辞自然是听不进心里，如入无人之境。忽然间他手上一滑，没抓紧岩壁，绳索揪着他就往下滑了几米。段辞暗道一声："完了。"

短暂的几秒，他所珍视的虚妄的光辉都在眼前漫天崩碎，无影无踪。繁华落尽后是一地鸡毛。

等段辞再拼尽全力伸手抓住石块时，不仅没了优势反而落后了对手好几米。

三十年河东，三十年河西。段辞似乎听到了对面班级的嘘声。他羞愧难当，根本不敢回头看同学们的表情，只觉得脸颊发烫，骨头里渗出战栗的冷气来。

段辞无可奈何，心态被搅得一片狼藉，甚至想一了百了放弃比赛。但一想那只会更加让自己颜面扫地，只得又铆足劲儿往上爬，他奋力追回了些许，可最终还是落下了三米多的差距。

　　盼晞是倒数第二棒，及至她上场时，他们班还落后了两米。盼晞承认自己是个相当没出息的人，动不动就感到紧张。她刚爬不到两米，就一脚踩空，后仰着滑了下来。她心中倏忽一惊，电光石火，连下落着地的姿态都忘了去调整。

　　慌乱之中，盼晞忽然瞥见一道迅如疾风的身影从她身边掠过。某股强大的力量托在她的腰间，江盼晞借此力迅速站稳。

　　江盼晞蓦地转脸，只见萧和尘即刻收回胳膊，故作无事地负手而立，目光淡然地看着她。

　　"谢谢你啊……"盼晞装作若无其事的样子说。话音还没落下，她就迅速地转过头来，这既是为了比赛，又是为了掩饰脸上的慌张。她觉得腰间有点儿烫，脸似乎也有点儿烫。

　　冷风吹得江盼晞双手冰凉，头发凌乱，更为焦灼的情绪在心头肆虐，江盼晞不顾一切地蹬踩拉拽，似乎要抽空身上的所有力气来弥补刚才的失误。她不想再一次丢脸了，因为有人在下面看着自己。

　　忽听到耳边传来萧和尘宽慰般的低语："别担心，你尽管朝上爬，下面还有我。"

　　盼晞的心跳又漏掉一拍。盼晞心道："这人有毛病，净讲些煽情的话分散我的注意力。"对手见盼晞出师不利，便放松了警惕。谁知盼晞一路追赶，最终竟奇迹般地把距离缩短为一米。

登顶后的盼晞累得几乎瘫倒，许梦如扶住了她，给了她一个拥抱。盼晞有些贪恋地停留在梦如温暖的怀抱里。

昨晚，讲完故事的梦如酣然入梦，徒留盼晞继续睁眼瞪着眼前的这团漆黑，她心中一阵刺痛，凉意像一泓冷冽的清泉，从躯干流淌至四肢。

她在心疼时，会觉得冷。这是她初中时发现的，当她知晓康乐得病的那一夜，她多盖了两层被子。

盼晞从梦如的怀抱里挣脱了出来。在梦如困惑的目光中，盼晞拍了拍她的肩膀。盼晞的心中莫名冒出一句："对不起。"可这话又经不起任何逻辑的推敲，她，江盼晞，不过是许梦如人生中一个寻常的过客。这话，她没资格说出口。

当盼晞回过神来时，比赛已进入最后的白热化阶段。萧和尘的对手是位理着寸头的男孩。萧和尘一路穷追不舍，一点点地缩短与他的距离。

场上的同学都不遗余力地尖叫呐喊，声音冲破云霄，甚至惊动了在远处棚子里编数学题的老魏。

萧和尘追赶到最后有些精疲力竭了，动作也迟缓了下来，不足半米的距离怎么也难以跨越。

萧和尘那三五个兄弟在遗憾之余，依旧不失自信地讲："尘哥虽然不是最快的，但他是最帅的。"他们说话声音太大，让程原琪听了去，气得她又炸起毛来，差点咬碎一口银牙。她攥住拳头，嘴唇轻动，说出两个字来。江盼晞根据她的口型辨别出，说的是"肤浅"。

终点在即，萧和尘与对手还差些许距离。江盼晞此刻似乎觉得输赢也没那么重要了，就像萧和尘对她说的"就图个乐呵"，她只单纯地希望萧和尘能够享受其中的过程。

谁先碰到攀岩墙的顶端，谁便是胜利者。寸头男生已经扬起了胳膊，在空中比画出了胜利者的 V 形手势，等他落下手去，所有比赛的悬念将就此终结。

就在此刻，萧和尘迅猛地向上跃起，直直地伸出胳膊，戳向了顶峰。萧和尘望着自己按在顶峰上的手指，自顾自地念叨："老魏，瞧见了吗？两点之间直线最短。我偏要找捷径。"

电光石火的半秒钟，定格下了所有的时间。

不知是谁先喊了一句："尘哥赢了！"紧接着便涌起了热烈的欢呼声，帽子一个接一个地被抛上了天空。在星辰六中，他们都单枪匹马战斗了太久，这才恍然发觉集体的胜利竟也如此振奋人心。

当好兄弟们都上前搂住萧和尘的肩，说尽了得意与夸耀的话时，段辞却孤单一人隐没在了人群后面。萧和尘拨开人群去寻他，段辞却与他玩起了捉迷藏，转眼又不见了影踪。

午饭的时候，段辞才又一副嬉皮笑脸的模样坐到了萧和尘身边。段辞紧张地摇晃着腿，鞋尖不小心踢到了凳子腿，他疼得"嗷"了一声。萧和尘问他上午是不是崴到脚了，段辞一下愣住了，牙也不龇了，嘴也不咧了，把头摇得像个拨浪鼓："放心吧，尘哥。我什么事儿都没有。"

萧和尘偏过头去，不再看段辞，又用漫不经心的语气问他："干吗非要那么做？何苦呢？"

"做什么？拖后腿吗？"段辞笑得无奈，"可能我技术比较烂吧。"

萧和尘皱起了眉头："你不要总是揪着那个字不放行不行？我可从来都没说你烂。你知道我想说的是炫技。"

"我也不知道，兴许是一时冲动吧。"段辞垂着目光，含糊其辞。

"是为了博得观众的喝彩与青睐吗？"萧和尘蹙了蹙眉头，"段辞我早就想说，你能不能像我一样潇洒点儿啊。别总想着闹出点儿动静，以求得别人的关注与认可。你又不是马戏团的小丑，干吗非想着讨大众欢心？当然了，我这么比喻是不恰当的。"

段辞低着头沉默不语，原来自己那一系列的夸张举动，都被萧和尘看在眼里。

"怎么？我是不是说得太过尖刻了？"萧和尘又说，"就因为你是我兄弟，我才这么对你讲。"

"尘哥，我知道。"段辞手里攥着筷子，想把它噼里啪啦地掷在盘中，再喝杯小酒，壮个胆子，这样便可借着上涌的酒劲儿和萧和尘辩论个高下。段辞在心中打着腹稿：

"尘哥，你以为你很潇洒吗？其实不过是站着说话不腰疼罢了。你是天之骄子，纵观整个星辰六中，无论老师还是同学都得围着你，捧着你。你自然无须向别人证明。好，是我不识好歹，我当然知道刚才那番话是为我好，可你有没有换位思考过？你知道一个日常被否定的人有多需要赞扬吗？你知道一个总被忽略的人有多需要关注吗？你觉得我是虚荣？没错，我就是虚荣得很，别人不夸我，不关注我，我就意识不到自己的存在。我一心想证明给所有人看，包括你，尤其是你，还有我女朋友陈瑾玥。"

可惜训练基地根本没什么酒，段辞大脑清醒得很。所有的腹稿都烂在了肚子里。

段辞只能没心没肺地笑了笑，说："尘哥，该吃午饭了。"

25

月考前一天，班里同学都忙得焦头烂额，紧张得大气不敢喘，没人有心思去吃晚饭。除了一顿不吃就要饿到昏厥的盼晞。旁人只道盼晞心大抑或是复习充分，只有盼晞明白自己是紧张过度，考试将至却连个字也看不进去。

盼晞一个人去食堂吃饭，刚在桌边坐下吃了几口，只见有人径直走来，就坐在了她正对面的位置上。江盼晞抬眸一看不禁笑了，该来的终归要来。

沙拉是被程原琪摔在桌子上的，一块香蕉飞了出来。江盼晞抬眼问程大小姐："怎么看起来不开心？"

程原琪愤愤地说："订了份沙拉外卖，包装盒特别精致。没想到里面的水果却生涩难吃，当真是徒有其表。"

盼晞"嗯"了一声，笑了笑说："没关系，下次订份表里如一的沙拉便好。"

"你想得倒容易，多少人都栽在里面了。"程原琪长叹一口气，"尤其是那外卖评价上好评如潮，点赞不断，实在迷人眼，我想多少人是见其包装盒精美就跟风。愚蠢的世界。"

"要相信，总有人会拨得云开雾散。"江盼晞笑了笑，又往绿豆粥里加了勺糖，唇齿之间留下甘甜。

程原琪呵呵地笑了几声，霍然开口："你与萧和尘的关系不错啊。"

"还行。"

程原琪说："小心上了他的当。"

"好好笑。"盼晞听后忍俊不禁，笑着讲，"你知道吗？有时候我也觉得自己挺不务正业的，忙里偷闲竟——考证了你之前的话。瞧你吃惊的样子，程大小姐别把嘴巴张这么大——我也没想到自己会凭着这点好奇心，做出了这么无聊的事。不过还是有了些重大发现。你口中那些暧昧传闻皆为你杜撰，所谓拈花惹草，不过是有几个偶尔说话的女同学罢了。对啦，你编故事的水准还是可以的，故事讲得有板有眼，就是人物性格没把握好。只要稍微了解点萧和尘便知晓，他那傲慢的性格根本瞧不上几个人。屈指一算，也就凌辰枫一人入得了他的法眼。宁缺毋滥的人又怎会拈花惹草，你说对吗？"

程原琪的眸里漾起波澜，她移开目光，静默一会儿，并未出口反驳。

江盼晞笑得云淡风轻，悠闲地喝了一勺绿豆粥："不解释一下吗？还是无可解释？"

程原琪皱了皱眉头，干笑几声。"你对萧和尘的事倒挺上心。好吧，我承认你的观察与分析是有点儿道理，连他的傲慢本性也看透了，很好很好。"程原琪徐徐地鼓起掌来，嘴角又挂上了一丝冷冷的笑，"可你还是疏忽了一点儿。除却凌辰枫，有位女生也入了萧和尘的眼。"

"是谁呢？"盼晞问。

程原琪轻笑了一声："别激动，且放心，不是你。是我曾向你提到过的乔萌萌。"

盼晞听完忍不住笑了。

程原琪抬眼瞪她："别笑。你是不信还是咋的？我可以一一为你举例。从图书馆自习，到课外班占座，再到餐厅对食，他俩无一不是谈笑风生，形影不离。萧和尘还叫他兄弟凌辰枫来放哨，提防着政教处的人。"

盼晞听完笑得更大声了，险些把口中的绿豆粥也喷了出来："就这啊？"

"这还不够？你想怎样？"程原琪说。

江盼晞暂时不想与她争辩这些，淡淡地笑了笑："就算萧和尘真的早恋了，该采取行动的也应是政教处而非你。你又何苦这般生气呢？"

程原琪瞬间住了口，半天没回答上来，便拿起叉子戳了戳那份可怜的沙拉，西瓜的汁水都溅了出来。

盼晞微笑地注视着她："那我替你回答好了，你对他有点儿意思吧。你说高一时他和你都是唱歌社团的，应该有不少接触的机会。"

程原琪愣在当场，嘎嘣一下扭断了塑料叉子。她拍着桌子就站了起来，目光犀利地盯着盼晞，足足盯了几秒钟。盼晞依旧淡然地瞧着她，面不改色。

程原琪呵呵笑了起来："胡说什么呢？我只是对他那张完美的皮囊产生了一丁点儿的兴趣而已，可惜他不识抬举。我手表太多，戴不过来，好意赏他一块，虽说是女款的，但他手腕纤细，戴上应该不成问题。结果他试都没试就桀骜地拒绝了，两手插兜，扬长而去。后来他对我说，他上高中就只想认真学习。我当时念他是个学霸，便相信了他，可结果呢？"程原琪气愤之中，拽掉了沙拉盒的盖子，又叠来折去，撕扯成了碎片。

程原琪冷笑着讲："可萧和尘他学习了吗？狗屁！他去追校花了，屁颠屁颠地跟在乔萌萌身后，像被灌了迷魂汤一样。他可真是个好演员，装得清高傲岸，不同流俗。我甚至因此怀疑过自己，乔萌萌到底哪里比我强？不就是因为一张颠倒众生的脸，嘟嘴卖萌就可以当学校晚会的主持人，可以在星辰六中概念短片里出镜，这都轮不到我。"

江盼晞说："你有没有想过自己的推断太过草率，而萧和尘与乔萌萌的关系并非你想象的那般。"

"不可能，眼见为实。"程原琪说。

江盼晞淡淡地笑了笑："你这'眼见为实'里又加了多少主观臆测？算了，真相于你而言并不重要。你的内心早就坚信，所有人都是俗艳的审美者。"

程原琪冷笑一声："这本来就是个看脸的社会。我因此也不知受了多少不公的待遇。相貌是老天给的，它是最无公平可言的东西。"

"那家世呢？天赋呢？这些又公平与否？"盼晞笑望着她，"大小姐，你还是别抱怨了，给我这等寻常女子留点面子可好？"

26

　　老魏说同桌得一月一换，坐得久了话便多了，天天上课只顾聊天唠嗑，还谈什么学习？

　　"哪儿来的歪理邪说？"盼晞不忿地讲，"那我还有个更歪的理呢。唯有与喜欢的人坐同桌才有学习动力。"

　　"你说的是真理啊。"一旁的许梦如淡淡地开口。阳光在她丰润的红唇上流转，一如她们二人初见之时。改变的是许梦如看她的目光，以及红唇边多出的那丝笑意。

　　新的座位表终归还是贴了出来。聚散有时，许梦如什么也没说，平静地低下头，把卷子叠好，把书一本本地装回书包，她的动作有些迟缓，不知在想些什么。盼晞伸手搭在她的肩膀上，无奈叹气："真是可惜。"许梦如全身滞顿了下，背对着她笑了笑："这才哪儿跟哪儿啊，只是不坐同桌而已。"

　　许梦如放下手中的书，从她臂弯里挣脱出来，转身对她轻描淡写地一笑："你的下任同桌是萧和尘，你方才都说了，与喜欢的人坐在一起会有学习动力。"

许梦如说的话并不准确。盼晞的同桌其实是余远，余远的另一侧才是萧和尘。三个位置虽是挨在一起，但中间确是隔着一个人。盼晞对许梦如说："你说笑了，你这话置余远于何地？"

"余远啊。"许梦如淡淡一笑，"他亮了。"

盼晞知道，她说余远像个电灯泡。

许梦如不再说话，继续低头收拾书包，桌斗里掉出来一本黑皮的 *IELTS*。许梦如看着躺在地上的书，身体颤了一颤。

盼晞没看到，还在想她和萧和尘坐了同桌会是怎样一番模样。

江盼晞坐到了相应的位置，收拾自己的书本。清新的薄荷味扑面而来，江盼晞恍然抬头，却看到了萧和尘懒洋洋地坐在自己旁边的椅子上，仰面朝天，背靠他凶巴巴的狼狗抱枕，一甩手把炫酷的青蓝色背包摞到身前的课桌上。

江盼晞愣了一下，好心提醒他坐错了位置。萧和尘不慌不忙地解释道："余远是体育生，课间要去抢篮球架，坐在外面方便进出。不信的话，你自己去问他。"

盼晞说她懒得问，后来的高中时光里，盼晞也总见余远坐在不临过道的位置。

27

盼晞最喜欢听历史课，多半是由于老师博学而幽默。历史老师叫陆泓，有三十多岁，眉目温柔，谈吐风雅。

从陆泓进班起，台下同学就仰着脖子迫不及待地问他何时发月考历史试卷。陆泓笑容温和地反问："同学们是更喜欢历史本身还是历史考试？如果更爱历史本身，那我们就先不急着去管成绩。"

陆泓又笑了笑，说："我还是先说下作业吧，萧和尘同学在吗？"

而此刻的萧和尘却浑然不觉，戴着耳塞，沉浸在数学题中，不承想自己俨然成了班里的焦点。江盼晞用笔戳了戳他的胳膊，萧和尘不理她。江盼晞再戳，萧和尘依旧不抬头，只是边演算边说："你别怀疑我，这道题我绝对帮你做出来。"

江盼晞拽了拽他的袖子悄声说："老师找你。"这次萧和尘终于有了反应，直接转身把卷子扣在江盼晞的桌上。"我就说这道题很简单啊。"萧和尘的声音尤为响亮，他一抬眸发觉同学们都憋笑地瞧着他。再回过头，江盼晞已然笑倒在桌上，手指指向右前方。

萧和尘就这么对上了陆泓温柔的目光，他想起了盼晞提醒的语句，瞬间明白了所以然。萧和尘也不慌乱，慢条斯理地去了耳塞，悠然起身，优雅地一笑："老师您找我？"说着他还把摆在桌面上不合时宜的数学练习册一股脑儿地塞回了桌斗里。

陆泓笑了笑对他讲："以后抄作业时要先找对答案。在历史作业上先讲秘鲁渔场的上升补偿流，又讲摩尔曼斯克不冻港的成因，似乎有些不合适吧。虽说地理学科确实有一分支叫历史地理学，但这跟你抄错的答案可没半点儿联系。你说呢，萧同学？"

萧和尘哑口无言，尴尬之中学着陆泓文绉绉的语气讲道："很遗憾，在错的地方写上对的答案。这确实是个美丽的意外，下次我抄答案前，一定看清楚。"

班里同学听了笑作一团，陆泓也没绷住，在张嘴笑出声之前，文雅地用袖子遮住了嘴。"还抄啊。"陆泓声音戏谑，半开玩笑地讲。

"没有没有。"萧和尘赔笑着摆了摆手，胳膊肘不小心扫到了堆在桌上的几本书，书噼里啪啦砸在了陆老师脚边。几册《资治通鉴》、一本《世说新语》、一本《兰亭集序》拓本。

"无声抗议吗?"陆泓又在开玩笑。萧和尘刚要俯身,陆泓却已弯下腰把几本书拾了起来,目光在那几本书的封面上停留片刻。"谢谢老师。"萧和尘诚惶诚恐地接过课外书。

陆泓脸上流露出了欣慰的笑容:"原来你对历史这么感兴趣? 以后可以来办公室找我聊一聊。"

既然陆泓给了他梯子,他自然不会放弃攀登的机会,果真毫不胆怯地跑到陆泓办公室里讨论。每次讨论回来,萧和尘都会冲盼晞发出类似慨叹:"他这样纯粹的学者干什么不好? 干吗非要来星辰六中这个鬼地方。"

"你们聊得愉快吗?"盼晞问他。

萧和尘说:"每次讨论,他都让我搬凳子坐他旁边,他说这才有讨论的样子。我们从汉末聊到宋齐梁陈,其实更多的是他在讲,他太专业了,我根本插不上话。他给我讲他研究过的课题,还有当下学界的研究热点。他是个学院派,不是那种夸夸其谈的历史爱好者。他做学问讲究严谨的考据,当然我也不是说他死板。他的思维很敏捷,不乏大胆的猜想,但在没有确认之前,他都会保留自己的意见。翻来覆去我就是想说,他做学问真的很扎实,那种严谨精神我真是望尘莫及。相比之下,我倒像个浮夸的演讲家,更擅长动嘴皮子。"

"也许是商业世家的强大基因。"盼晞向他开了个玩笑,而萧和尘只是干笑了几声。

28

萧和尘的地理彻底考砸了，痛定思痛之后，他用胶带在桌角贴上了一张座右铭："垂死病中惊坐起，今天我要学地理！"

萧和尘的总成绩只排年级第 7 名，同学们似乎比萧和尘本人更不能接受这场滑铁卢，就像听了曲英雄落幕的悲歌，无不为之流下遗憾的眼泪。很多人专程跑来安慰萧和尘。每逢课间，萧和尘桌前都站着不同的人，他们的劝慰方式毫无新意。不是逗萧和尘笑，就是苦口婆心地对萧和尘讲，该吃吃该喝喝，一次失误别放心上。

盼晞寻思着年级第 7 的名次也还说得过去，尤其是当她发现赶来劝慰的同学都是百名开外的人。学渣劝学霸要想开点，这倒是星辰六中的一贯传统。

看着面前人来人往，作为同桌的盼晞也不好意思一直沉默下去，虽然她打心底觉得，考了全班第 19 名的她兴许更需要安慰，但乖巧懂事的盼晞还是硬着头皮劝他说："萧和尘，其实你也不用失落，来日方长，你有的是机会。"

萧和尘愣了一下，反倒笑出了声来："太小瞧我了，我会在意芝麻大的一场考试?"他摸了摸下巴颏儿，意味深长地感叹："做人啊，就要有'乘云气，御飞龙，而游乎四海之外'的境界。"

盼晞说："刚才朋友安慰你时，你明明愁眉不展，一脸沉重。"

"有吗?"萧和尘先一脸茫然，过了几秒，又是副恍然大悟的模样，"哦，那一定是他们太聒噪，惹得我心烦。"萧和尘为表示自己足够豁达，随手翻开一本《庄子》读得津津有味。

盼晞果真被蒙住了，心里佩服得五体投地，暗暗赞叹，读《庄子》的人境界就是不同。

"那阿姨会不会以此为借口，勒令你转回理科班?"盼晞问。

萧和尘蹙了蹙眉，抬头瞧着她："净担心些有的没的。我萧和尘是成大事的人，岂允许他人操纵?"

萧和尘这话说得豪气干云，盼晞听了深信不疑。

星辰六中有崇拜学霸的传统，尤其崇拜萧和尘这种看似吊儿郎当、漫不经心的学霸。不需夙兴夜寐，即可取得好成绩，同学们把这称为散发神性光辉的天赋。

"这是个崇拜天才，却看轻笨鸟先飞的时代。"后来，段辞在谈及自己的高中时代时，曾这样大发感慨。那时的萧和尘已是互联网上的风云人物，段辞发表了许多回忆他与萧和尘早年同学岁月的文章，因文风戏谑，遍布噱头，段辞也成了微博红人。然而人红是非多，段辞的这段寻常感慨引发了萧和尘粉丝的不满，他们说段辞是在质疑萧和尘。段辞无奈地发文表白心意："我的老天啊，你们绝对在碰瓷儿。尘哥永远都是我心里无可亵渎的神。"

盼晞猜测段辞并没有什么恶意，只是单纯在拿萧和尘与于昊作对比而已。

得了年级第一的于昊，并没受到大家的崇拜与追捧。谁都知道他是拼命三郎，每时每刻目光所及，他都在低头奋笔疾书，留给世界的永远是光亮的脑门。他嫌去食堂吃饭浪费时间，每天他妈妈都在家做个馅饼给他送到教室里，他边啃边刷题——让人联想到华尔街的股票操盘手，每秒时间都按美金计算，一刻都不能耽搁。

大家只道他这般拼死拼活理应得第 1 名，丝毫没有因此生发仰慕之情。萧和尘也替他感到冤枉，调侃他是个演技拙劣的学霸："学习这种事情应该悄悄地做，怎么能大张旗鼓搞得人尽皆知？"

29

考完试以后的课外班总是人声鼎沸。盼晞坐在教室里铺开数学卷子准备刷题，只听得门外家长叽叽喳喳，从题目难度到成绩分布讲得有板有眼，就仿佛刚参加过月考的是他们。有位家长嗓子尖，声音大，带了点儿乡音，翻来覆去地只嘟囔一句话。

"俺孩儿是第 1 名。"

"第 1 名是俺孩儿。"

"俺孩儿考了第一。"

那女人的语气就仿佛是在街边叫卖的商贩——"臭豆腐，好吃的臭豆腐。好吃的臭豆腐，臭豆腐。"

江盼晞越听越觉得那女人的声音有点儿熟悉，她忽然回想到，薄凉夜幕下，疾言厉色的女人和没精打采的少年。

这不是于昊的妈妈吗？江盼晞恍然发觉。

有家长恭维着问她怎么培养出于昊那么优秀的小孩。于昊妈妈扬扬得意地发表着长篇大论：

"高中可不是小孩一个人努力，家长也要做出很大付出的！你想这课外班多浪费钱啊，一节课的费用够吃多少顿饭啊，我不照样给他花？我还天天做饭给他送学校里，我付出了多少啊！他要不考个好名次对得起谁啊！

"对小孩的培养，才是最大的投资。将来他去顶尖大学学个金融，以后来钱都是哗哗的。到时候我们再去大城市找个敞亮的大房子住。"

有家长冷不丁地说："最近房价狂飙突进，别说大城市了，就咱市的房，我都快凑不齐首付了。"

江盼晞正凝神听着，忽然右耳朵被戴上了一只耳机。

她转脸看去，萧和尘不知何时已经坐在了自己的旁边。"天下熙熙，皆为利来；天下攘攘，皆为利往。"萧和尘一边念叨着，一边戴上了另一只耳机，他漫不经心地说道，"外面太吵了，听首《高山流水》静一静吧。非淡泊无以明志，非宁静无以致远。"

"你说得对。"这下子，盼晞瞧他的目光里又多了几分艳羡，真乃翩翩浊世佳公子也，修身养性，淡泊宁静，不为名利所扰。尽管后来事实证明，萧和尘这系列超然物外的表现纯属自我欺骗，但那时的盼晞的确是深信不疑。

说到修身养性，盼晞回想起了出成绩那天的场景。成绩单前面围满了伸脖眯眼的学生，无不迫切地想要看到自己的成绩。江盼晞觉得心跳到了嗓子眼儿去，她根本按捺不住躁动的情绪，准备奋不顾身地冲进人群奔向自己的成绩单。江盼晞刚要起身助跑却被萧和尘拽住了袖子。

萧和尘轻嘲："就不能忍十分钟再去看成绩？非要挑选人潮高峰期吗？"

"这种事情哪儿忍得了？"江盼晞说。

"忍不了就更要忍了。"萧和尘抬眼瞧着她，淡淡地一笑，"这是对心性的修炼。"

30

　　许梦如是地理单科状元，老师让她上台介绍自己的学习经验。许梦如的表情一贯是冷淡的，带着不近人情的疏离感。她固然是要给老师面子，点头答应了下，上了台声音冷冷清清的："我没经验。可以下去了吗?"

　　为了不使场面过分尴尬，台下同学都在强忍笑声。地理老师愣在了原地，脸色白一阵红一阵，半天讲不出话来，焦灼地搓了下手，又尝试换了个问法："那你讲讲为什么会喜欢地理。"

　　老师紧张地盯着台上这位小祖宗，期盼她留个台阶给自己下，尽早了结这尴尬局面。不承想许梦如听了这问题，清冷的容颜上忽然就绽放了一点儿笑容，台下的同学一下就看呆了。

　　"好啊。"许梦如笑着讲，"网上有句话说得很好:'身体和心灵总要有个在路上。'如今我被囚在这书桌前的方寸之地，遮天蔽日的教室闷得人气短，学地理则成了我幻想的窗口。对于一位渴求远方之人，这是两根稻草之一，另一根稻草则唤作诗歌。讲真的……"许梦如说到这里微微仰起了脸，天花板上的灯光倒映在她的眼眸里，有一丝晶莹在流转。她停顿了几秒钟才开口，开口时的表情依旧带着笑："就算我不会拥有自由，就算我一辈子走不出这个城市，那我就对着白纸黑字，对着摄影图片幻想一辈子。人要是天天没点儿幻想，还活个什么劲儿？"许梦如抖开了月考的地理试卷，目光扫过一道道题目，她淡淡地开口："见笑了，让我给大家讲讲，我透过这张形容丑陋的地理试卷都窥见了什么景色。第三题极光，我看到了漫无边际的雪原，连绵的火山落满千堆雪，夜是深邃的蓝色，夜空之上交织着五颜六色的绚烂；第七题荒漠化，我眺望到无垠沙漠中升起壮美的红日，天地沉入了橙色的海洋；大题第一道，修大坝的原因，我仿佛站在山腰，俯视河流从大坝上奔腾而下，撞出漫天的纯白……"

风景很美，盼晞却不知为何想落泪。正如许梦如所说的那样，白纸黑字的月考试卷真的很丑。

段辞忍不住拍手称道："梦如姐是个鬼才。"

"哼，白日梦想家。"于昊冷不丁地抬眼说了一句。

"昊哥，你这语气不太对？"段辞不忿地问。

于昊转着笔，斜翘起一边的嘴角，阴阳怪气地嘟囔："工厂冒的是黑烟，河上漂着垃圾，握手楼上男女伸脖子亲嘴。"

盼晞看着梦如一步步地走下讲台，看着她四十五度角仰望星空，像是在憧憬未知的远方。许梦如从盼晞身边走过，盼晞就转身回望她的背影，第一次发现她很清瘦甚至带着几分纤弱。那晚梦如提及的事情，而后再无人提及，两人之间心照不宣。盼晞每次想起，心中都会隐隐地疼，心疼却又无力，愈想便愈是煎熬。

31

　　时序渐渐转入深秋，天气愈加冷冽。外面的天色还黑得一团糟，盼晞耳边的闹铃却已经闹得震天响，是一段艰涩难懂的 BBC 英语广播。每当她听懂了其中含义，她便会换下段铃声，然而她已经俩月未换铃声了。

　　昨晚吹了一夜的冷风，窗外枝丫上的叶子已经被揪秃，枯枝在灰白的雾霾中若隐若现，像那沧海之上的一叶孤舟。"星辰街区着实凋敝。"盼晞蜷缩在被窝里吐槽，探出手按掉了聒噪的铃声，又迅速地缩回。

　　江盼晞耷拉下来眼皮，靠在床边半梦半醒地待了几分钟，再睁眼时发现已经没有时间吃早饭了。她拎起书包，忍饥挨饿地奔向学校，半路上她听到身后忽地传来了一阵自行车的铃声。

　　江盼晞下意识地扭过头，只见在灰白交叠的巷陌中央，身着长风衣的少年傲然独立，他座下靛蓝色的山地自行车酷炫得令人无法逼视。

低头不见抬头见，就连狭道也相逢。萧和尘冲她笑了笑："江盼晞同学，你能有点儿时间观念吗？还有七分钟就该早读了。"

江盼晞想笑，这人也是大言不惭。每天早上因为迟到而被罚站的可是他萧和尘。

江盼晞笑着摆了摆手："不用你提醒，遇见你，我就知道自己已经徘徊在迟到的边缘了。"

"怎么？不服气？"萧和尘悠闲地嚼着口香糖，"要不然比一比今天谁更早到校。"

"你比赛倒是有点儿公平性啊。"江盼晞上去拉住了他的车把，"要不你把山地车借给我。"

"那可不行，还是班里见吧。"萧和尘单手扶把，轻笑着扬长而去。空气中残存着几分薄荷的清香。

"讨厌的家伙！"江盼晞气愤地跺了跺脚，又使劲捶了下那装了十几本练习册重得像炸药包一样的书包。

睡眠不足，营养不够，江盼晞背着书包跑了几步，忽然觉得有点儿晕乎乎的，远方的一栋栋楼房在她眼中摇摇晃晃地分出了无数道重影，阳光铺出的淡黄底色也一点点暗淡，趋向灰蒙蒙。

忽然间，一道蓝色耀眼的光芒四散开来，快速地向她靠近，渐渐取代了她眼前的灰暗。她略微停下奔跑的脚步，定下目光看去。只见一个酷炫的漂移，在空气中画出一道蓝色的弧，萧和尘骑着山地车横在了她的面前。

江盼晞微愣："你怎么回来了？"

"眼睁睁地看你迟到，有点儿不仗义。"萧和尘一本正经地说。

江盼晞泪眼汪汪："所以你推车陪我一起迟到啊？"

"是啊。"萧和尘淡淡一笑，"只是你不要太过感动。"

"我……"江盼晞语塞，"我一点儿也不感动，还不如你骑车带我呢。"

"骑车带你？"萧和尘垂眸看她一眼，"也不是不可以。"

盼晞蓦然抬头，惊诧地瞧着他说："这可是山地车。"她又指了指罩在后轮上方的挡泥板说："难不成你让我坐这上面？"

萧和尘从上到下打量了她一番，自言自语道："看样子，以你的重量并不会对车子造成什么实质性伤害。我是个换过五六辆山地车的老玩家了，当然知道该怎么带人。"萧和尘拍了拍车座说："你坐这里，我站着骑。"

"什么？"盼晞实在感到不可思议，原来空出的座位竟有这番功用，盼晞犹疑地坐上了车座。

萧和尘凝视了她一眼，没再多说什么，踩上车蹬便起航了。少年傲然而立，上身略微前倾，双手稳稳地扶住车把。

单车徐徐穿过清晨薄薄的雾气，秋天清爽的风温柔地拂过脸颊，阳光柔和地洒在身上。萧和尘的衣袂摇曳生姿，他身上那独有的清凉薄荷气息也随之在风中微微荡漾。

恍恍惚惚，江盼晞感觉自己回到了小学时光。她和几个朋友骑着山地车穿过大街小巷，把车停在奶茶店旁，捧着五块钱一杯的椰果奶茶在路边笑得像个傻子。她们总会经过某个高中的门口，她与大哥哥大姐姐们四目相交，彼时的盼晞读不懂高中生眼中的艳羡，只顾沉浸在欢声笑语中。她以为"高中"这样的字眼离自己尚远，殊不知流年匆匆，如今的盼晞已然成了高中生。

盼晞念及此，忙不迭地将拉锁拉到最上方，戴上帽子，遮住了脸，她的脸颊已然红了一片。她已经不是那个可以毫无顾忌地坐在男孩儿自行车后座的小学生。人大了，心绪繁复了，要守的规矩也多了。饶是这样鸡毛蒜皮的小事，她也怕被人瞧见，引起星辰六中同学的诸多猜测。若被老魏知道了，列在了早恋的行列里只怕是要百口莫辩了。

江盼晞正担忧着遥不可及的早恋，忽瞧见路边有对男女，有说有笑，依偎而行。男生肩上挂着女生的书包，他低头温柔地望着女生，伸手想把女生搂进怀中，手在空中停滞了几秒，最后只是轻轻地拍了拍女生的肩。

"那个男生不是段辞吗？"江盼晞惊讶地讲，"他们这是在谈恋爱？"

萧和尘顺着江盼晞手指的方向看去，不禁呵呵笑出声来："还真是段辞和陈瑾玥。你可别觉得段辞嚣张，他这已经够隐忍了。你想要按段辞平素的性格，若是脱单了，指定大喇叭昭告天下，整得比人家结婚还要轰动。可你瞧现在，也就他几个哥们儿知道而已，你说他憋不憋屈？"

"陈瑾玥？那女生也是咱学校的？"江盼晞问他。

萧和尘点头："高一时我们都一个班。段辞爱戏称她为小玥，他说这听起来很像《巴啦啦小魔仙》里的黑魔仙。段辞叫得愈来愈戏谑调侃，有时就托着腮坐她旁边，嬉皮笑脸地瞧着她，暧昧的氛围一看就不对劲儿，后来他们果真在一起了。"

"《巴啦啦小魔仙》？"江盼晞扑哧笑了，"没看出来啊萧和尘。"

"是段辞看的，我又没看过。若不是那次段辞给我提起，我估计到现在连剧名儿也没听过。听说你们那时候挺流行的？别奇怪，我小时候没朋友，跟同龄人几乎没话讲，不知道你们的时间用来玩什么了。我自然有过好奇与憧憬，但最后碍于种种原因，全都作罢。"萧和尘说。

江盼晞问："那些时不时会风行一季的小玩意儿，你都玩过没？就比方说，滑板、陀螺、悠悠球、王牌之类的。"

盼晞的欢欣激动与萧和尘的沉默不语构成了鲜明的对比。良久，萧和尘眼神黯然地摇了摇头："我不懂。"

"一个也没玩过？"盼晞问。

"都没玩过。"萧和尘说。

"我的天啊，你简直是个没童年的人。"这下子轮到了盼晞目瞪口呆，连连可惜，遗憾地直拍大腿，"你说要我们小时候就认识该多好？我大概会带你玩遍各种花样。"

"过去皆已成历史，容不得假设。"萧和尘说，"人迟早要长大，少点儿不切实际的幻想也有好处。"

萧和尘一句话戳痛了盼晞的心窝，引得她一阵语塞，就像头顶打翻了盆冰水，倾泻而下，冷意从皮肤渗到脊骨，连心也凉了半截。她或许该明白，不知晓快乐为何的人，在承受苦痛时才会毫无怨言。

失落的心情涌上心头，盼晞俨然忘记了自己当下身处何方，鞋不小心就碰到了轮轴，鞋尖也跟着卷了进去。她还未反应过来，便是一阵天旋地转，自行车啪的一下摔倒在地，她被甩到了一旁的绿化带里。

萧和尘的模样更是凄惨，还没弄明白怎么回事，就四仰八叉躺在了草地上，胸口顶着自行车的变速器。

他们俩挣扎着推开压在身上的自行车，缓缓直起身来，机械地转过脸来，用目光询问对方可好，却瞧见彼此头发和脸上都沾着几片树叶，酷似原始部落的酋长。空气安静了几秒钟，萧和尘额前的树叶晃晃悠悠地落在了地上，两人不约而同地大笑起来。

"这像不像小时候你们那群幼稚鬼会干的事儿?"萧和尘问。

"我们小时候比这聪明多了。"盼晞说。

翻车的后果是两个人齐齐迟到，被罚站在教室外面背书。老魏气得冒火："你们同桌间真有默契，连迟到也往一块儿凑，那就去冷飕飕的走廊上做同桌吧。"

32

　　萧和尘对童年的默然不语，激起了盼晞甚是强烈的好奇心。她翻遍了萧和尘的 QQ 签名板，寻到了他于 2011 年写下的一段话：

　　　　头顶旋着流言
　　　　脚下跺着碎金
　　　　宿命埋下预言
　　　　待尔等兑现
　　　　而我拉响烟花
　　　　绽放盛大的梦境
　　　　梦里我醉了一万年

　　盼晞反复咀嚼着这有些梦幻的话语，由于对作者的过去缺乏了解，她并没有搞懂其中寓意。

　　及至日后，二人开启了一段稍纵即逝的情侣关系，盼晞才得以从凌辰枫口中听闻萧和尘的种种过去。盼晞点开凌辰枫发来的语音，一点一点拼凑着萧和尘的过去。

　　这一切皆要从尘哥的爸爸萧翰叔叔讲起。在他们萧家人的眼里，翰叔没出息，爱装清高，画画那么多年，也没画出个名堂，反倒恬不知耻地去劝家族里的人做生意要坚守道德。先说明啊，是他们萧家人这样认为的，并非我的观点，悄悄地告诉你，千万别讲翰叔的不是，让尘哥听见了绝对要炸毛呢。

　　萧老爷子和尘哥的几个叔叔常这么吼翰叔："你就是个穷画画的而已！想要置喙我们萧家的大业？谁给你的脸。"

　　翰叔不受尊重，尘哥也跟着遭冷眼。尘哥小时候学习不好，他那些叔叔们没少揶揄他。家族的宴席上，尘哥就像个服务生，被叔叔们吆喝着端茶倒水，后来连吆喝也不用了，尘哥已经习惯掂着酒壶乖巧地穿梭在酒桌间。有位叔叔酒醉了对他讲："小尘啊，你这是前世修来的福分。要不你哪儿来的机会为我们这种上层人士服务？"请允许我做个冒昧的猜测，后来尘哥发奋学习可能就是受够了这帮人尖酸言语的刺激，类似于历史上韩信胯下之辱。

　　正所谓上梁不正下梁歪，老鼠的儿子会打洞。你且看他叔叔们的德行，就能猜到尘哥的堂兄弟是何货色。那时他们萧家的人都住同一个院子里。尘哥的堂兄弟们也把尘哥当成小厮使唤，有次还故意摔坏了尘哥的生日礼物——是翰叔送他的黑胶唱片机。没错，尘哥是个音乐发烧友，爱听古典音乐爱唱歌。那回尘哥真的生气了，按照尘哥给我的叙述，他当时眼圈直接红了，坏情绪瞬间决堤，以前他都是忍气吞声，打落门牙也往肚里咽。这回他上去就给了他堂兄一拳头，然后一群人就扭打作一团。

你问我谁打赢了？这我怎么好回答呢。其实尘哥打不赢反被胖揍一顿也是情有可原的。不信你想想啊，对方人多势众且四肢发达，以多欺少本就胜之不武。后来尘哥逼不得已学了空手道与摔跤，这才没人敢欺负他。当然这也不是绝对的，欺负还以另一种方式存在。

你说尘哥被绊下了山去？他这都给你讲了？也对，但我想说的其实是冷暴力。他们孤立尘哥，不跟尘哥说话，每次尘哥打他们身边路过，他们就像躲瘟神一样避得远远的。哪个堂兄弟若是好心搭理尘哥一句，回去就要遭到其他堂兄弟的惩戒，你说这可怕不可怕？他们还一个个跟长舌妇似的，在背后嚼舌根，讲尽了尘哥的坏话。先说尘哥是个冷血动物，又说翰叔是个在家族里蹭吃蹭喝的懒蛋窝囊废，最后还说尘哥的妈妈是个觊觎他们萧家财产的凤凰女。尘哥曾经把萧老爷子当成他们萧家的一杆秤，凡事都能主持个公道，有次尘哥将自己所遭的流言与冷落全都写在纸上塞进信封，像给皇帝上奏疏一样交给了萧老爷子。萧老爷子大眼一扫，当头便是一句："萧和尘你真是个小心眼儿，这种事情还用得着斤斤计较？一点儿宽广的胸怀也没有，这么下去只能干个端茶倒水的活儿。"

我猜尘哥那时候肯定挺孤单的，他本来就是个外向好动的人，况且那时候大家都是小孩儿，玩心就更大了。

你说你想了解尘哥唱歌的事？你连尘哥学声乐的事儿都知晓一二啊。

怎么说呢？你这又是在给我出难题。尘哥虽然是个古典音乐爱好者，但他学声乐其实是怀抱较强功利心的。尘哥做事的功利性确实比我强，当然我一点儿贬损尘哥的意思也没有。尘哥在那般恶劣的家族环境里浮浮沉沉，能有如今这副样子，已经实属不易了。

你说尘哥爱读老庄思想相关的书籍？这不冲突的。好了，可别再跟我打岔了，我差点儿就偏题了。尘哥最初学声乐是觉得在家族宴会上充当个端茶倒水的小厮很没面子。你想想也是这个道理，若能身怀绝技，于宴会上随时开嗓演唱，引得满堂掌声，大家自然是对他刮目相看，不再把他当成小厮使唤。于此种情形下，尘哥学了声乐。刚开始的几次表演应是圆满成功的，萧老爷子请来的宾客皆感叹一句："小伙子很会唱嘛。"事情的转折点就出现在尘哥去省里面参加唱歌比赛，比赛在省电视台直播。上电视当然是件令人骄傲的事，尘哥的妈妈终于抓到了扬眉吐气的机会，每逢遇到萧家的人，就上前攀谈，攀谈的内容自然离不了"儿子上电视"。

话术也有讲究，不可直接突兀地提起，要学"赋比兴"中的"兴"，先言他物，慢慢引到自己想表达的内容上。语气须漫不经心，这样方显出"不甚在意，本应如此"。

当然，我不是在着意刻画尘哥妈妈爱炫耀的形象，你想他们萧家之前统共就萧老爷子一人上过省电视台。比赛那天尘哥紧张过度了，还没上台就一头大汗，上了台，腿就开始打战，唱歌时又是破音又是抢拍，场面兴许是尴尬之至。照尘哥所说，这是他迄今为止最不敢回忆的两件事之一，另一件就是他从山上掉下来毁了容。评委调侃了他一番，刚巧被收看节目的萧家人看到了。这下可好，剩下的就算我不讲，你也铁定能猜到。评委的话就被编成了段子和绕口令在家族里面传，尘哥成了个行走的笑柄。从那以后，每逢宴席，尘哥一上台就被那几个堂兄弟喝倒彩。尘哥脸皮儿薄得很，比卷烤鸭的荷叶饼还要薄。他一怒之下就再不学声乐了，是不是有点儿意气用事了？

你问我尘哥重新上台唱歌是什么时候？应该就是高一时学校举办的校园歌手大赛。等一下，你怎么就猜到了尘哥重拾勇气拿起了麦克风？

尘哥的遭遇也是着实悲惨，刚重返舞台就碰见了一个满腹偏见的评委。那个评委绝对是吃不到葡萄说葡萄酸，羡慕嫉妒恨呗。但说是惨，尘哥其实运气也蛮好的，刚巧有个胆大包天的女生，当场呵斥了那个评委，替尘哥解了围。段辞还拿这事儿调侃过尘哥说："记住那女孩儿没？你可得好好报答人家。"尘哥戏谑地回答了一声："记住了，记住了。"

当然啊，这就是尘哥和段辞在开玩笑，你可千万别放心上。尘哥现在不是跟你在一起了吗？我看啊，这才叫缘分。

33

盼晞没顾上吃饭，又在冷飕飕的走廊上背了一早上的书，现如今已然是饥肠辘辘。

盼晞觉得肚子响是件尴尬的事，尤其是当教室里面悄无声息，大家都埋头看书的时候。肚子每响一下，盼晞的脸就红上一分，及至最后萧和尘搁下笔说了句："得了，带你吃早饭吧。"盼晞的脸已经彻底红成了苹果。

"学校后门那条街上有家锅贴。"萧和尘说。

盼晞没弄懂他是何意思，下意识地讲了句："订外卖不是要受处分吗？"

"没出息。在星辰六中干什么不受处分啊。"萧和尘扑哧笑了一声，"跟我走就行了。"

他们走出了砖红色的教学楼，沿着楼与楼之间铺满阴影的小道走上了一会儿，停在了后门旁边的铁栅栏前。

盼晞对这里也算是记忆深刻。高一的时候，她考砸了心情低落。爸妈下班，开车经过这条街，就把车停在了路边。

铁栅栏像道天堑横亘在盼晞和爸妈之间。盼晞只有从栅栏的缝隙伸出纤细的胳膊来，才能握到爸妈的手。她想与妈妈拥抱，可抱在怀里的只有冰凉的铁栏杆，冷意刺透了胸口。那一刻，盼晞有种当囚犯的错觉。

学校后门的街上一贯行人稀少，如今又逢上午时分，来往只有零星几人。

萧和尘指了指马路对面被岁月侵蚀得褪了颜色的门牌"上品锅贴"。

"就那家店，里面的香菇猪肉锅贴很好吃。"萧和尘说。

江盼晞瞧了一眼冰冷的铁栅栏，好奇地问萧和尘："你这怎么过去？奇门遁甲，徒手断铁，还是学哈利·波特召唤个铁扫帚？"

萧和尘哼了一声："你怎么说也是十六七岁的人了。"

江盼晞说："我给你讲，穿墙术这种把戏，我五岁就亲测过，实践结果充满了悲剧色彩，给我幼小的心灵蒙上了深深的阴影。"

萧和尘忍不住笑了一声，道了句："幼稚鬼。"他径直走到栅栏边儿上，伸手敲了敲铁栅栏，笑了笑说："瞪大你的眼睛看好了。"

"拭目以待。"盼晞双臂环抱在前，眼睛一眨不眨地瞧着他，且看他萧学神有什么非比寻常的独门绝技。

"上品锅贴！上品锅贴！上品锅贴！我要买锅贴和酸辣粉。"萧和尘瞬间就开了嗓，富有磁性的声音把宁静的空气撕开道口子，长驱直入，在几条街上回旋着……

江盼晞目瞪口呆。这就是传说中语言的力量？江盼晞笑得站都站不稳，几乎要摔倒在地。

一条街上统共没几位路人，一瞬间全都齐刷刷地回过头来望着萧和尘。相隔得太远，盼晞看不清他们的脸，却也料到必然挂着一副关怀傻子的表情。

萧和尘又把腿迈开，双手叉在腰间，气沉丹田，吼了一句："上品锅贴！出来接客！"他声音大，口气也大，像极了纨绔公子哥儿。然而，任凭公子哥儿大呼小叫，声音在大街小巷的上空飘来飘去，对面的店家仍旧毫无动静，连个门帘儿也没晃一下。

江盼晞在一旁笑到气短，眼泪快流出来了。萧和尘不甘心，一边跃起一边挥舞着手臂，在空中比画着说："对面的行人往这里看。"

盼晞愣了愣，这才明白萧和尘是想求路人替他捎话。只可惜路人冷漠，依旧自顾自地走着自己的路，没人去搭理栅栏里的疯子。盼晞寻思着星辰六中在常人眼里本就是个怪异的存在，如今里面的学生拽着铁栏杆大喊大叫，指不定要给人留下个疯人院的错觉。

盼晞灵光一闪，给他出了个主意，萧和尘听完眉毛差点飞到了后脑勺去："你喊。"

盼晞摇头说："我不，你喊更合适。"

萧和尘无可奈何，犹豫了半晌，硬着头皮大喊了一句：

"对面的帅哥……"

这一嗓子末了，盼晞又笑得捂住了肚子。出乎意料的是，清冷的街上当真有个人抬起了头。萧和尘心道这人自我感觉倒挺好。盼晞喜出望外，蹦跶着动手指了指马路对面的牌子："帮我们喊下锅贴店的店员吧！"

那位年轻人似乎是心领神会了，转身进了锅贴店。过了会儿，年轻人掀开帘子出来了，后面跟着走出了一个店员。他们点了份锅贴和酸辣粉。

萧和尘又问她："你们童年干的事情有这么傻吗？"

盼晞点了点头："有过之而无不及。"

萧和尘的嘴角微微扬起，露出了满意的笑："四舍五入，我也算是有童年的人了。"

饭盒递到二人手上时还是热的，盒盖上结满了一层水蒸气凝成的小水珠。

萧和尘说："从早读到中午有五个多小时，要搁假期可能一觉就睡过去了。但若待在学校里，分分秒秒都在学习，只怕是难以饿着肚子熬过去了。"

萧和尘让盼晞夹来一块尝尝，盼晞刚想拿筷子，余光里却瞧见前面不远处的草坪边上竟站了一个人。

那是个穿着黑色职业装的中年女子，鼻梁上架了个厚厚的黑丝边眼镜。她的脸让盼晞想到了缩水的枵果，无论颜色、表面还是形状。她的表情很严肃，锐利的目光似乎在盯着他们这边儿看。

萧和尘也察觉到了她的目光，抬手看了看手里提的饭盒，又垂眸瞧了瞧中年女子脸上的表情。

盼晞伸手拽了拽萧和尘的衣角，萧和尘低声问盼晞："她是谁啊，一直盯着咱们？"

"好像是副校长，叫……叫宋清晨？"江盼晞的话音刚落，那边的宋清晨已然开始厉声呵斥："你们俩干吗呢？在教学区大声喧哗，在学校订外卖都是有处分的。"

宋清晨的话一出口，盼晞就开始紧张了，手心里汗津津的。在星辰六中稍不注意便能和处分搭上边，盼晞觉得自己也没多出格，学校倒是管得挺宽。

可惜盼晞没那骨气，根本不敢开口与她对峙。眼看着宋清晨踩着平底布鞋一步步地朝自己走过来，就像踩在她的心上，震得她全身都在颤。盼晞除了在心里骂自己胆小怕事没出息，大脑已经陷入了空白。

盼晞突然感到自己的衣袖被扯了扯，她一抬眼看到了萧和尘嘴唇动了动对她讲："三十六计最后一计。"

"美人计？"江盼晞问。

萧和尘白了她一眼说："走为上计。"伴随着话音落下，萧和尘拽着盼晞的衣袖一同向后退了几步，忽然就转了身，冲着宋清晨走来的方向，朝教学楼那边跑了去。

可想而知，宋副校长半天没反应过来，就那么站在原地，小眼睛瞪得跟绿豆似的，不可思议地瞧着二人跟鸳鸯双飞一样窜得无影无踪。她寻思着在星辰六中待了这么多年了，从来只见过乖乖就范的老实学生，第一次见这么顽劣的。宋副校长气得浑身发抖，把这事儿牢牢地记在了心里。

后来一晃十多年过去了，校长换了好几个，跟她同级别的几个副职有的喝酒喝到了省教育厅。勤勉敬业的宋副校长仍旧坚持着岗位，认认真真地打理着学校工作，她在联系校友会时惊奇地发现，当今风靡网络的青年才俊、网红企业家萧和尘居然是六中的校友，当即便打电话与他取得了联系。

饭局上，宋清晨想和萧和尘套近乎，客客气气地问他是哪一级学生。萧和尘淡淡一笑："校长，星辰六中之所以名为星辰六中，是因为优秀的人跟天上的星星一样多。我并不觉得您在当时就会以这种理由记得我，我也只是优秀得平淡无奇而已，但我确实曾与您有过照面。"

"是吗？"宋清晨赔笑着讲，"让我仔细地回忆下，说不定真能想起来。"宋清晨心想就算记不住了，那也要装出个恍然大悟的样子，好给了不起的企业家留点面子。

萧和尘轻啜了口红酒，回想往事忍不住笑了一声："不知道校长还记不记得有位嚣张的男同学，在校园里大呼小叫，订了外卖，还当着您的面牵着一个女生跑了。"

宋清晨听完以后当场就愣住了，跟当年一样把眼睛瞪得像绿豆："原来那就是萧先生啊，我对这事是真的印象深刻，在星辰六中待了二十多年，就只出现过一个这么有胆识的学生。"

"宋校长要给我处分吗?"萧和尘开玩笑地讲。他抽出根烟来,向旁边的秘书借了个火,吸了一口,轻轻地笑了笑讲:"宋校长啊,之前总有星辰六中的学弟来找我,问我能走到今天这步,成功的经验是什么,我就推荐他们多去看点史书。有个学弟好笑得很,好像是某年的理科状元,学习能力极强,用空闲时间钻研了魏晋南北朝历史,直接发了篇论文到核心期刊,他转过头来告诉我说是按照我的方法做了,可公司还是不见起色。我当时差点儿笑出声来,我让你以史为鉴又没让你钻进去做考据研究。从星辰六中出来的都是能吃苦有学识的人,就是太乖巧老实了,不过还得感谢宋校长您等人,为我培养了不少得力靠谱的下属。至于成功的秘诀,说白了就是得有点儿匪气。"

那天逃跑的时候,萧和尘确实牵了盼晞的手。他们一路上都在狂奔,盼晞明显有些跟不上萧和尘的速度。眼见萧和尘越跑越远,大有弃她而去之势态,盼晞就上气不接下气地在后面喊了句:"慢点儿,等我一下。"

萧和尘回过头来,看见她累得直不起腰来,双手扶着膝盖喘气。萧和尘往大后方看了看,不禁蹙起眉头来,宋清晨当真在往他们这个方向跑来。他挠挠头,思索了片刻,径直走到盼晞面前伸出手来:"我拉着你跑。"

盼晞顿了一下,她听到了身后传来的脚步声。盼晞伸手握住了萧和尘的掌心,萧和尘的手指微微弯曲,把她的手包裹其中。他们俩拐进了教学楼，直接上了两层楼才停下来。

"好了，没事了。宋校长没有闲情逸致陪我们跑马拉松。"萧和尘淡淡一笑，松开了紧握的手，若无其事地抽了出来。

盼晞仍在担忧："宋校长是教工运动会 1500 米执杖行走第 1 名，走起路来像踩着风火轮。"

"她今天又没带杖。"萧和尘说。

盼晞看着他气定神闲的样子，忍不住笑了。萧和尘问她有什么可笑的。盼晞说："刚才那一路上惊心动魄的，让我想到了小时候跟朋友一起玩真人 CS。而你就像一个特别靠谱的队友，跟你在一起，我就觉得咱队有十足的胜算。"

他们确实成功"逃逸"了，只是酸辣粉洒了半碗。

34

萧和尘立起领子，系好纽扣，挡住尖削的下巴，又从段辞那里借了个墨镜戴上。他压了压棒球帽的帽檐，问江盼晞："没人能认出来吧？"

盼晞强忍着爆笑的冲动告诉他："你缺个防毒面罩。"

"老魏发现就发现吧，随他去。"萧和尘双手插进口袋，若无其事地走出了教室。

萧和尘喜欢的历史学者要去大学里开讲座。期中考试将近，老魏自然不允许以这种理由请假，前几天段辞出门箍牙，老魏不信，要求出示医院收据。段辞把嘴一张，指着牙套要老魏观摩。

萧和尘也没犹豫，"大逆不道"地选择了逃课。

萧和尘关上教室门，留下了一屋子焦灼的人，燥热紧张的浪潮在屋子里翻涌升腾，就像一座随时会爆发的火山。

忽然于昊掂着几本书，野狗似的往外跑，碰翻了一串椅子，砰地砸在了江盼晞脚边。

段辞茫然失措地跟在于昊后面追问："昊哥，你这是怎么了？"于昊置若罔闻般迈开步子就准备走。盼晞眉头微皱，下意识伸手拦住了于昊："段辞在叫你。"

一句话的工夫，段辞已经跌跌撞撞地赶了上来。于昊扬起眉毛，转身就冲段辞吼了一句："你烦不烦啊！我没义务给你讲题。"

段辞被他吼得愣住了，错愕了几秒钟又尴尬地笑了笑："昊哥，你昨天不是答应……"

于昊焦躁地跳脚，不耐烦地嚷着："又是一道题！你自己算算，这星期你都问我五道了。你学不会，凭什么浪费别人的宝贵时间？"

空气安静了几秒，周围的同学纷纷抬起头好奇地打量着他们。

段辞手指使劲地抠着裤缝，面色慌张地逼视着他："你声音小点儿行不，不想讲就算了。"

于昊头也不回地走了，路过江盼晞身边时，停住了脚步，偏过头，语气淡漠地告诉她："你以为自己是圣母？那怎么不想着帮帮我？"

"你有什么可帮的？"盼晞反问他。盼晞说完便后悔了，于昊尽管令人生厌，却也着实是个可怜人。

于昊听了她的话，面部肌肉扭曲在一起，凄惨怪异地笑了一声，便大步流星地走开了。

江盼晞回过头，只见段辞萝卜一样杵在原地，勉强弯起嘴角露出笑容，让自己显得若无其事。江盼晞瞧着段辞，仿佛在看一面镜子，镜子里的自己无所遁形。江盼晞冲他笑了笑说："哪道题不会，能让我看看吗？"

段辞问的题目不算复杂。江盼晞讲完第一遍，段辞的表情稍显迷惘。江盼晞问他是不是没听懂，段辞为难地笑了笑说："应该是懂了。"

江盼晞看着他丰富的表情，不禁也笑了："刚才我的思路不够清晰，再给我个机会。"讲第二遍时，盼晞把一个步骤进行拆解，细分成好几步来讲述，重点之处刻意放慢语速，段辞终于拍着脑袋恍然大悟。

"刚才于昊是犯了哪门子疯？"江盼晞问。

段辞尴尬地笑了笑说："不瞒你说，我也搞不懂。他昨天还很乐意给我讲题的，今天整个人就炸了毛，好奇怪。"

"怎么不去请教你尘哥？"江盼晞问。

段辞面露犹豫之色："我……我，还是算了吧。"看见江盼晞不可思议的表情，段辞又赶忙摆手。"不是，你别误会。尘哥当然不会嘲笑我笨，但我想在他面前维持一个好点儿的形象。"段辞为难地搓着手，叹息似的说，"算了，你可能听不懂我的意思。"

"你自己本来就挺好的啊。"江盼晞说。

段辞愣了一下，立马摇了摇头："你可别逗我了。我在咱班……"他欲言又止，渐渐沉默了下来，小心包藏好心底的疤。

"我说真的，咱班要是没你在，可能就成兵马俑陈列室了。俗话说得好，优秀的成绩千篇一律，有趣的灵魂百里挑一。"江盼晞说。

　　段辞笑了笑："你可别逗我了，你再这么讲，我就真有点儿小骄傲了。"

　　作为感谢，段辞说要给盼晞讲个冷笑话。笑话不搞笑，确实相当冷，梗概是这样的：大课间的时候，段辞扭头跟后桌讨论数学题，老魏来班里巡查，一眼看见侃侃而谈的段辞，开口便是一顿批评。段辞缓缓举起手里的数学练习册。老魏则不咸不淡地讲了一句："就你？就你这副样子？还给别人讲题嘞？"段辞挺直腰板，义正词严地说："爸妈从小教育我要乐于助人。"

　　"你说我的回答是不是挺机智的！"段辞大声地笑着，似乎只要笑得开怀就能够遮掩住悲伤。

　　人算不如天算，萧和尘的逃课计划还是落空了。他出校门时迎面撞见了老魏。

　　萧和尘冷静老练得像个谍战剧特工，微微低头，淡然自若地往前走。谁料那天秋风刮得紧，夹着漫天枫叶就吹了过来，鸭舌帽不翼而飞，刚巧落到了老魏脚边。老魏捡起帽子的一刹那，只见萧和尘帅气的发型在秋风中摆动，光亮的墨镜映出老魏紧蹙的眉头。

　　"去哪儿呢你？"老魏问。

　　萧和尘答："去操场上背书。"

老魏指指他背后："操场在那边。"

萧和尘说："哦，您说的人生无捷径，所以我绕路去操场。"

"你的书呢？"老魏问。

萧和尘咧嘴一笑，指了指自己的胸口："学习的最高境界，手里无书，心中有书。"

老魏懒得跟他搅缠："说吧，为什么逃课？"

萧和尘也懒得再去解释："学者要来开讲座。"

"等你学好了考试的内容，当了状元再说别的。"老魏说。

"知识是相通的，不能形而上地看问题。"萧和尘说。

"你回不回去？"老魏加重了语气，把疑问句说出了祈使句的语气。

"是不是没得选？"萧和尘笑着耸耸肩，按原路折返。他走了几步又回头冲老魏淡然一笑："老师，您看错人了。于昊比我适合当状元。"

35

段辞嬉皮笑脸地凑到萧和尘桌边，在他面前打了个响指："尘哥，帮我在食堂带份晚饭吧，我要去找小玥背书。"

萧和尘从书里缓缓抬起头来，微笑地瞅着他："你大可不必说后半句。"

段辞嘿嘿一笑："尘哥别急，你该从自身解决问题。俗话讲，临渊羡鱼，不如退而结网……"

萧和尘瞟他一眼，缓缓举起了狼狗抱枕。段辞笑着往后跳了一步，冲萧和尘比画了一个加油的手势，便嘻嘻哈哈地跑开了。当段辞的身影消失在楼梯口的转角，盼晞转脸问萧和尘："你觉得段辞快乐吗？"

萧和尘抬眸不可思议地看着她。这个问题抛出得的确有些突如其来。萧和尘沉默了几秒，忽然莞尔一笑："那你想听真话还是假话？"

江盼晞眨了眨眼睛："假话好了。"

"假话啊，那他可快乐到飞起了。"萧和尘说。

盼晞愣愣地瞧着萧和尘，内心倒有些浪潮翻涌。她以为住在金字塔顶的萧和尘根本不会了解这些低到尘埃里的无奈。

　　萧和尘看了看手表，转脸笑着对盼晞说："想听段辞的故事吗?"

　　"你都知道?"江盼晞略显诧异，她觉得自己和段辞是一类人，总把复杂的心思包裹成茧，生怕别人窥见一丝一毫。

　　萧和尘点了点头，他的眸子就像深深的湖水，湖面映出一张复杂的面容。

　　课间时，段辞时常会跑到教学楼五楼窗边极目远眺。实际上那里什么也看不见，就连阳光也难渗进几缕。因为东边有栋更高的大楼半遮住视线。萧和尘撞见他好几次，他的手紧紧攥着栏杆，一双眸子里闪着憧憬的光。段辞忽然悲伤地感慨道："我想回初中了。"

　　东边有市中心，市中心附近有他的初中。段辞所来自的99中平淡无奇，没有光环，没有盛名。江盼晞从小生长在这座城里，却还是第一次听闻这所初中。

　　可99中是段辞的王国，他也曾是个快乐的王子。在那里，他的成绩一枝独秀，同学们称他男神学霸，老师把他当作好苗子重点培养。

　　可自从他被推荐到了星辰六中，一切都变了。他被埋没在茫茫人海，被老师挖苦，被同学嘲笑。他做梦也没想到，有一天自己的名字会出现在成绩单的末尾，他的王冠掉到了尘埃里，他像一个落难的王子在苟延残喘。

初中同学聚会的时候，他坐在主位，老同学们总是以艳羡崇拜的目光看着他，说他是 99 中的骄傲。段辞笑了笑，没有说话，大家都以为他很风光，只有他自己知道他在星辰六中过得有多悲伤。

他就这样苦苦坚持着，一边接受着外人的崇拜，一边在星辰六中被学霸碾压得体无完肤。只是那些精神慰藉远远弥补不了他受的打击。

而段辞和他的女朋友瑾玥可谓同病相怜，他们俩都是高一班里的后几名。当时的英语老师管理严格，一丝不苟，喜欢挑这些成绩倒数的同学去办公室里背新概念课文。若是背不会便要罚抄十遍。

段辞不善背书，为此伤透了脑筋。从日薄西山背到满天星辰，同来的学生都已背完散去，空荡荡的走廊上只剩下段辞和瑾玥两个人。

段辞眉头紧锁，横生了几道褶皱。他背了上句，下一句却怎么也想不起来了。每当想到教室里还有未完成的数理化作业，他攥书的手心便开始沁汗，脸颊也因燥热而泛红。他郁闷地捶着书，发出咚咚的声响，瑾玥听见了也会无奈地叹口气。这样三番五次下来，他们之间就达成了一种默契，每当他无可奈何地看向她，她也会回以一副生无可恋的表情，他们又齐齐转过脸，龇牙跺脚地瞪着英语组办公室的门牌。

"这玩意儿真没什么卵用！"段辞说。

"简直浪费时间。"瑾玥仿佛觅得知音。

"浪费脑细胞!"他说。

"浪费好心情!"她说。

他们你一言我一语,用力吐槽了一阵,顿时觉得心情舒畅。

过了一会儿,段辞又探了探脑袋问:"你背会几句了?"

瑾玥说:"三句。"

段辞嘿嘿一笑:"我两句半。"

"哇,这么巧。"瑾玥说。

虽说还有二十多句课文没背,可他们听了彼此的话,忽然就倍感安慰。

背不会课文的是他们两个,挨吵罚站的也是他们两个,英语老师也要感慨他们是天造地设的一对。瑾玥生病回家了,剩段辞一个人在走廊上吹冷风。教室里灯火通明,学生三三两两讨论着段辞听不懂的习题,段辞忽然觉得内心空荡荡的。他想到了瑾玥,想到他们一同吐槽英语老师的快乐时光。他看了看教室里奋笔疾书的同学,禁不住感慨:"偌大一个星辰六中,只有瑾玥懂我。"

那是一个星光璀璨的夜晚,瑾玥因为作业太多,没能完成英语老师罚抄的课文。晚自习上课时,老师批评了她,她垂着头一声不吭。有滴似有若无的泪挂在她的睫毛上,就像颗蚌含沙孕育的珍珠。

段辞觉得眼前变得虚幻起来。他们的经历有些相像,都在批评与轻嘲的异样目光中穿行，都与这群骄傲的天才们格格不入。这场相遇倒像是命中注定。

瑾玥站在教室外面，把作业本摊在墙上抄课文。段辞夹着课本在走廊上踱来踱去，一句话也记不住，目光时不时停留在她孤寂的背影上。

"不背了。"段辞把手中的书撂在了一旁的凳子上。瑾玥转头诧异地看着他。段辞说："走，我们去吃夜宵。"

"那作业呢？"瑾玥说。

"管他什么作业呢，开心最重要。"段辞说。

他们一同出了教学楼，清风从他们身边拂过，仰头只见深蓝的夜空中布满璀璨的星河。段辞像个孩童一样幼稚地发问："你觉得哪颗星星更好看，左边亮的那颗，还是右边大的那个？"

瑾玥却指着天空幽暗的一隅说："那颗吧。"

段辞迷惑地问："那里哪有星星？"

瑾玥笑了笑："它只是不发光而已。"

"不会发光不就是太空垃圾！"段辞说完才发现太空垃圾其实就是自己。

36

晚上放学时，许梦如拉着盼晞一同下楼，她给盼晞讲述着在网上看到的一组云南梯田照片："缭绕的云雾被夕阳染红半边，崇山峻岭间有个七彩的调色盘。"

"只听你的描述，我便觉得置身于童话般的梦境。"盼晞说。

楼梯上的灯光昏暗得几乎瞬间湮没，前方人头攒动，都是赶着回寝室拿东西回家的学生，他们书包擦着书包，肘碰着肘，一同走着被规划好的路。在嘈杂的声响中，盼晞又听到了那个带点磁性却又无限清冷的声音，听上去很酷，盼晞早已经习惯了他的耍酷。尾音在空气里跳动，冷冷的却又撩人心弦。

许梦如说，云南大概是每个旅游爱好者都钟爱的伊甸园，骑马重走茶马古道的石板路，看漫山遍野的茶林，那一刻既像与自然神交又如同与历史对谈，耳边似乎传来了千百年前的马蹄声与驼铃响。许梦如感叹："当初看《天龙八部》，我便羡慕那位大理世子段誉。"

"去云南玩过吗？"许梦如问盼晞，却迟迟不见回答。待许梦如转脸时，却见盼晞一副心不在焉的模样，她顺着盼晞的目光向前望，看见了并肩而行的萧和尘与段辞。许梦如凝视了几秒盼晞出神的样子，很快沉默不语地偏过头去。

段辞大大咧咧地搂着萧和尘的肩膀，像个顽童一样嬉闹着讲："尘哥啊尘哥，这才多大点儿事啊。依我看来，你们这些脑袋聪明、一学即会的人，根本不该有什么烦恼。"

"你懂什么？"萧和尘淡淡地回他一句，抱臂在前偏过头去，并不想搭理他。

段辞依旧不依不饶地拽他的胳膊，这回又像个撒娇的小女生："尘哥，我说得没错啊。就算退一万步来讲，你真的被迫转到了理科班，也照样是年级前几名，能考上个不错的大学。"

萧和尘转头盯着他："段辞，你到底是缺根弦还是什么，总把人生想得这么简单。高考又不是终点，只是刚刚拉开人生的帷幕而已。有多少学生为了能敲开高等学府的大门，宁愿调剂去个连名字都没听说过的专业，一学就是四年，四年出来找不到工作，又被迫去读研，继续研究自己不喜欢的东西，在实验室待到精神恍惚，想要哐哐地撞墙。高校想培养研究型人才，而他们只是想混个文凭去社会上找工作而已。所以相比'干一行，爱一行'，我更喜欢'爱一行，干一行'。说到底，我就是一个极度自我，不愿意当提线木偶的人。"

段辞被教训得支支吾吾，半天都不知道该说些什么，只能用手捶了捶胸口，比画出一个胜利的手势："尘哥，我相信你，期中考试你肯定能考好。"

萧和尘无奈地笑了笑："考好有什么用？我们赌的是第1名。"

盼晞看着他们在人群中慢慢走远，才恍惚想起了刚才许梦如的问句。"哦，我去过丽江和大理。我喜欢那里的古街、小桥流水与两岸瓦房。我就住在古镇的客栈里，客栈是个木头造的小院子，中间是片天井，种满花花草草，我们住在二楼，透过落地窗能将古镇的风光尽收眼底。夜晚，楼下的民谣酒吧闪着霓虹灯光，有文艺青年抱着吉他唱歌，我们就坐在天台上吹着晚风，听他们歌唱忧愁。"

盼晞尽量认真地描绘，以弥补刚才的尴尬。许梦如似看穿了她的想法，笑着点了下头。"得空我们一起去，还住上次我住的客栈。"盼晞说。许梦如笑了笑，调侃地讲："承诺太多不会忘了吗？"

盼晞以为她只是在开玩笑，便也随她哈哈笑了起来。盼晞笑声尽了，思绪却又飞回了萧和尘那里。

"梦如，想咨询你件事。"盼晞说。许梦如被她话中的拘谨触动，有些疑惑地问她是何事。盼晞沉吟了一会儿，还是犹犹豫豫地开了口："梦如，你是怎么复习地理的？"

许梦如听完愣了下，禁不住笑出了声："你这与当初地理老师的发问倒是有异曲同工之妙啊。盼晞你明明这么了解我，你该知道地理爱好者与地理学霸是有区别的。"

"我……不好意思啊，我问得是不是有些突兀了？"盼晞说。

许梦如淡淡一笑："我知道，你不是为自己而问。如果我真的有能帮到萧和尘的，那也只是推荐几本地理杂志与练习册而已。你一会儿拿笔记下吧。"

盼晞蓦然抬头，惊诧地瞧着她，仿佛有什么东西哽在喉中，半晌说不出一句话来，等再开口时竟然带着一丝沙哑。

37

　　在期中考前的日子里，盼晞刻意多刷了几本地理习题，遇到精妙的题目便打上钩。预备铃响时，萧和尘回了班。江盼晞把椅子往后一抬，挡了他的去路。盼晞指了指练习册上的题说："做对了，再让路。"萧和尘看着她，笑弯了腰："真有你的，芝麻开门吗？"萧大学霸抄起纸笔，蹲在地上，就着她的课桌陷入了沉思。他扬起的眉毛离她的唇只有五厘米的距离，流动的空气变得紊乱。眼见任课老师踏着上课铃进了班，江盼晞劝他下课再做这题，谁知萧和尘咧嘴一笑："不行，做不出来，就不走。"

　　如此三番五次，萧和尘来了兴致，每逢课间都要与盼晞一同探讨地理题。盼晞的心情像阴阳两极激烈地对峙，一边骄傲一边忐忑着。对坐之人曾是光荣榜之首，就算地理方面有短板也难掩学霸光环。盼晞的大脑高度紧张，说话字斟句酌，生怕出了什么错误惹来一串笑话。萧和尘不小心打翻了盼晞桌上的一摞书，低头捡了两分钟之久。盼晞吐槽他再这么慢，书就腐烂在地里了。

萧和尘把书整齐地摞在她的桌角："除了地理练习册就是地理杂志，你对地理这么感兴趣?"

"当然。"江盼晞说。

萧和尘"哦"了一声，没绷多久，便低头笑了起来。

"怎么? 你不信?"盼晞觉得脸上有点儿热，就像置身于热带雨林之中，心里有什么念头像热带植物一样疯狂滋长。

"我信啊。"萧和尘点头微笑，"你也要信我。"

"信你什么?"

萧和尘浅笑地望着她："你觉得呢?"

写作业的于昊啪的把笔摔在了作业本上，扭头叩击着萧和尘的桌子："喂喂喂，别说话了。"

萧和尘优雅地抬眸，淡淡地说："这好像是课间吧。"

"课间也没人说话啊。"于昊的声音提高了几个分贝，果真在悄然无声的教室里引起了轩然大波。趴着写作业的同学纷纷抬起了头。

于昊这句话倒是点醒了后知后觉的江盼晞。她这才发现，不知道是从期中考试前的第几周开始，同学们已经自觉把课间变成了自习课。

萧和尘淡淡地对于昊说："我劝你喝杯薄荷茶，再到操场上散散心。"

"没你那么清闲!"于昊哼了一声，似乎要从鼻孔里射出两团火焰来。可盼晞并不在意于昊的练习册和旧夹克是否会被点着。

萧和尘又在吃薄荷糖，空气里混着清新的味道。盼晞忽然觉得他像片清爽淡雅的薄荷叶，在炽烈的热风中摇曳，依旧自成一片荫凉。

萧和尘忽而玩笑般地问盼晞："期中考试，我和他谁能得第一?"萧和尘的余光落在了于昊微驼的背上。不待盼晞搭话，萧和尘又轻笑了起来："这种问题是不是很无聊?家长、同学、老师一个比一个执念深。他们的世界真麻烦，只有实力还不够，还必须千方百计地向世人展现出来。仿佛只要别人不知道，那实力便不复存在。可一纸试卷又怎能轻易将人划分出三六九等。我们只能拼了命地刷题应试，去证明那些本就存在的东西。你说这多像个无聊的迷宫。"

"可就算知道又能如何，我们考前不依旧会焦灼不安、提心吊胆?"盼晞说。

萧和尘微微笑道："那我传授你一招解除焦虑的方法。闭上眼睛，挺直腰杆，抱臂于课桌上，只去感受自己的呼吸，把那些繁杂的念想都抛到九霄云外。静坐两三分钟，待到安静下来再去学习。"

盼晞尝试着闭上了眼。

11月的深秋，冷风穿过窗格，空气里残留着薄荷的味道。她的心越跳越快，脑海浮现一汪清泉，波光粼粼，倒映着萧和尘的影子。他笑得淡然从容，伸手触碰时又变成了细碎的光影，荡漾得无影无踪。

盼晞发现自己领会不到其中真谛。她努力不去想那些杂念，可这番努力却让她陷入了更深的焦灼。

　　当她睁开眼时，再次看到了萧和尘淡然的笑。他的笑容炫目，让她的拙劣无处遁逃。

38

　　迷离的夜色里飘浮着浓稠的雾气。只有这样模糊了面容的傍晚，段辞才敢和瑾玥坐在操场角落的长椅上。他们之间隔着半米的距离，各自凝视着前方，预备着在不速之客出现时猝然弹起，然后迅速离开。

　　雾消融在段辞红通通的脸上，化作一阵刺骨的冰凉。他静静聆听着瑾玥哀愁的言语："每次考前都是盛大的兵荒马乱，考后则成了凄凉的人仰马翻。物理越来越复杂难解，数学仍旧是一筹莫展，至于语文和英语，不到考试时，我根本无暇意识到它们也是落分项。我羡慕我的同学，聪明的人把天赋用到极致，平常的人把努力发挥得淋漓尽致。他们在天空未有一丝光亮时，便已到教室晨读，直至午夜十二点才肯入眠，日复一日待在教室里，见不到阳光，依旧野蛮生长。而我永远都在枯萎。"

　　段辞忽而跨过他们之间的距离，伸手握住了她的皓腕，他盯着她的双眸说："去他什么作业考试成绩排名。跟我走吧。"

"去哪儿?"瑾玥问。

段辞不假思索地说:"去看看外面的世界,去天涯海角,去世外桃源,去人间仙境。"

"爸妈和班主任不会允许的。"瑾玥声音很淡,没有一丝的希冀。

"不用他们同意,只要你愿意。"段辞目光直直地盯着她。

"那我愿意,可……"瑾玥的话没有说完,她的小手已经落入段辞的掌心,十指紧扣。段辞欢呼一声,拉起她一同穿越清冷的浓雾。混沌不清的月光镀在他们身上,段辞握紧她的手,以为这是与自由最近的天堂。

一路纵情地狂奔,直到学校的矮门挡住了他们的去路。传达室里灯火通明,闪动着门卫的身影。

他们绕到一侧的矮墙边。段辞说:"我们翻墙,我扶你上去。"空气静默了几秒钟,迟迟没等到瑾玥的回答。他回过头去,只见瑾玥长长地叹了口气:"我们回去吧,后天就要考试了。"

笑容凝固在段辞的脸上,他失落地低下头:"我们不是约定好了?"

瑾玥凄然笑了笑:"我还有半本书没看呢。"

"不看了好吗?"段辞嚷着,"我们有看不完的书,写不完的作业,做不完的习题,可我们没有过不完的年华。"

余光里，瑾玥怅惘地摇着头，转身走向了教学楼。

无奈的笑容浮现在段辞的嘴角，他想起那些浪漫又荒唐的誓言。他们相约一起去看大海，在沙滩椰林牵手散步；他要为她撑起油纸伞，穿过江南烟雨，待她倚栏回首，只一笑便鲜艳了青砖黛瓦；他们要一起去薰衣草庄园，在紫色的海洋里拍最浪漫的情侣写真。

段辞还在日复一日地等，等待彼此都拥有了自由。

"尘哥，你说那会是什么时候？"段辞回到教室时，衣服已被浓雾沾湿。

萧和尘沉默了一阵，不知如何作答。这个世界变幻莫测，他连自己的未来都看不清晰，又谈何去预测别人。

"尘哥，我真的好讨厌星辰六中，你讨厌吗？"段辞说。

"会有人喜欢这里吗？"萧和尘反问。

"我就知道。尘哥，我不喜欢这里，不仅是因为我成绩差，大家瞧不起我，还因为我觉得我充满可能性的人生被压缩得只剩下一种选择。"段辞自顾自地说着，"尘哥，我要好好努力，等我当上了星辰六中的校长，一定给学生减轻压力，让他们做自己喜欢的事情。每学期只有一场期末考试，布置的作业两小时就能写完，寒暑假都不补课，学生不会因为具有个性而被吵得狗血淋头。"

萧和尘愣住，渐渐地笑了起来，拍着段辞的肩膀说："说得好，说得太好了，兄弟我支持你。"这是个过分美好的妄想，美好到萧和尘不愿轻易去戳破。所以他微笑着附和，不愿去破坏段辞心底残留的天真。

段辞没有笑，他耷拉下眼皮，无奈地耸肩："我知道，就算没有星辰六中，也会有星辰七中、八中、九中……"

"原来你都知道啊。"萧和尘无奈地笑了笑，"我们又能改变多少。"

段辞说："尘哥，你以为我还是个天真的小孩，其实我都懂。我以为装得没心没肺就能快乐点儿，可心里还是忍不住去想，忍不住去伤感。我知道，这个世界就像一个飞速运转的机器，跟不上它的速度，我们就会像废弃的零件被丢在一旁。网上有段留言让我感触颇深，中学时代为了名校梦而朝乾夕惕；大学生活一面对付课业一面寻觅未来的工作；找到工作了，又要加班冲业绩，赚钱养小孩。人们一路向前看，直到看见自己老了，倦了，身子骨朽了，进了养老院，才发现年少时期许的诗与远方，早被忙碌的岁月安葬。"

两人望着彼此，陷入了长久的沉默。

"如果逃不了上流水线的命运，那就选择自己喜欢的分工吧。"萧和尘说。

39

期中考试放榜的那天，盼晞显得比萧和尘还要焦灼，一节自习课下来她就东瞧瞧，西瞅瞅，跟后面的讲一句，跟前面的唠一句。萧和尘不理她，只顾冷静地看着自己眼前的书，这次是本《中国思想史》。下课铃响了，盼晞瞧他一页未翻，便笑着调侃他："你也是紧张得看不进字?"

"你净在胡说，我是那样的人吗?"萧和尘说，"思想需要认真参悟才对，读太快了只是囫囵吞枣而已。"

盼晞心道："这就是你盯着几行字看了足足一节课的借口?"

老魏先进到班里，通知了"年级第一花落咱班"的喜讯。盼晞看到，正在写作业的于昊倏忽间就抬起头，一双眼睛鹰隼般盯着老魏的嘴，当老魏说出第 1 名是萧和尘时，于昊眼里期许的目光一下子就掐灭了。

"恭喜啊。"盼晞激动得险些嗷出声来，直接拍上了萧和尘的肩膀摇了又摇。萧和尘比她冷静许多，最终只是嘴角轻轻地弯起，笑得隐忍而克制。只看他平静的表面，显然猜不到他内心的激动喜悦究竟有几分。

下了课，许梦如要找盼晞去操场上散步。盼晞不好意思地笑了笑，为难地讲："你说何时去不好，偏逢着这时候。萧和尘得了年级第一，我承诺了要买两瓶汽水给他。我们只得等下回再逛。"

许梦如抬起眼来，目光冷漠地从萧和尘身上扫过，淡淡地笑了笑："无妨。"盼晞那时倒未意识到，以前的许梦如从不主动邀约别人。

没表情便是许梦如的表情，她永远是一副清冷模样，不见她咧嘴笑，不见她笑弯眉。可是她眼睛乌黑得发亮，一切情感都写在她那一双眸子里。那一刻，盼晞从她的眸子里捕捉到了一丝淡淡的失落。

几天后的大课间，大家正安静地坐在教室里自习，班里一个女生呼啸地跑进教室，撞得门噼啪作响。她就坐在盼晞的斜后方，一脸惊诧地捂着嘴，好似要悄悄地讲个天大的新闻，可说话声音倒不小，径直传到了盼晞的耳朵里。

"我刚才在走廊上的时候，瞧见许梦如跟一个中年妇女在吵嘴，妇女气急之下给了她两巴掌，好像还挺用力的，先是啪的一声响亮得很，嫩脸蛋一下就红了。梦如没哭也没跑，反而仰头笑得愈加桀骜，妇女又补了一巴掌。这次还没哭，笑得更大声了。"

她同桌问她那女人是谁。她说："那还能是谁？我猜是她妈妈。"

"她在哪儿？"盼晞转身太急，撞上了那女生的桌角，桌角的一摞书摇摇欲坠。盼晞说话声音大了点儿，全班人都在看她。

"西边的走廊上。"那女生说。

萧和尘放下笔来，蹙眉瞧着盼晞："情绪太激动了不好，要修身养性……"萧和尘的话未讲完，盼晞已夺门出了教室。

盼晞大步流星地穿过走廊，再后来干脆跑了起来。她又一次感觉身上发冷，是从骨子里渗出来的寒气。她在走廊尽头的拐角处看见了许梦如，她扶着栏杆，仰着下巴，四十五度角望着阴沉沉的天空。一滴泪水从梦如的眼角滑落。梦如蓦然回首，看到盼晞后她不禁笑了。盼晞一点儿也笑不出来，就那么直勾勾地盯着她的脸，她两侧的脸颊都已泛红，可她的眼角还带着笑意，竟一丝哭过的痕迹也没有。唯一哭过的证据只是那一滴泪而已。

"怎么就跑出来了？"梦如问她。

"你别装，我听说了。"盼晞说。

梦如错愕地瞧着她，无奈地叹了口气："听说我被掴了两巴掌？唉，这等糗事怎就传到了你那里，岂不是坏了我孔武有力的形象？两巴掌换自由倒也值了。"

"什么自由？"盼晞不解地问她。

梦如沉默不语只是笑。

"究竟是什么？"盼晞追问她，"你怎么就无缘无故挨了两巴掌，就算是有缘故，讲清了便好，干吗动手？我真容不得别人捆你。"

"没事，我是心甘情愿的。"许梦如笑着讲。

"盼晞。"许梦如郑重地叫住了她，顿了几秒钟讲道，"对不起。"

"你说什么？"盼晞不可思议地看着她。

"下学期我要去新加坡了。"许梦如说。

盼晞觉得奇怪，愣了愣说："去旅游不是好事儿吗？"

"我申请了那里学校的全额奖学金。"梦如说完以后，空气都凝滞了，盼晞彻彻底底地怔在了原地，许梦如此前的无数次暗示都跃上了她的心头。

"还差半个学期，这七十八天是我待在星辰六中最后的日子。"许梦如扳着指头算天数，"我五天前接到了 offer（录取通知），就是期中考试出成绩的那天，也是那天我想找你逛校园。"

记忆回溯至那时，盼晞想到了那个满心只为萧和尘感到喜悦的自己。

许梦如欲言又止，沉吟了好久："我真不知该如何对你讲。若放从前，走便走了不需要让人知道，我就是个流浪的独行侠而已。可现在的我总忍不住把我的一切行踪也分享给你。仿佛只有把什么都告诉你了，我的生活才具象。我想我刚才说出来的话大概语无伦次。这也怪你，我不怎么跟别人讲话，可见你总想多说点儿，就搞成了这个样子。"

消息如此突如其来，盼晞已然陷入万分的惊诧中。"好啊，真的很好啊，这确实是件天大的好事儿。"盼晞只是这样反复地念叨着，一时竟然说不出其他的话来。她告诫自己该由衷地祝福，该替梦如感到欣喜，纵然她最怕离别，纵然以后山高路远，隔着汪洋大海。

那晚上自习的时候，盼晞头很疼，大脑昏沉沉的，她拼力压抑着即将破土而出的惆怅情绪。这情绪早就潜伏在她心中，与她相伴成长，谁也消灭不了谁。

自从小学以来，盼晞一直拼命在做的事情便是挽留，留住这个走了那个，留到最后大家都散了，只剩下她一个。她想起来小学毕业那天，与康乐约定待到十年后她们要举办一场盛大的同学聚会，定要邀请所有同学到场，康乐豪言壮语："就算你在格陵兰岛也要给我飞回来。"如今十年即将过半，再回看却已成了搁置的悬念，无人可解。

体育课上，盼晞邀请许梦如再打一场羽毛球赛，彼此心知以后定难寻觅机会。打球时梦如常调侃，当初那神来一拍竟带来了段奇妙缘分："若不是我当初失了手，恐怕我们真要失之交臂于人海。你受了那一拍子的委屈，却成全了我。"盼晞笑了笑："该遇到的人总会遇到，就算一次错过了，还有千万次机会。"梦如笑了笑："你当真不知晓，太多人比我更适合当你的朋友。"

过往那么多场切磋中，梦如总是那个输家。梦如扬言要一改之前的颓靡战绩。"好啊。"盼晞微微一笑说,"那我便恭敬不如从命了。"

羽毛球在空中画出几道优美的弧线来,一次次地落在了盼晞的脚边。盼晞笑着拾起羽毛球递到梦如的手上:"是我输了。"盼晞张开双臂要给胜利者一个拥抱,许梦如推了推她,在她耳边低声附语:"我知道,你又在让着我。"

"我没有。"盼晞微笑着摇头。

许梦如把盼晞拉到自己的身边:"让我再感受一次并肩作战的感觉。"盼晞找来了另两位女生,这一次玩的是羽毛球双打。

盼晞说,临走前一定要把校园从南到北、从西到东都逛上一遍,坐在未曾坐过的长椅上面聊聊天,再爬上五楼转角处看看闻名已久的星辰六中表白墙,在新旧交叠的字迹上添一行"许梦如和江盼晞永远都是好朋友"。盼晞写完后,许梦如在一旁吐槽她:"幼稚得像个小学生。"盼晞点头说:"是啊,怕也只有小学生才会说这幼稚难耐的话。"

逛超市是星辰六中学生最大的消遣。盼晞望着那琳琅满目的货物,一时竟记不起要买些什么,只有路过冰柜时,想到萧和尘喜欢喝汽水,顺手给他拿了三瓶。许梦如打开冷藏柜拿了板果仁夹心的巧克力,又把一包奥尔良烤翅味的薯片和一盒黄桃果冻放进了购物车里。

盼晞眼睛瞪得斗大:"你为何买这些?"

"有人想吃。"许梦如嘴角的笑意轻微不可察。

许梦如订了炒酸奶的外卖。盼晞说："你说你不爱吃凉的。"许梦如不回答她，只是指了指左边的那盒说："拿这个，黄桃味炒酸奶多加山楂，不加花生。"

盼晞眼前莫名就起了雾，拿炒酸奶的手在轻轻颤抖："许梦如，你天天连自己的生日也不记，净记这些乱七八糟的东西干什么？"

"生日算什么？"许梦如垂下眼眸，依旧是那事不关己的淡漠表情，"如果没人记，我的日渐苍老便只有身份证知道。"

许梦如搬空宿舍那天，下了一场大雪。路灯将雪照得明亮，就像被打翻的针线盒，细雪如银针般一根根地倾泻而下。虽然是北方的城市，但下大雪依旧是件极浪漫的事情，尤其是有了积雪，万物都染上纯白，空地化作茫茫雪原，土坡成了孤绝雪山。

她们相约在雪中漫步，盼晞的衣服没帽子，不消一会儿，头发和肩上已落满了薄薄一层雪，许梦如无声地伸手掸落她肩头的覆雪。盼晞转过脸，却发现许梦如不知在何时也扯下了帽子，秀发同样被染白。许梦如淡淡地讲："陪着你。"这一回，盼晞幼稚得像个学前班未毕业的儿童，在落了雪的车玻璃上一通涂鸦。

盼晞心想是老天开了眼，离别之际赠她们一场人间大浪漫，后来盼晞才知晓那只是场对抗雾霾的人工降雪而已。盼晞心道："老天还是不开眼。"

离别那天，许梦如给了盼晞一封信，笑了笑说："等我出了校门你再拆。"学校的自动门刺刺啦啦地滑开，许梦如把行李箱撇在一旁，张开双臂短暂地拥抱了一下盼晞。

"没事儿，一年半以后，我也终将走出这道黝黑的铁门。"盼晞嘴上这么讲，心中却不失忧伤地想，我们相伴而行的日子也只有这么久而已。

"有萧和尘在的。"许梦如并不是用调侃的语调在对她讲。

盼晞想到前段时间，老魏再一次说要调座位的时候，萧和尘穿越半个班，换到了她身边坐。萧和尘若无其事地告诉她："我只是想找你辅导地理而已。"事实上，萧和尘的期中地理成绩已经把盼晞甩在了身后。

许梦如让盼晞背过身去，她一个人拉着行李箱走出了校门。行李箱的轮子咯吱咯吱地擦着地面，留下两道长长的痕迹，仿佛划在了盼晞的心上。

盼晞垂眸望着手中的牛皮纸信封，上面印着细线勾勒出的一幅校园景观图，操场上有两位打羽毛球的少女。她攥得太过用力，指腹在信封上留下两团汗渍。盼晞拆开信件，一行行地往下读：

　　　　盼晞，介绍你认识一个恶劣之至的人。她只年少时经了一点儿小事，就堕落成现在这个样子。反正我是相当瞧不上她的。

她打小生活在不满、愤慨与挤对之中。她冷漠、叛逆，穿着家长最看不惯的性感衣服，说着最咄咄逼人的话，挂着最不屑的笑容，扮成人们最不喜欢的刺儿头，把文身文在髋骨。

　　她不在乎别人怎么瞧自己，也不希冀从旁人那里得到什么。爸妈、亲人、老师、同学无人不在指责她的冷漠，她却连眼也不眨，就像个冷酷无情的千年冰窟，用力敲打也不生一丝的缝隙。

　　冰窟不惧被砸与谩骂，却怕有人耐得住寒冷要拥她入怀。后来当真有人闯进了她的生活，那人相信她的赤诚，笃信她的善良，厉声训斥那些说她是怪物的人。她第一次萌生了想被人抱紧的愿望。

　　她渐渐明白，冷漠只是自己强加给自己的本色，她其实不必这样。她以前是个阴暗而自我的人，目中无人，唯有风景。如今却已顿悟，废物虽然没有被人爱的机会，却拥有爱别人的权利。懂得了这一点，她释然了。

　　盼晞，你无须知晓她的名字。她不过是你生命中一位平凡的过客。

盼晞回到班里的时候，已经错过了吃晚饭的时间。萧和尘不动声色地指了指她桌上的纸袋子说："可以瞧一瞧。"
　　盼晞疑惑地翻开袋子，冒出了一股热腾腾的水汽。里面的一个小塑料袋裹着夹烤肠的鸡蛋灌饼，旁边还放了杯椰果奶茶。

盼晞一脸惊诧地瞧着他。萧和尘却云淡风轻地对她讲："快吃饭吧。"

有些事情，当萧和尘保持了沉默，盼晞便注定猜不到其中因果。

昨晚放学，萧和尘偕同三五好友回家，快走到校门前时，忽听身后传来个清冷的声音，隐隐约约地在叫他的名字。萧和尘蓦地回头看去，只见身材窈窕的少女倚路灯而站，她在黑夜里戴着墨镜，在冬日里穿着短裙，她的唇色红艳魅惑。萧和尘不明白，许梦如何以径直向他走来。但他只是看着许梦如的眼神，就萌生了一种压迫感。

"替我把江盼晞照顾好。"许梦如对他讲。

萧和尘淡漠地瞧着她，道了声："无聊透顶。我想怎么做，还用得着别人教我？"

"是吗？"许梦如弯了弯嘴角，"若是你做不好，无论你以后藏到哪里，我也会去找你算账。"

"那你可能没这个机会了。"萧和尘轻描淡写地讲。

许梦如愣了一下说："好啊，请记住你今天说的话。"说完，又忍不住嗤笑了一声："萧和尘，你说你到底了解她几分啊，你又凭借什么兑现你的约定？"

"你就是为了来嘲讽我的？"萧和尘冷冷地问。

盼晞不会想到，也从未被告知过，两位冷漠到骨子里的人第一次正面交锋，归根结底竟是因自己而起。

许梦如又不屑地嗤笑了一声："我说萧和尘啊，你这种学霸的通病就是太把自己当回事了。"许梦如仰面笑得有几分凄楚，昏黄的路灯把她孤单的身影拉得很长，心中竟不由得涌起几分酸涩与失落："我把我知道的都告诉你，你要替我好好照顾她。她难过时喜欢喝奶茶，奶茶要三分甜加椰果。她爱吃鸡蛋灌饼夹烤肠，每天下午五点多学校后门老奶奶那里卖的最合她的口味。盼晞是个重感情的人，她常想念小学时的朋友。她尽管常笑得阳光灿烂，内心却也细腻敏感。她为了不辜负别人的期许，宁愿自己一个人受委屈……"

许梦如不承想，自己可以牢记在心中的内容，记忆力过人的年级第一最终却只记住了两条而已。

40

　　假期是老师的，向来与星辰六中的学生无关。放假不过是换个地方学习而已，盼晞早就深谙此理。老师不厌其烦地讲假期是"弯道超车"的好时机，讲多了就酿成了"通货膨胀"，俨然从超车的好时机变成了逆水行舟的激流勇进。

　　课外班里有空教室，盼晞和萧和尘上完课会留在那儿自习。然而到了过年那几天，连课外班也放假了。盼晞无处可去，只好委顿于嘈杂的家里。盼晞心想既然要"弯道超车"，那我干脆咬咬牙，踩上油门儿漂移到底，一天假也不给自己放。

　　大年三十和正月初一，盼晞在屋里做数学卷子，屋外亲戚们的熙攘声像是一千只巨蚊在她耳边打哼哼，没过一会儿，盼晞的思绪就跟着人们的交谈声去到了千里之外。后来，盼晞连书房的门也守不住了，堂哥堂妹敲开门邀她一同打麻将。麻将？星辰六中的学生怎么能玩麻将这种俗物？盼晞想了想，俗归俗，自己还真不会玩。盼晞灵机一动："我们不如玩网上的高考知识竞赛？"堂哥堂妹对视一眼，默默退场，关上了屋门。

盼晞问萧和尘可知道清静的学习之处。萧和尘说他明天刚巧想去学校旁边的咖啡厅上自习，不如一同去给新年还要营业的咖啡厅捧个场。

冬日的阳光把冷清的街巷照得花白，寒风吹过，敲打着光秃秃的枝丫。每逢假期，学校附近都显得荒芜静谧，弥漫着人去楼空的孤独感。

为了上学，学子们从城市的每个角落赶来，云集在陌生的他乡，在最负盛名的学校，过着煎熬的生活。学成后，他们便卷起铺盖，不留痕迹地离开。

江盼晞偶尔也会慨叹，三年又三年，学子不断更迭改变，这条街巷注视着来来往往的陌生面孔，会不会也感到孤单疲倦。

早上九点五十五分，背着一包书的江盼晞和拿着一摞卷子的萧和尘整齐地站在咖啡厅门前，等着十点开门营业。

咖啡厅里扫地的大婶看见这两位勤勤恳恳的高中生，手里的扫把差点儿掉地上。

"大年初二就来学习啊。"大婶儿错愕地瞧着他俩，又问，"是今年要参加高考吗？"

"明年。"盼晞说。

大婶说："那还早着呢。一猜你们就是附近什么六中的学生，就是优秀啊。我儿子今年高考，这会儿也不知道跟同学跑到哪儿去玩了。"

点单时，盼晞要了杯果汁，萧和尘则点了杯不加糖不加奶的冰美式。"不苦吗？"盼晞问。萧和尘耸肩："迫不得已喽。在学校养成了六点起的生物钟，放假也改不了，着实让人头疼。"

大婶儿在一旁跟着叹气："没事儿，再努力这一年半，高考完了，就轻松了。"

盼晞和萧和尘找了张僻静的桌子坐下，盼晞问萧和尘："你觉得这话靠谱吗？"

"什么话？"萧和尘问。

"高考完就轻松了。"盼晞说。

萧和尘呵呵笑了笑："肯定是句善意的谎言。那哈佛抑或是清北图书馆里为何总坐得满满当当？我爷爷那群商人都六七十了，还天天在创业第一线。"萧和尘甩了甩水笔，低头写起作业来。

盼晞长长地叹了口气："唉，你说这个社会为何竞争压力这么大？"

萧和尘抬头问她："有没有听说过马尔库赛的虚假需求理论？"

盼晞愣了愣："哦，听说过。"

听说过才怪，名字中"马"字开头的外国人里她就只知道球星马拉多纳。

萧和尘说："大多数人甘愿成为物质的囚徒，早形成了无止境的恶性循环，个人的反抗只是螳臂当车，最后除了顺应潮流别无他法。"

盼晞没太听懂，但依旧点点头，表现出认真思考的样子。

两人中午各自点了份三明治，午间也不休息，只是偶尔说上几句话提神，一直学到了下午四点多钟。萧和尘忽然烦闷地揉了揉头发，抬头望向窗外。

"怎么了？"盼晞问他。

"厌学了，想出去转转。"萧和尘说。

盼晞不可思议地瞧着他："我没听错吧，发言时要兜好你的学霸包袱啊。"

"也不是厌学，主要是心烦。"萧和尘说。

"这大过年的有什么可烦的？"盼晞问。

"你当然不会明白，就因为过年才烦。"萧和尘往后一仰，靠在沙发上，鼻子里冒出两股气来，"每年春节，萧家老少都要聚集在萧老爷子三百多平方米的复式里过年。把门一关，简直就是《家》里面的高公馆。按照以往惯例，我要在那乌烟瘴气的地方熬到大年初五。这次我是以课业繁重为借口，才逃了出来。"

"三百多平方米的房子得多大啊？"盼晞好奇地问。

萧和尘说："就是同时买下了某栋楼的18层和19层。室内修了个楼梯。我也没仔细逛过，让那群叔叔阿姨看到了，又成了我不懂礼数的罪状。我一天到晚就待在分给我们一家三口的小房间里，有多小？反正我们家的房间是最小的，谁让我爸是人人瞧不起的家族异类。"

盼晞说："怎么不去客厅看电视，玩手机或是下楼转转？"

"当然不行，电视是给长辈看的。低头玩手机是不恭敬不懂事的行为，下楼转要先去给萧老爷子请安，虽然我也能把乖孩子的角色伪装得滴水不漏，但我心里不爽啊。"萧和尘想了想又道，"客厅就像片小天地，我每次一踏出去就眼界大开，开到我想自戳双眼。长舌妇、势利眼、舔狗、父子反目、兄弟阋墙、夫妻失和，简直把《红楼梦》里的故事照搬上演了一遍，只可惜……"

"可惜什么？"盼晞问。

"可惜我没有贾宝玉众星捧月般的待遇。"萧和尘语气里透出一丝不满。

盼晞感到惊诧，萧和尘怎么到头来还在纠结这个。

萧和尘说："我的堂哥堂弟们一个比一个荒唐可笑。从小就是花臂金毛、吞云吐雾的精神小伙儿，男女对象换了无数个。哦对，我堂哥还有句名言：'同时拥有男朋友和女朋友的生活才圆满。'堂弟倒不认同，他的观点是'两个不够，要同时和一群人玩暧昧才算精彩'。都几年没他们上学的消息了，我以为早成了专职社会混子，结果等叔叔伯伯再提起时居然冠以了学霸的美称，在国外知名大学留学。再往细处问，是何知名大学？答曰悉尼大学。我一头雾水，凭啥？凭你会背二十六个英文字母吗？过年时，堂哥带回家一个金发碧眼的北美洲美女，是我的临时嫂子。一个家产多少亿的大家族，连个会英语的也没，说到长难句子，还要我来当翻译。这一问嫂子才知道，堂哥上的哪儿是什么悉尼大学，是悉尼当地一所'野鸡大学'。"

盼晞听着一阵好笑："语言不通还怎么找外国女朋友？"

萧和尘哼了一声："社会哥嘛，花臂一露，香烟一夹，脖子上再拴个狗链子，哦，银链子，就一副迷倒万人的模样。再加上'眉目传情，眼神开车'，在暧昧的场景里适度地撩衬衣，露出腹肌。当然了，钱是硬道理，你若有钱，打扮成这样就是屌，要没钱还这样，那就妥妥的一屌丝。"

萧和尘仰脖把冰美式一饮而尽，如果眼前是杯烈酒，也许更合他的心意。

萧和尘嘲讽说："就这群文化荒漠还想跟我争'贾宝玉'的首席，逗我玩儿呢！"

盼晞劝他："这有什么可争的。你想贾宝玉结局多惨啊，堂堂掌上明珠最后连婚姻都不能自主。"

"我不是想跟他们争，他们才不配。我就是咽不下这口气……算了，不说这个话题了，反正我早就看淡了。"萧和尘也意识到了自己的焦躁不安，那感觉刚开始轻微不察，像一个小小的蚁穴，后来不断扩散蔓延，直到修炼已久的心理防线在一瞬间溃败倾塌。他拍了拍自己的脑袋，告诫自己应该充当一个冷峻超脱的旁观者，而非吃不到葡萄说葡萄酸的弃子怨妇。

盼晞迷惑地盯着萧和尘，脑海里飘出了历史老师说过的一句话："看得开是庄子，看不开是装。"萧和尘到底是哪种？

萧和尘又换成了冷峻口吻，目光沉凝锐利，不动声色地讲："年轻一代都太稚嫩，成年人的世界才是精彩纷呈。我喜欢看他们笑里藏刀、指桑骂槐，颇有古代政客之风。而我爷就像个精明的老皇帝，他深谙若想子孙满堂，最关键的是捂紧钱包。如若金钱有灵，抬眸望一眼自己的丰功伟绩，只怕要羞愧得当场藏进存钱罐——真是出荒唐的人间喜剧。"

"既然心烦，就不要再想这些事了。"盼晞说，"不如我们去逛公园，就去湖滨公园吧。"

湖滨公园离星辰六中很近，只一站公交车的路程，盼晞和萧和尘却还是第一次去。盼晞并不奇怪，毕竟每天过着三点一线的生活，而湖滨公园恰巧不在线上，就算无限地接近，也只能眼睁睁地错过。

而今天，难得学霸有闲暇陪她同去。湖滨公园里的湖是人工湖，背临的山是座假山。可能是靠近工厂的缘故，娱乐设施才建成没几年，就已略显陈旧。

"想玩哪个？"盼晞问他。

萧和尘的目光掠过流星锤、碰碰车、旋转木马，嘴里缓缓飘出了一句："幼稚。"

盼晞撇撇嘴："那你讲个高雅的活动。"

"那就沿湖散步吧，散步足以称得上高雅。"萧和尘说，"古希腊哲人苏格拉底便喜欢一边散步一边讲课。"

学霸连典故都用上了，盼晞也不好反驳。两人在湖畔走走停停，身边偶尔经过零星跑步的人。湖面冻上了一层厚冰，野鸭子无处可游，便踩在冰面上扑棱翅膀。萧和尘寻到了一处好看的景致，黄昏时分的天空是半透明的，几抹由赤到黄不断渐变的色彩在云端晕染。夕阳辉映，把石山染赤。身后是振翅欲飞的野鸭和滞留岸边的小船。萧和尘停下脚步，靠在栏杆边，仰起下巴，半侧着脸，用双手拉开高高的衣领，露出完美的下颌线来。

"干吗呢？"盼晞问他。

"照相啊。姿势都摆好了，怎么这点儿默契也没有？"萧和尘调侃道。

"哦。"盼晞这才反应了过来，打开相机又问他用不用加美颜。萧和尘说原图即可，他可以回去用电脑修图。

盼晞惊诧地瞧着他，原来竟是个专业人士。这下她有点儿紧张了，生怕自己拙劣的技术引得萧学神笑话，便半弯着身子兢兢业业地连拍了好几张。萧和尘娴熟地摆了好几个姿势，先是两手插进风衣口袋，四十五度角仰望星空，佯装大步向前；抑或是手扶栏杆，背对镜头回眸浅笑。

盼晞把拍好的发给他看，萧和尘望着照片忍不住调侃："我说江同学，你是要考验我的修图技术吗？"

盼晞听出他话语里的嘲笑意味，斗嘴又斗不过，伸手就要敲他。两人打闹着，忽听身后传来个熟悉的声音："这里确实是个拍照的好地方。"

盼晞和萧和尘蓦然回首，只见离他们几步之遥站了位风度儒雅的中年男子，竟是他们的历史老师陆泓。陆泓拉着一个大脑袋的小男孩，有三四岁。小男孩瞪着懵懂的大眼睛，专心舔着手中的棉花糖。

"老师好啊。"盼晞的表情略显僵硬，当下的场景倒有些难以解释。大年初二亲朋好友相聚之日，他们二人孤男寡女在公园打闹。盼晞灵机一动，笑着开口："老师，您还不知道吧，这是我表弟。"

萧和尘愣了片刻，才反应过来，跟着哦了一声说："这是我表妹。"

两人机械地对视一眼，关系好像有点儿混乱。站在一旁的陆泓倒是先爽朗地笑了起来："寒假也不能总待在家里学习，劳逸结合才对，该跟朋友出来转转。"这下盼晞倒是松了口气。

"老师您也带着弟弟出来玩了？"萧和尘俯身去揉小男孩的脑袋。小男孩往后一退，藏在了陆泓身后。陆泓笑了笑对儿子讲："跟哥哥姐姐玩会儿吧。"儿子摇头，把一大朵棉花糖塞进了嘴里，从爸爸手中抢来泡泡机，鼓圆腮帮，吹出漫天灿烂的大泡泡。

萧和尘伸出手指，凌空一点，美丽的泡泡刹那间就破了。小男孩哇的一声，乌溜溜的大眼睛里闪起了泪花，闹道："你欺负人！"

陆老师摸了摸儿子的脑袋，笑道："别哭！世界上哪儿有不破的泡泡。"小男孩绷住脸，不再哭闹了，目光只剩一阵空虚，喃喃自语道："人生寄一世，奄忽若飙尘。"

"《古诗十九首》？"萧和尘和江盼晞面面相觑。

小男孩哭闹着要去前面的娱乐区玩旋转木马。盼晞、萧和尘只好暂且与陆泓别过。他们转弯走过一条林间小径，一路去往公园后面的那座石山。路边指示牌上写着"山上观景台"。

听来往游客讲，只要十来分钟便可登顶。山顶有长亭与烧烤摊，不仅将公园的景观尽收眼底，还能望见城市繁华的一隅。

既然如此，能否看到静水苑？盼晞觉得自己就像个漂泊在外的游子，但凡登高远眺，就少不了思故乡。可矫情之处在于，静水苑算哪门子故乡，于地理意义而言根本称不上。可她最怕的莫过于精神上的距离。盼晞无奈地叹口气，不自觉就登上了几级台阶，只听萧和尘在身后喊道："你要上去吗？"

盼晞蓦然回首发现萧和尘还站在山脚下："是啊，怎么不过来？"萧和尘脚下未动，反倒低下头思索了一秒。

"你若是走累了，就在山下等我。"盼晞说。

萧和尘仰脸"呵"了一声："开什么玩笑？我可没你想的那么文弱。"说罢，他斜了斜左肩，让一边的书包带滑落下来悬空摇摆，只用右肩挎着书包，三步并作两步就跃到了盼晞旁边，并扬言要把盼晞的书包也拿来背。盼晞当即摆了摆手："别证明了，知道你力大无穷。"

两人走在山间小径上，盼晞发现萧和尘的话明显比刚才少了，只是回复以"噢""哦""嗯"一类的叹词，心思不知晃晃悠悠地飘向了何方。这时，江盼晞的手机又一次响了，这已经是江母今天打的第三通电话了。

江盼晞告诉妈妈自己去市图书馆上自习了。江母不放心，在走亲戚的间隙还要给她打电话，询问完成了多少学习任务。

可惜这纯粹是多此一举，江盼晞欠缺的从来都不是学习热情。江盼晞当然不敢告诉妈妈，自己正在优哉游哉地爬山。

盼晞放下电话，看见萧和尘倚靠在山边的石壁，抬头望着天空出神。盼晞伸手在他眼前晃了晃。

"别太紧张。"萧和尘拍了拍她的肩。

盼晞愣了愣，心神顿时有些乱，无奈地瞧着他："我不紧张啊，是你紧张吧。"

"哦。"萧和尘心不在焉地满口胡诌着，"我是说刚才的电话。你不用压力太大，按部就班地学习就可以。就算走得缓慢，只要不停歇，总会抵达终点的。"

"你说谁走得缓慢？"盼晞佯装去敲他。萧和尘笑着跑开。盼晞瞧着他的背影，发觉他爬山时有意溜着山边走，棉袄袖子摩擦着石壁，就算蹭出裂帛般的声响，他依旧不避开。

这是座矮墩墩的小山包，不消一会儿，他们就登上了山顶。山顶有座朱红色的长亭，琉璃瓦上散落着余晖。山上风大，吹乱了盼晞的头发，她顺着风的方向，情不自禁地站上了观景台，地平线上横亘着一颗灼热的火焰星球，而黄昏下的城市就像是金色的宇宙。只是盼晞忘却了自己的小星球在哪个方向。

投币望远镜已经锈迹斑斑，濒临报废的边缘，就算投上一元钱，也没什么辽远的视野，目光早就陷进了前方商务大楼的办公室里。

盼晞顾盼左右，想弄清城市的布局，却发现身边又没了萧和尘的影踪。她在山顶上转了一圈，总算在长亭边找到了萧和尘。他抱着双腿，下巴颏儿顶着膝盖，背倚柱子低头沉思，眉头紧锁。

盼晞又好气又好笑，要拉他去看金色城市，萧和尘撇了撇嘴表示自己毫无兴趣。

"你这个人啊。登高不就是为了望远吗？你怎么到了山顶反倒索然无味。"盼晞拽住他的袖口，拉他去观景台边。萧和尘叹口气，只好就这么由着她。

盼晞一挥手，笑问："萧同学，你说这城市壮丽否？"萧和尘"哦"了一声，敷衍地说："还行。"

"你压根儿就没看！"江盼晞腹诽。她发现萧和尘上翻眼睛，紧盯着头顶的那片天空。他忽然打了个激灵，上下两排牙齿碰撞了一下。

江盼晞脱口而出："萧和尘，你是有恐高症吗？"

"开什么玩笑。"萧和尘立刻摇头否认，"男子汉大丈夫怎么会怕高？！"萧和尘说这话时，大拇指指甲还使劲地抠着食指的内侧。

"别逞强了，你赶快回去。"盼晞拽着他的袖子，想把他拉回亭边，却被萧和尘挣开了。"我真没事，不信你看。"萧和尘轻蔑地一笑，迈着大步向栏杆边走了几步。从背影看去，他似乎又打了一个哆嗦。

还不到栏杆边，萧和尘就折返了，小脸煞白，他抚着额头无奈地笑了笑说："大概是有点儿低血糖了。"又自觉地坐回了亭子里。亭边有卖羊肉串的小摊，烤架上冒起几缕白烟，空气里透着羊肉味。盼晞问他要不要买羊肉串，低血糖时总该吃些东西。萧和尘却不合时宜地打了个饱嗝儿，略显尴尬地讲："不必了，中午吃得有点儿多。"

"那你靠着亭边休息会儿。"盼晞说。

"不用，我好得很。"萧和尘说。

"你说你到底是怎么回事？"盼晞问。

萧和尘抬眼瞧了瞧她说："你信不信，以前的我别说是站在山边了，就算去山间的玻璃栈道走一遭也不在话下。"

"行，我信我信。"盼晞说，"你一会儿下山走慢点儿，别往下看。"

"你还是不信我。"萧和尘说。

"就算是恐高症又怎么了?"盼晞说。

"古往今来的英雄豪杰,屹立于山巅之上,或是吟咏出亘古名篇,或是谈论排兵布阵,哪儿有两腿打哆嗦的?实在影响我的风度。"萧和尘耸了耸肩,"话又说回来,我这不叫恐高症。当初咱拓展训练的时候,我攀岩也没有怕的,倒是你紧张成那副尿样。"

"那你这叫什么?"盼晞问。

萧和尘笑容神秘,目光投向遥远的天空:"该叫事故后遗症吧。"

十年后的一场同学聚会,萧和尘未能到场。同学们都心知肚明,萧老板的时间是用来做大买卖的。

酒席上段辞一高兴就喝多了,用筷子敲着碗,大声嚷嚷说:"不是我吹。我可是陪萧老板淋过雨的人。"在座的同学不屑地嘻嘻几声。有人讲:"我帮他打过饭。"还有人讲:"我借给他过格尺,他现在还没还嘞。"更有人打趣:"我还跟他一起嘘嘘过呢。"惹得满座哄堂大笑。

段辞一脸酡红,醉醺醺地挥了挥手,一开口就像个开了盖的酒坛子:"你们那算什么,我们这可不是一般的淋雨,淋的是倾盆大雨。一盆水下来,唰地就把我俩浇成了落汤鸡。我转脸去看尘哥,他的头发全湿透了,湿淋淋地贴在额前,那叫一个狼狈啊。可谁能想到,就是这无意一眼,我发现了萧老板的一个惊天大秘密。"

"什么秘密?"老同学们纷纷翘首伸脖,聚精会神地瞧着他。

段辞哈哈笑着,仰脖灌口酒说:"你们先承认!在座的诸位里,还是我与萧老板关系最近。"事实上,那时的他已经七八年未与萧和尘联系了。

"承认,承认,承认你是喝飘了。你赶紧说。"同学们七嘴八舌。

段辞神秘一笑,手掌半掩着嘴,摆出一副说悄悄话的样子,可声音却大得像举了个喇叭:"给你们讲,我看到尘哥耳朵后面有道长长的疤,虽然颜色已经很淡了,但是褶皱不平,能看出缝过针了。我当时就愣住了,目不转睛地盯着伤疤。现在想想还觉得尴尬。尘哥发现后,脸色通红,当即就拂下了被淋湿的头发。你们知道尘哥为什么一边发长一边发短不?不就是为了遮瑕。"

有人问这伤疤是怎么来的。段辞答不上话来,嘿嘿一笑:"这是人家大老板的事儿,他不说,咱也不敢问啊。"

人们把好奇的目光投向了盼晞,想从昔日恋人那里探个究竟。盼晞摇头不语,脑海里浮现出许多年前她与萧和尘一同下山时的对话。

"事故啊。"盼晞的心里咯噔了一下,立马沉默下来,寻思着如何转移到轻松的话题。盼晞说:"既然赏过景色了,太阳也快落山了,不如我们也下山吧。"

萧和尘转过脸来望着她，轻轻一笑："也不是什么大事。2009 年的时候，孝顺的叔叔们为了给我爷庆生，包下了一个小山头大摆宴席，还专门请来了娱乐新闻记者全程录像。二叔说，成功人士就要有成功人士的排场，名人的琐事就是大众津津乐道的新闻。我爷虽然喜欢出风头，但也有自知之明，知道家族里这些龌龊事是万万不敢拿放大镜看的。二叔说，新来的实习记者是自己人，赞扬的稿件已经写好了。我爷读了一遍，深感满意，这才同意。然而纸包不住火，尴尬的事情还是发生了。萧家是有鄙视链的，那群堂兄弟对我一贯是群起而攻之，这次也不例外。可我也不会任由他们欺负，于是撂翻了萧和芜。萧和芜是谁？也就是我大堂哥，啊呸，叫他堂哥我都觉得反胃。在我狂奔的过程中，有个叫萧和翔的族弟，啊呸，他伸出长长的臭脚，从一侧绊了我一下，山上石头滑，我没站稳，一个前倾就从山边掉了下来。"

　　盼晞心里又咯噔了一下，猛吸口凉气，瞳孔骤然放大了几分，紧盯着萧和尘："然后呢？"

　　萧和尘耸耸肩说："然后我就昏过去了，再睁眼时就看到了穿白衣服的护士，后来深刻的记忆就是沾血的手术刀，在我侧脸上划来划去，我却一点儿疼痛的感觉也没有。我就知道，老天不会把一个卓越的历史学家扼杀在摇篮里，早就安排了一棵参天古木，等我掉落时把我卡住。"

　　"伤得严重吗？"盼晞声音有点儿颤。

　　"还行。"萧和尘说得云淡风轻，"也就划破半张脸，断了两三根肋骨而已。这点轻伤，医院非要关我半年，还做了七八台手术，真是多此一举。"

"轻伤?"盼晞知道他又在说谎，"很疼吧，当麻醉剂失效以后。"

萧和尘依旧是那句"还行"，说完后又加了一句："男子汉大丈夫从来不怕疼。"

盼晞知道事实远非他说的这样轻松，不然他又怎会七八年后，依旧在山边打战。盼晞心有不忍，不愿去揭穿他，也算小心翼翼地维护了他的英雄情结。

后来盼晞在翻看萧和尘的空间相册时，见到了一幅模糊的黑夜照片，发文时间是 2015 年。下面配有几行字：那一瞬间的绝望我从不敢回忆，可又忘却不了，它就一直窝藏在内心昏黑的角落里，有时还爬进梦里，缔造一个又一个梦魇。昨晚又出现了，我又掉了下去，梦里我感受到了强大的撞击，伴随着恐怖的剧痛，一切都像是那天的重演。醒来时已经是大汗淋漓，外面的夜色依旧昏黑，晚风拍打着窗棂，后半夜的每分每秒都难挨，我盯着太阳升起的地方，等待我的破晓。作家写武侠小说时，总说侠客掉落悬崖，得遇高人传授秘籍，修成绝世神功。可我在想，他们以后走到悬崖边，心里会不会也有阴影，就像块石头压在心上，让人根本喘不过气来。是我不配为侠，还是书里的故事都是逗我的?

41

　　大年初三那天，盼晞照旧约萧和尘去咖啡厅上自习。萧和尘说下午三点要看个画展。"是我爸的水墨作品展，就在省艺术馆。"萧和尘特地重读了"省"字，盼晞听出了他语气里的嘚瑟，也许用"自豪"来形容更为贴切。

　　"一起去吧，画家儿子诚挚邀你观赏。"萧和尘说。

　　"好啊，画家儿子的同桌非常乐意去。"盼晞回答道。

　　省艺术馆就像是个木质八音盒，木色砖瓦与透明玻璃相间。馆前立有两排铜鹤，喷泉汩汩地从鹤嘴里吐出来，扬起雪白水花。铜鹤绵延的尽头是两棵参天大树，冬天叶子已经零落，枝杈上的金色树叶是人工绑上的。

　　艺术馆宽敞明亮，金碧辉煌，高悬的天花板上镶满了各种图案，几块彩色玻璃迎进阳光。小桥流水，石林绿树又自成一片清新典雅。

　　馆中有三四个展览同时进行。萧和尘说他爸爸的画展名叫"冷露滴梦破"，取自孟郊之诗。盼晞身上一凛，想到了语文老师说过的"郊寒岛瘦"。

两个人排队买票时，售票员面容流露出诧异之色："冷露滴梦破?"售票员反复确认后，又低头查了查电脑，很遗憾地告诉萧和尘这个展览暂时结束了。

"结束了?"萧和尘蹙了蹙眉头，用指节叩击着柜台，"这不可能，年前刚开始的，不是要展览两三个月吗?"

售票员面露难色，说要找人去问问。稍过一会儿，从后台走来一位胖男人，他搪塞敷衍地对萧和尘讲："因为某些内部原因，'冷露滴梦破'画展暂时被撤下了，不如再随意换个。"

萧和尘锐利的眸中掠过一丝怒意，冷冷地质问道："你们把展览撤下的时候有没有知会画家本人?"

胖男人皱起眉头，面部肌肉抽搐了几下。

萧和尘嘲讽地说："显然没有，对不对?"

胖男人耸耸肩，自言自语："没想到萧翰也有这种狂热的追捧者。我告诉你，不了解内情根本没资格义愤填膺。萧翰又不是殿堂级画家，就因为低眉顺眼地巴结了一位画商，才得以举办画展。如今也不知道怎么，他又和画商关系破裂了。话都说到这里了，你总明白了吧?"

"瞎说什么呢?"盼晞说。她匆忙回头，只见萧和尘怔在原地，脸颊烧得火红。

似乎有什么信念在萧和尘心中摧毁崩塌。羞愧、郁闷、伤感、慌乱等各种情绪在心中争流，溢满四肢。他抬眸盯着胖男人说："一派胡言，简直一派胡言。"他反复重申着这句话，牙齿撞击，发出咯咯的声音。

萧和尘还记得去年春节时，在电视上看到了刚落成的省艺术馆，许多享誉国内外的艺术家纷纷携作品来参展。他笑问爸爸怎么没到场。那时他也是随口一问，几分玩笑几分认真。爸爸忽然顿了顿笔，愣了几秒钟，抬起头来微笑地望着儿子："今年年底，我就办画展，到时你可以带着好朋友一起去。"萧和尘听完怔了怔，惊喜之余又觉得有些不可思议。他又追问了几次，爸爸笑着说："我说真的，就是真的。"

盼晞拖着拽着把萧和尘拉出了艺术馆。萧和尘无奈地笑着，转脸对盼晞说："不好意思，让你白跑一趟。"

"喝汽水吗？"盼晞不待他回答，便去了一旁的小卖铺。回来时，只见萧和尘坐在铜鹤旁，伸手划着泉水。

萧和尘抬头瞧着她，忽然无奈地笑了起来："如果他们说我爸画得不好，我尚可以自我宽慰'惊世的画家总为时人所不解'；可他们却说我爸是个谄媚的关系户，这真的是种莫大的侮辱。"

盼晞安慰他："我看刚才那人满嘴跑火车，不过是在故意气你。"

萧和尘长叹了口气："老爸准备这么久的展览就撤下就撤下了，也不知道他收到消息没。要是传到我叔叔那里，又成了茶余饭后的笑料。我爸真是不容易，四处碰壁，受尽嘲讽。唉，男人的尊严啊，早被打碎了，就连自己的儿子也曾经那么抱怨他。唉，我现在每次想起时都觉得后悔。"

盼晞说："可我觉得你现在很能理解叔叔。毕竟有理想的人总是互相照亮的。"

萧和尘抬眸瞧了盼晞一眼，不禁笑了笑："我以前可不是这样的。就比方说那次从山边摔下来，把我摔得差点儿怀疑人生。不是说有多疼，反正男子汉也不怕疼，但就是心里不痛快，有滔天怒火想撕破个口子发泄出来。有次半夜醒来，我气愤得踢起床板，歪头时刚好瞧见守在床边的我爸。他脸色发黑，眼窝深陷，头顶杂草，跟街边流浪汉一样有失体面。他见我醒来了，昏暗的眼睛一下就亮了，问我还疼不。我龇牙咧嘴地冲他怒吼：'反正都毁容了！'他拍拍我的肩安慰说：'儿子别怕，不会毁容的，上天一定会保佑善良的人。'我当时就看不惯他自我麻痹的样子，嘲讽地说：'什么神不神，天不天的。命不由天而由人！你若是在企业里呼风唤雨，只手遮天，你的儿子怎么会受这种苦？'我记得很清楚，我爸当时直接愣住了，一句话也没有说，默默侧过脸去，眼神里有着说不出的凄楚。"

萧和尘倚着铜鹤，抬头仰望着刺眼的阳光，任凭扬起的水花打湿了衣衫，他双手玩弄着汽水瓶自言自语："所以从那时起，他就想向儿子证明自己，不论是以怎样的方式。"他仰头喝了口汽水，喉结上下抖了抖："可他不知道，他的儿子早就开始理解他了。你说可笑不可笑，我们都想着奔向彼此，最后却调换了个位置。"

"对了。"萧和尘蹙眉思索着，"昨晚我提出要去看展，我爸也没什么奇怪的反应，反而开玩笑说让我多带几个同学去宣传一下，所以说他根本就不知情。"

盼晞蓦然抬眸："你的意思是，画作并没有退还到叔叔那里，应该还在艺术馆的某个角落？"

萧和尘打了个响指："说得没错。"

二人当机立断，掉头折回去，直奔艺术馆的储藏室。他们戴上帽子，压低帽檐，在几个昏暗的小屋里来回穿梭，逢见工作人员，萧和尘便油嘴滑舌地解释一句："迷路了。"

终于，当他走进某间偏僻的屋子，轻叩开关，落尘的吊灯投下了昏黄暗淡的光芒，他看到了倚在墙角、摞在桌上的一幅幅画作，仿佛弃置在街边的缩水烂白菜，东倒西歪。萧和尘心生不安，几步走上前去，果然在画卷上看到了父亲的专属印章，火红得像块烙铁，烫在萧和尘的心上。他鼓起腮帮去吹画上的灰尘，却不慎将灰尘吸进口鼻中，连连咳嗽，从脸颊红到脖颈。

萧和尘掸去灰尘，把画作在面前"一"字排开。这么多年来，他第一次如此认真地观赏父亲的作品。以前，他对绘画艺术毫无兴趣，宁愿在房间里面壁唱歌，也不愿去爸爸的书房凑热闹，当然更多的情况下，父亲会以影响灵感为由把萧和尘拒之门外。

萧和尘发现父亲喜欢画凛冬的风致，却很少描绘暖春的翠绿。他愈是凝神欣赏，愈是觉得自己坠入了冰窟窿，冰锥在胸口融化，寒意一点点渗入骨缝。

《孤村》一画似在诉说难以名状的孤寂。河畔孤零的沙汀上，有几处稀疏的村落，一缕孤烟与远方繁华的城市相对。

还有幅画名为《月迷津渡》。迷蒙的烟雨中，摇曳的孤舟失了方向。回首渡口处，已是寒鸦枯木，凋敝肃杀。萧和尘责备自己的语言太过苍白，只能简简单单地道出构图，却形容不出神髓。

盼晞道："那种感觉，就像冷墨滴入冰河，晕染出刺骨的凉。"

萧和尘摇头："不止这些，缥缈画面也许是种迷惘的写照。"

萧和尘忽而停驻在《喜乐盛宴》的长卷纸本设色画前。这是幅与众不同的画，牢牢吸引了萧和尘的目光。画里是个豪华的舞厅，挤满形形色色交际的人。主位镶金边的皮沙发上，仰面躺着一个精神矍铄的老头儿。他腆着肚子，跷着二郎腿，胳膊交叠于颈后，腕上的手链竟是由金元宝串成，元宝大得出奇，看起来既违和又好笑。几个西装革履的男子，一脸阿谀地向他敬酒。远处舞池上有一壮年男子正紧搂着少女跳舞，张开五指的大手放在少女的胯上。他的目光像饿狼一样盯着老头儿的手腕。萧和尘仔细观察发现，图里少说有三五头"饿狼"，就像幅按了暂停键的狼群捕食图，生怕下一秒"狼"就跳出图画，把人叼了去。舞池里的人用细长四肢摆出浮夸暧昧的动作，表情龇牙咧嘴，这样的绘画风格倒像是儿童信手的涂鸦。

"那是什么？"盼晞指了指画的右侧。只见纷繁的舞池之畔竟有扇铁门。门里锁着一个面色惶恐的小人儿，他两手不安地托着脸，盼晞不禁想到爱德华·蒙克的《呐喊》。

"有些蹊跷。"萧和尘说着又细细审视了一遍画作。这一次，他的目光集中在画面的另一个角落。那里蹲着一个颓丧的男人，他嘴中叼烟，手拿一瓶酒，仰脸看着天花板，却没有眼珠子，一下生气全无。

"难道这幅画没画完？"萧和尘自顾自地说。

"令尊确实是这么讲的。"只听"哐当"一声响，身后的门毫无预兆地打开了。二人猝然回首，却见到一位身着深蓝色亚麻唐装的中年人，宽大的袖口中藏把折扇，他仰脸自顾自地讲："前段时间，一位炙手可热的画商举行家宴，众多画家趋之若鹜，纷纷赶来捧场，并作画庆贺。"

他转脸冲萧和尘神秘一笑："令尊便是其中之一，他画了数月之久，到最后忽然以才思枯竭为由搁笔，婉拒了这次约画。当时画坛不少人调侃萧郎才尽，画商也因他毁约而耿耿于怀，暂停了他的画展。眼前这幅便是令尊未完成的手稿。"

"请问您是？"萧和尘蹙眉打量着眼前的中年人。他留着中长的头发，下巴上点点胡楂儿，眼眸里透着冷郁，就像一把手术刀在剖析这个世界。

"你不识得我，我倒是听说过你。"中年人笑了一声，"令尊常向我们提到你。说你从小爱读史书，高一时就去文化交流节发表演说，气宇轩昂，才高八斗，台下的青年都赞叹折服。"

萧和尘听完失笑道："先生谬赞了，您怕是误解了我父亲的意思，台下观众并非因我而赞叹折服。"

"哦？那是因何？"中年人好奇地问。

"大家赞叹的自然是波澜壮阔的魏晋南北朝历史，群雄逐鹿，名士风流。就算是读晦涩的历史论著，我也会莫名地热血沸腾。"

"好个热血沸腾啊。"中年人浅笑着玩弄手中的折扇，扇面所绘赫然是一幅岁寒三友水墨画，与萧和尘杯上那幅竟有异曲同工之妙，中年人优雅地摇扇，"从称呼里你也听出来了，我庞直算是令尊的同门师弟。我曾经对萧师兄无限敬仰。那时，他是才华横溢、满怀热情的理想青年。他与同人兴办画社，纵情山水，作画赋诗，颇有竹林之风。他的创作风格不同流俗，独树一帜，在画坛新生代中负有盛名。若假以时日，定能成一代大师。只可惜……"

庞画师欲言又止，转身走向屋里的一个角落，彼处堆积着几张画作。他伸出食指掠过画的表面，转而将指尖对准灯光，暗沉的光芒依旧映出指尖上那层薄薄的灰尘。庞画师的眼神渐渐迷惘涣散，他不禁喃喃自语："这才放了多久，就沾染了尘土。"

萧和尘略显不悦："不找画框装裱起来，放的时间久了，自然……"

"你急什么？"庞画师忽而回头来，冲萧和尘怪笑一声。他的声音变得苍劲浑浊，像禅院钟磬声。他一字一句地说："人如画布，终要落尘。"

萧和尘愕然怔住，问他何出此言。

庞画师并不回答，却笑着反问道："你年少时可是从阳台摔下过？现在还疼吗？"

这样突兀的问题让萧和尘有些惊诧。萧和尘淡然摇头，表示早就过去了，又问他缘何提起此事。庞画师笑而不语，反而背过身去，认真观赏起储藏室里的一幅幅画作。他疾速地翻着一摞山水花鸟画，不时发出啧啧的声音，就像是老师在批改试卷。

萧和尘不禁蹙起了眉头。今天他不想再受这第二次委屈。

庞画师一边翻着画作，一边无奈地叹息："没错，就是2010 年前后，令尊心境突转。每年的画作倒是多了，却都以模仿、迎合为主，少了独特的灵魂。至于细节之处往往处理粗糙，缺乏雕琢。恕我直言，他已经没了艺术家的模样，精英荟萃的朋友圈里多了铜臭味儿和酒肉味儿。他拼命地找寻捷径，削尖脑袋想证明自己。要知道以前的他从不在意别人的指摘，他搞自己的艺术，做自己的主宰，不希冀通过出卖理想来换取荣华。"

庞画师转身走到萧和尘面前，有些凄然地笑："他曾经是我心里的神，可他却用沉重的包袱把自己砸下了神坛。"

庞画师不在意萧和尘变了无数次的脸色，反倒长出了一口胸中浊气，轻松地跳开了话题："扯远了，我们再谈谈这幅画吧。高才生，我考考你，你可识得画角章上的四个字？"

萧和尘粗懂些小篆字体，张口便说："满目沧桑。"说出口的一刹那，他自己也有些惊骇。

庞画师满意地笑了："师兄已经五六年没用这枚章了。杂乱的墨迹，颠三倒四的布景，夸张的人物表情。我冥冥中感到，那个遗世独立的师兄也许真要回来了。师兄说这幅画未完成，是因为舞厅右侧那一大片扎眼的留白。我倒宁愿相信他是故意为之，兴许他把这里视作一片不被繁华啃噬的净土。你瞧，净土之畔有个少年模样的人，捧着课本背对身后的喧嚣。我一直思索这是何许人也，难道是师兄年少时的投影，还是另有其人？"庞画师捻着下巴颏儿，对画陷入了沉思。他恍然回头看萧和尘时，只见少年冲他深深鞠了一躬，道了声"谢谢"。

42

盼晞在翻找练习册时，书架顶层掉落一本书，砸在地上，扬起一阵灰尘。

"什么书被你藏在最上层的角落里？"妈妈问她。

盼晞取掉外面精心包裹的自封袋，抽出那本封皮烫金的《小王子》。她的内心猛然抽动一下，身上有点儿伤感的冷意。她还是没忍住翻开了书，扉页上的字格外刺目，再熟悉不过的字体，她小学看了六年——"愿我们永远像小王子一样纯真。"

盼晞说："这是小学毕业那年康乐送给我的。"

"康乐啊。"正抱着电脑处理公司事务的盼晞爸爸随意接了一句，"前段时间我在饭局上碰见她爸了。"

盼晞心里咯噔一下，不自觉地追问："然后呢？"

盼晞爸爸愣了一下，转头瞧了瞧盼晞："哦，我们闲聊了一会儿。他最近生意做得不错，接了个大单子。"

"那……"盼晞沉吟了一会儿，"那康乐现在怎么样？"

"康乐啊……"

透过爸爸犹豫的神情，盼晞便明白了答案："没事儿，真没事儿，老爸你直说呗。我就好奇而已。她是她，我是我。我没那么强的共情能力，不会因为她而伤心。"

盼晞爸爸听完"呵"了一声，抬头盯着盼晞："我还真怕你跟她学坏了，也不想上学了。要是那样，爸爸真得忧心如焚，这个社会不上学哪儿还有什么出路。"

"她才不坏，也许只是精神状态有点儿差。"盼晞说。似乎从小学起，她对康乐就有种偏执的认知，偏执地觉得她好，偏执到不可理喻。

刚一提及精神状态，盼晞妈妈劈脸就是一句："精神状态对一个人的学习影响太大了。像你初二那会儿萎靡不振，成夜成夜地想事儿睡不着，名次跟坐过山车一样，真的把我和你爸吓坏了。"

"那会儿课业压力大，期末考试考九门，还要按成绩排座位，大家一个个都跟被逼急的兔子一样。"盼晞虽说是亲历者，却也委实解释不清楚精神溃败的原因。也许是觉得为自己不喜欢的事忙到夙兴夜寐，心中总感到不值当。也许是童年的乌托邦骤然覆灭，被流浪和孤独感压倒。又也许，只是课业太重，她脑子笨，学不会而已。

爸爸在盼晞的再三追问下终于道出了康乐这几年的经历。她初二开学不久便得了抑郁症，后来自己在家复习，参加了中考，考了个普通的高中。她爸爸又打通关系给她送到了市里最好的私立高中，结果刚上不到一年，康乐的病情又严重了，就再次辍学回了家。

"啊！这都什么时候了，康乐的爸妈还这样！还这样！"盼晞心中涌起莫名的气愤，甚至气到扶着墙半天说不出话来，最后实在忍不住了，握拳直接砸到了墙上，指节通红了一片。她强忍着自己的烦躁情绪，说："跟初中那会儿一个模样！也不问康乐愿不愿意，也不考虑康乐基础如何，就把她送到全市最严的寄宿学校。"

"这有什么好生气的。那是市里最好的初中，谁不想去啊。"盼晞妈妈讲，"要是你爸有那能耐，肯定也送你去那里。"

"还好我爸没有。"盼晞咧嘴惨笑一声，"那里一封闭就是半月不能回家，带个手机要全校通报读检查。跟现在的星辰六中相比，有过之而无不及。天知道康乐有多想静水苑，多想从前的那群朋友。"

"盼晞！"爸爸冲她摇了摇头，"话不能这么讲，我们做家长的都是煞费苦心，铆足了劲儿也要让孩子去最好的学校。虽然是严了点儿，但大部分人都能适应的。你不是也习惯了星辰六中的生活？"

妈妈讲："是啊，原因还要从康乐自身寻。一个学校才几个辍学的人啊。她是从小长在蜜罐里的人，娇生惯养，意志不强，一点儿苦头也吃不了。"

盼晞本就处于郁闷之中，听后顿时气得有些炸毛，一股叛逆的情绪涌上心头："停吧，老妈。依你们那套老掉牙的理论，从小历经磨砺挫折，才会变得意志坚强。我承认你们这理论有几分正确性。可你在夸他们坚强时，有没有想过坚强背后隐藏的是什么？是伤疤，是痛苦，是时不时涌上心头的消极情绪。他们可以坚强，却难再拥有开朗阳光的性格。"

"况且，你们根本不懂康乐。"盼晞说，"小时候她逢周末便去舞房练芭蕾，从未叫苦叫累。你们让我学舞，不也是因为在小学联欢会上瞧见了康乐的表演。可惜我怕疼怕累，没学成芭蕾，改学了古典舞，也只习得皮毛而已。"

盼晞还记得小学毕业前，她在学校门口碰见了练舞而归的康乐。康乐对她笑了笑说："以后我可能没时间练舞了。"

"我见你的机会也少了。"盼晞还沉浸在离别的伤感中自言自语。

康乐开玩笑地说："那我再跳一支舞，你学着点儿。"

"可我忘带手机了，怎么录像？"盼晞故作天真地调侃。

"还用录像？你逗我玩儿呢？"康乐鼓着腮帮子嗔怒道，"记心里。"

盼晞"哦"了一声，瞪眼瞧着她。

康乐坐在樱花树下的石凳上换上了舞鞋。那时正值4月，学校门前的樱花到了花期，满树浅粉，像是一片浪漫的海洋。康乐在粉红色花瓣上翩翩起舞。

那天，她穿着白色的长纱裙，勾勒出纤细的腰身与尖削的直角肩。一片花蕊悠悠飘落，落在她精致的锁骨上，像是一点朱砂,美得惊心动魄。阳光下,她修长的天鹅颈镀上闪闪的金辉,曼妙的身姿配着灵动的舞蹈,一种典雅脱俗的气质从她的骨子里散发而出。

盼晞永远记得康乐在树下的回眸浅笑,曾化作暖阳温暖了她初中荒芜的寒岁。

盼晞转身对爸妈讲:"我也跟你们一样,曾经以为自己很懂康乐。我以为,外向活泼的人内心一定充实快乐。我以为,虽然康乐的父母在外跑生意,但有小伙伴的陪伴,她也不会感到孤独。我以为,康乐这般热情开朗的人能快速融进每一个新集体,不会总挂念着往昔。现在想来,这一切都只是'我以为',我根本没资格说我懂她。"

爸爸摇摇头:"脆弱就是脆弱,没必要找那么多'高大尚'的理由。康乐是,你也是。你们就是易摧折的温室花草,见不得一丝风雨。"

盼晞无奈地摆了摆手,笑着反问:"那傻子一定很坚强喽?"

盼晞默默地把《小王子》装进了书包。当年她只读了一半,以为以后有的是时间,却不承想,少时的心境早在不知不觉间发生了改变。

高二下学期换了位语文老师,盼晞的那本《小王子》便是在她手中化成了纸屑又散落了一地。这位曹老师年纪轻轻,据说是某高校毕业生,刚应聘到星辰六中工作。

谁都能看出她的上心负责,勤勤恳恳,工作起来像上了发条，常说她带的班级必须要拿全校第 1 名。她对自己高标准，对学生自然也是要求严格，眼睛里容不得半点沙子。每节课前检查作业，没完成和忘带的同学都要到教室后面罚站。

段辞上课时和后桌的哥们儿说了句话，被曹老师斥为多动症赶出了教室。盼晞和萧和尘这种活泼的人也统统遭了殃，上课时的一两个小动作也都被曹老师捕捉了去。

就如，打了预备铃，两人分了包杂粮饼干作早餐；上课时，盼晞从萧和尘的保鲜盒里抢来一颗车厘子，偷偷放进嘴里咀嚼；讲题时，萧和尘偶尔说句俏皮话调侃一下盼晞，盼晞瞪他一眼作回击。

凡此种种都受到了曹老师的眼神警告或是砸粉笔警告。萧和尘毫不在意，只是无奈地耸耸肩，小动作一个也没少。年级第一的成绩让他有恃无恐。萧和尘的自信与叛逆给盼晞带来了错觉，她还以为自己也可以像身边的少年那样骄傲无畏。所以在某节语文课上，她耐不住心中涌动的愿望，翻开了康乐送给她的《小王子》，直到曹老师忽然在她的身旁出现，硬生生地把书从她手里抢了去。

刺啦刺啦的刺耳声划破了死寂的空气，残破的纸片在空中纷纷飘落，就像是一场暴风雪。

"那是名著。"盼晞攥着手心，终究是把这句话讲了出来。

"我早就说过，想看出去看，别待我课上。"严厉的批评声像裂帛一样，撕碎了空气，无孔不入地渗进盼晞的脑袋。

"那我出去看。"江盼晞微笑着起身，攥着那本残破的《小王子》走出了教室。

这一刻，她再不想去管身后的地崩山摧。

上课时的校园是空空荡荡的。

江盼晞毫无方向地乱逛，在水池里砸进一块石头惊到了冬眠初醒的游鱼；大摇大摆地穿过教学楼顺便捶一通铁栏杆；在小树林里晃晃悠悠地打转，还未开花的枯枝丫划破了她的外套，她伸手去折却刺伤了指尖。

初春的校园一点儿也不好看。不，星辰六中的四季都毫无美感，只有铺天盖地席卷而来的压抑感。她心中这么想。

最终，她驻足在操场边。江盼晞的手始终紧攥着那本残破的书，手心不觉间就冒出了汗水。

她很遗憾，总觉得自己对不起康乐。那本书已成了她与康乐仅存的联系。如今，这一丝联系也断裂了。往后，她只能反复温习过往的记忆，让它们慢一点儿被遗忘掉。

江盼晞深吸了几口气，总算驱散了那些如火山般喷发而出的情绪。当她平静下来时才发现自己闯了祸。她也不知道自己哪儿来的勇气叛逆，也许这份勇气又是萧和尘所赋予的。

身后传来了轻微的脚步声，蓦然回首，她又看到了那张俊俏的脸庞，是萧和尘。一瞬间她既惊诧又感动。

盼晞笑着问他："你上课时这么明目张胆地跑出来，不怕挨吵吗？"

"你都不怕，我又有什么可害怕的。"萧和尘咧嘴笑着。

"知道你不怕，但你真没必要出来。"盼晞说。

"没必要？是吗？"萧和尘轻笑一声，"像你这种脆弱易碎且情感丰富的人在星辰六中很容易出问题的。像咱初识那会儿，你被政教处老师批评得狗血淋头，眼泪在眼眶里一圈圈地打转……"

"住嘴，当时我没哭。"盼晞倔强地仰起下巴来。

"瞧见没？还故作坚强。这只会让人更心……"他没把"疼"字说出口，就改口成了"扎心"。还重复了一遍："这只会让人更扎心。"他也没说出来，到底是让谁扎心。

"所以我要跟出来啊。"萧和尘说，"没我这种好人帮你，你可怎么办？"

盼晞听得想笑："你这么好？接近我居然是因为我脆弱？难道不是因为我性格好，乐观热情，开朗活泼？"

"等下等下，不只是我接近你吧。你似乎也没闲着。刚分班那会儿，可是你四处打探我的底细。"萧和尘笑吟吟地说。

盼晞一脸尴尬，咳了几声："我承认，我对你们这些学霸确实存在猎奇心理。"

萧和尘的嘴角在不经意间微微扬起："那这样吧，我再买本同样的书还给你。"

"倒也不用。"江盼晞摇了摇头，"这是小学毕业时，一位朋友送给我的。我怀念的只是那段时光而已。"

"别怀念了。"萧和尘伸手在她面前挥了挥,"既然注定回不到过去,不如珍惜当下。你要相信,无论在哪里都会遇见该遇见的人。天下谁人不识君。"

盼晞笑了笑,这种老生常谈从萧和尘口中说出来依旧显得毫无新意。她知道,童年尽是伤疤的萧和尘不会像她一样懂得怀念。有时她也不知道,自己到底在一厢情愿地怀念什么。也许是那时的单纯心绪,只看得见表面的岁月静好,却看不清缝隙里铺满的灰尘。也许是那时彼此都坦诚,一个棒棒糖就能交来好朋友,不比现在,大家皆是城堡里高贵的王子公主。又也许那时,她还没进入竞技场,还没走上流水线,还没被这个疯狂的世界推着一路向前冲。

她不知该责怪过往还是现在,过往是童话,如今是写实。也许怪少时的欢乐太过盛大,透支了她对未来的浪漫幻想,以致日后岁月里的一丝尘埃就让过往遗落成了一场空欢喜。

"班里情况怎么样?"盼晞终于想到了自己惹下的滔天麻烦。回忆的深渊险些让她与现实世界割裂。

萧和尘扬了扬眉毛,又叹口气,他伸出手来想拍拍她的肩,又在她肩上三寸处骤然停滞,重又背回了身后。

"可能有点儿小麻烦,但你别害怕。"萧和尘说。

他们是踏着下课铃回班的,走廊上喧嚣熙攘,可一班的门还是紧闭的。萧和尘透过前门的玻璃看去,班里的同学坐得整整齐齐，唯有他们两个人的座位是扎眼的空白。讲台上站的不再是语文老师，而是班主任老魏。

盼晞忽然意识到情况有点儿糟，正思索着如何应对，前门忽然被推开。老魏抱臂而立，根本不用正眼瞧他俩，阴晴不定地讲了句："都敢顶撞老师，还不敢进班吗？"

盼晞愣了一秒钟，呆立在教室门前。也许从一开始她就不该进这个班。

老魏淡淡地说："江盼晞也不用坐下了，你和韩静换一下座位。"

江盼晞蓦然转身，看到了端坐在桌边写作业的于昊。那是她的新同桌。

江盼晞眉头微蹙，疑惑地望向老魏。老魏冷不丁地讲："上课说个没完，还坐一起干吗？"

"刚才没说话。"萧和尘说。

"你闭嘴。"老魏瞪了瞪萧和尘。

盼晞无可避免地被叫进了班主任办公室。

办公室里春寒料峭。窗户洞开着，冷风吹透了整个屋子，在老魏脸上结了霜。老魏的表情淡漠肃然，就像座露出水面十分之一的冰山。盼晞因揣度不到剩余的十分之九而忧虑战栗，如履薄冰。短暂的时间间隙仿佛隔了一秋之久，她不敢直视老魏，小心翼翼地把目光投向窗外枯瘦的枝丫，阳光从枝丫间渗漏出，像萧和尘一般刺眼。

盼晞忽然有些想念陆泓，这学期他去山区支教了。

老魏批评人时，并非大声地呵斥。可他的每一句话却像啮齿一样噬咬着她强烈的自尊心。办公室里坐着许多老师，大多是盼晞认识的。他们偶尔会抬头看盼晞一眼，地理老师还笑眯眯地问："这是怎么了？"

"长本事了，敢顶撞老师了。"老魏说。

盼晞把头垂得很低，不敢去看地理老师脸上惊讶的表情。

她只能庆幸此刻陆泓不在场。最起码，她没有在温润如玉的男神老师面前失了颜面。

老魏让盼晞手写三份检查，一份给他，一份给曹老师，一份自己拿着站讲台上念。

萧和尘给她出了个主意：手写一份，剩下两份复印。盼晞听了啧啧称奇。

"不坐同桌以后……"萧和尘欲言又止，嘴角流露出了苦笑。

"以后没人给你讲地理题了。"盼晞强打精神调侃着。

"我真讨厌这种被安排的感觉。"萧和尘仰着脸长长地叹了一声。

"会习惯的。"盼晞冲他笑了笑。

"不，一定会改变的。"萧和尘桀骜地仰起脸，说得掷地有声。

读检查那天，曹老师让盼晞先出门候着。她在外面等了一节课，曹老师终于想到还有个人被丢在外面。那漫长的四十分钟，盼晞先是温习了一遍自己写得不算诚恳，还残留些许倔强底色的检查。等她看到曹老师拿起粉笔滔滔不绝地讲起课时，她才明白自己是刻意被遗忘的人，教室里的纷繁皆与她无关。然而，她更希望整个星辰六中都与她无关。

43

待到于昊写完一张数学卷子，起身伸懒腰时，才发现自己换了位新同桌。于昊看了眼江盼晞，不禁皱起眉，他一句话没说，立马又把自己埋在书堆中。

于昊不搭理江盼晞，江盼晞似乎也没打算和他说话，只顾低头唰唰地写着数学题。他倒有点儿意外了，仔细观察了一下，发现江盼晞眉宇间爬满了厌倦的神色，不复往日的活泼。

于昊不知道她身上发生了什么，也没时间去管。他耳边还回荡着他妈妈的话："你多久没得第一了？那些不可与你同日而语的人，如今却跑到了你前面去。"他觉得头"嗡"的一声，山崩地裂，前方的路就像塌方一般。

于昊展开皱巴巴的油黄色纸包，里面裹着干草般的茶叶，他胡乱往杯里一撒，再咕咚咚咚接满水。管他什么茶叶，凉水还是热水，他从来没讲究过。茶杯的杯口带着油腻的锈迹，他视而不见，一口下肚像是在灌白开水。

于昊心想，反正我这般人也不图什么雅致生活。

同桌江盼晞忽然说了话："这茶苦吗？"

"越苦越好，我是为了提神醒脑。"

"晚上不失眠？"江盼晞问。

于昊感到好笑："要的就是失眠的效果啊。"于昊甚至不敢计算自己的睡眠时间，生怕这结果吓自己一个趔趄。上个课间，他去洗手池边用凉水洗头发，不经意间看到镜子里的自己，不禁吃了一惊：他脑门上冒出了一层痘，眼窝凹陷暗淡，脸呈菜色。

刚饮下几杯茶，于昊忽然一阵心悸，连忙用手砰砰地捶着胸口，可手上却是软绵绵的，使不出任何力气来。胃里翻江倒海，有股酸水似乎想从喉咙涌出，却不上不下，滞在中间。他咬着牙，喉咙里发出"呜呜"的声音。

眼前的世界也变得模糊一片，就像倒映在水中的月亮，倏忽被来往的游鱼揉碎了一般。

难道这就是茶醉？

于昊头晕得厉害，他觉得身边一片混乱，来来往往的同学在打量着他，然后又像蚊子一样低声讨论，却没人敢靠近他。

似乎是江盼晞给自己递了一小袋饼干，可是他却连撕开的力气也没有。事到如今，于昊只能挣扎着起身，捂着胸口跌跌撞撞地往外冲。

他听到耳边传来低沉的男声："只能去校医室了。"

于昊觉得肩膀被两个人架住，他们搀扶着自己出了教室，走下了楼梯。

"让你吃，你就吃啊。"一个扶他的男生骂骂咧咧地说，然后像塞抹布一样把那饼干塞进了于昊嘴里。

于昊的头晕果然减缓了一些，他也看清了那两个搀扶自己的贵人，是段辞与萧和尘。

为何会是他俩？

那次段辞来找他请教数学题，他不但没解答，还说了些刻薄恶毒的话。段辞无地自容的样子至今还刻在于昊心中。

现在解释还来得及吗？于昊艰难地开口："段辞，那天的事情，对不起。"

段辞淡淡地打量他一眼，没有回应。

于昊神情哀婉："你知道吗？我有次在课外班做作业，旁边几个同学围着我请教数学题，我一一为他们解答，讲完题后，心中溢满了成就感。可那一整天，妈妈都对我阴沉着脸，我问她怎么了？她讽刺地笑着说，儿子，你可太好心了，当自己是慈善家吗？你自己还没当年级第一呢，就屁颠屁颠地去辅导别人了？他们不会，凭什么浪费你的时间？"

于昊无奈地笑着："你问我题的那天下午，我妈正好要来给我送饭。我不知道我是害怕挨吵，还是心情焦躁，就一时对你说了那样的话。"

不想看段辞怜悯的目光，于昊选择偏过脸，结果又不可避免地看到了另一侧的萧和尘。

他和萧和尘的交集可以追溯到更远，那桩陈年旧事又像空葫芦一样浮上心头，怎么按压也藏不住。

当年，于昊和萧和尘在同一个初中上学。中招邻近的那几个月里，萧和尘的妈妈董冰托熟人联系到省里名师，组建了一个五人小班，专注于押题冲刺。

于昊妈妈是做小生意的，每天的空闲时间就喜欢和一群家长在校门口唠嗑。儿子的好成绩让她在家长群里有种莫名的优越感。她的一切发言都像胜利者的获奖感言，无实质性内容却又带着居高临下的意味。

世上没有不透风的墙，这一来二去，董冰要组建小班的事情就传到了于昊妈妈的耳朵里。于昊妈妈听说是省里名师，岂肯错失良机。

那时班里学生早已满员。可于昊妈妈不管，依她那套理论，规矩是人设定的，人不能认死理儿。她一哭二闹三上吊，软磨硬泡，愣是像钉钉子一样把儿子塞进了那个课外班。

因为讲课的是省里名师，据说还出过中考题，再加上小班教学，上课费用自然要比平时的课外班贵上几倍。开课前，于昊妈妈跑去找董冰砍价。

董冰说这又不是去市场上买白菜萝卜。于昊妈妈激愤之下说了很多难听话："这名师再有能耐也不能一节课这么贵啊，我看你就是中间商，随便拉来个教师扣上名师的帽子，然后在里面捞油水。你们商人就这种德行，吃着碗里的看着锅里的，钱怎么赚都不嫌够。"

董冰是典型的火爆脾气，天天把萧和尘爸爸训斥得连家门不敢进。照她所说，看着一个小市民习气十足的人在自己面前上蹿下跳，她的火气一下就冒上来了：我董冰的聪明才智是用来投资大生意的，谁闲着无聊惦记你手里的那仨核桃俩枣？当初是你哭着闹着要来蹭课的，我又没拿刀架你脖子上勒索你。

经过这一番闹腾，那位从省里请来的老师也觉得自己受到了侮辱与质疑，一怒之下竟也撂挑子走人了。董冰费尽心思打造的课外班计划就这样被人搅黄了。自此以后，董冰在校门口碰见于昊妈妈就视作空气一般，连正常的打招呼也免去了。

有天晚上，于昊和妈妈走在回家的路上。他家的电动车经过四五年的风吹雨打，终于在上星期宣告报废，如今只能徒步回家。一辆奔驰疾驰而过，轧过泥坑时，溅起一串污水，正好喷到了于昊妈妈的盗版香奈儿皮包上。于昊妈妈大叫了一声"混蛋！"，从包里掏出一个破抹布来，把皮包外面擦了又擦。她对着车的尾气呸了一声："有钱了不起？有钱就能嚣张、跋扈、任性？"

于昊没有吭声，低头踹着路上的石子儿。

"怎么不说话？"于昊妈妈转脸看着儿子。

于昊无辜地抬起头来，愣了一会儿，终于想起了自己该说的台词："等我工作了，我们会过得风光体面。妈，我到时给你买香奈儿的包、祖·玛珑的香水、圣罗兰的口红。对了，都是正版的。"

于昊坐在校医室的板凳上，喝了几大杯白开水，终于缓过劲儿来了。

"是茶醉。"医生告诉他，转而又问，"你是茶饮爱好者吗？好端端的一个学生，喝那么多茶干吗？"

要你管？谁说喝茶一定与爱好有关。于昊仰着下巴不想回答这个问题。

大概以前做手术在医院待久了，萧和尘不喜欢闻医务室里浓浓的药水味，他和段辞推门准备离开。

"谢谢你们。"于昊扶着椅子站了起来，走上前去对他俩说。

萧和尘淡淡地笑了笑，说："别喝茶了，年级第一不是熬夜熬出来的。"

"萧和尘，你这是在教导我吗？"于昊"呵"了一声，有股悲愤的情绪像火苗般蹭地从心底涌上头顶，"站着说话不腰疼！萧和尘你告诉我，我还有别的办法吗？我没钱上押题班，没名师指点迷津。我只能拼了命地努力钻研，累得像个狗一样。"

萧和尘看见他浑浊的眼里起了一层水雾，眼神显得更加惶惑。

萧和尘耸耸肩说："看来你还对初三的事情耿耿于怀。你从小就成绩优秀，这么简单的道理还不明白吗？学习靠的是自己不是别人。课外班什么的从来都不是关键因素。"

于昊说："既然不是关键因素，你还乐此不疲地报班上课？你真虚伪。你放心，我上不起课外班，你尽可极尽言辞夸赞上课外班的好处，最好让我羡慕嫉妒到发狂。"

"你有病？"萧和尘蹙眉看着他。

"我也觉得。"于昊淡淡地说。

"如果说我短暂的学霸生涯里真的有什么诀窍。"萧和尘随手拿起桌上的水笔指了指于昊的胸口，"那必然是好心态。心态左右了一个人的学习状态。你不妨看看自己状态如何，又能保持多久。别老想着报不起课外班，先有个健康心态吧。"

于昊粗糙的脸颊抽动着，额头上一大片触目惊心的痘痘变得愈加地红。萧和尘一语说中了他当前最严重的问题。

状态？他现在就像一台破旧的老爷车，干瘪的车轮随时会滚到山下。他太累，累到极致又像上了发条一样亢奋。可有些细枝末节的知识点，不是他躁动的内心所能关注察觉到的。甚至有时，读完一道冗长的材料题，他感觉自己的心要急得从喉咙眼跳出来。他想快点学，能有多快就多快，他总害怕自己熬不到高考就崩溃了。

"你有多久没得第一了？"妈妈的这句话就像魔咒一样，无数次在他耳边回响。

于昊把那些成绩不理想的试卷揉压成纸团，塞在课桌抽屉里的最里面，只字不向妈妈提起。

"最近你们不周测了？"他妈妈心生疑窦，趁儿子不注意把儿子的书包扒了个底儿掉，仍旧没翻出一张卷子。

"你是不是考得不好，把卷子藏起来了？"

"没有。"于昊支支吾吾，在妈妈面前，他说句谎话都会显得口吃。

"还说没有？我这就给你们班主任打电话问问。"他妈妈拿起手机，于昊一下扑了过去红着眼圈嚷嚷着："妈！对不起！"

他妈妈像发疯一样推搡他："你胆子太大了，连你妈都骗啊！我辛辛苦苦工作竟养了个不孝顺的儿子！"

44

　　茶醉过后，于昊痛定思痛，决心改变自己的生活习惯，于是乎不再泡茶，换泡速溶咖啡。一杯水里他要倒进去好几袋咖啡粉，就算如此，他还常常抱怨浓度不够，学一会儿就感到困倦。

　　此刻于昊的桌子上正摊着一份报纸，报纸头条写着"今年全省高考人数突破 60 万"。于昊的手抖了一下，恍惚之中撕了好几袋咖啡，颤巍巍地抖落在杯子里。他手中的咖啡包忽然被抢了去，只见江盼晞直接把它丢进了垃圾桶。

　　"你干吗！"于昊怒道。

　　江盼晞瞥他一眼："你以为咖啡喝多了就不会醉？下次没人拖你，你自己去医务室。"

　　"你……"于昊怔住了，情绪变得有点儿激动，把那份报纸拍在江盼晞桌上，"明年是 2018 年，有一大群千禧年出生的学生要参加高考，报考人数怕是要突破 70 万。"于昊越说越激动，"你再去看看高校在咱们省投放的文科名额。"

千军万马过独木桥已然不够形容其激烈，百万之军中取上将首级倒更为恰当。江盼晞沉默了，可惜她既不是燕人张翼德，也不是常山赵子龙。

"你知道找份高薪工作有多难吗？知道北上广的房价吗？如果知道，你为什么还要扔我的咖啡？"于昊遽然起身，把咖啡从垃圾桶里捡了出来。他的嘴唇在哆嗦，他用袖子蹭了蹭脸，抹掉了一些不明液体。

江盼晞笑了一声："没人规定你只能留在大城市。"

"你……你懂什么？连这也不懂。"于昊一脸轻蔑，流露出鸿鹄看燕雀的目光，"那是国际化大都市，拥有全球视野，会聚顶尖人才。"

"太笼统了，听不懂。"盼晞耸耸肩说，"你倒是说得详尽点儿。"

"你好麻烦……"于昊想张口说来，结果拍了半天脑袋，才断断续续地说，"别墅可以用指纹感应开门；街上来来往往的奔驰；餐厅豪华雅致，波士顿龙虾堆成小山；街头巷尾的少年少女穿着最时髦的衣服，上了年纪的贵妇们依旧凭借保养品、化妆品永远保持着青春的魅力。"

江盼晞听完，笑问："你在那些城市都待过多久？"

"我……"于昊变了脸色，不耐烦地说，"暂时没去过。"

"那何以说得这么逼真？"

"我妈告诉我的。"

江盼晞"哦"了一声轻描淡写地说："所以那是别人的

心愿，又不是你的心愿。你干吗背着别人的心愿前进？"

"我……我没有。"于昊说。

江盼晞淡淡地说："我只是想起了我表哥。他虽生长于这个二线城市，却又像非梧桐不栖的凤凰，一心想去外面闯。他去了大城市上学，每次假期回来都要指着家乡的商业地产进行一番评点，这里落后，那里颓败。可是在去年，他忽然辞职，跳槽回了咱们市的公司。"

"为什么？"于昊下意识问。

"他没解释过。只是偶尔会叨唠几句，那里公寓虽狭小，他依旧付不起租金。也可能是因为劳累过度，腰椎间盘突出，回来治疗更方便吧。"

"所以你到底想表达什么？"于昊问。

那一刻，江盼晞从他的眼眸里看到了彷徨和迷惘。她却摇了摇头，把目光投向远方，嘴角是无奈的笑容："只是有点儿想家了。"

她也曾在漫漫长夜，一盏孤灯下，刷了一张又一张试卷，只为实现父母的期待，走出童年的小院，落脚于沐浴光辉的星辰街。如今，蓦然回首才发现，桃花源早已远去，眼前的光辉只属于星辰六中，却不是她的。

光辉之侧，黯然失色。到底是什么把生活变成了军备竞赛？

江盼晞不知道，于昊听过自己这番颓唐的话，究竟是恍然大悟还是陷入迷惘。

只是过后的那一两天，江盼晞没再见过于昊喝咖啡。课间时，他甚至会偶尔说几句话。

段辞拿着练习册来找江盼晞请教问题，江盼晞思索半晌，不知如何才能表达清楚。于昊忽然取下耳塞，伸手抢来练习册，拿起一根水笔，圈起了题干中的一个重点词，他转脸对段辞讲："该以此作为突破口。"

那一刻，段辞和江盼晞面面相觑，又一同迟疑地望着于昊。然而，于昊已认真地开讲。

段辞听完后仍觉一头雾水，并吐槽于昊讲题时思路太过跳跃，就像是超级玛丽。

于昊又耐心地讲了一遍，段辞终于听明白了。于昊倒有了疑问："你刚才说超级玛丽，那是什么？"

段辞听完不禁笑了，心道又来了个没童年的人。他说："《超级玛丽》是个闯关游戏，男主叫玛丽。"

"叫马力欧。"江盼晞纠正道。

"对，是个络腮胡老头，一蹦三尺高，蹦过千山万水，蹦到了终点。"段辞说。

"我喜欢玩《森林冰火人》。"江盼晞说。

"哟喂。"段辞乐了，"聊聊吧，咱都是有童年的人。"

那一刹，两人就像久别重逢的老友，从《穿越火线》聊到《QQ飞车》，从《赛尔号》聊到《弹弹堂》。

于昊呆立一旁，半晌无从插口。他碰了下段辞的肩说："段辞，能不能……"

"什么？"

"能不能带我去打游戏？"于昊目光飘忽，焦灼不安地抠着自己的掌心。

"你？"段辞目瞪口呆，"老哥，你是不是又茶醉了？"

"你也觉得我不配啊。"于昊一脸自嘲的笑容。空气倏忽变得沉寂，弥漫着淡淡的哀婉。

"算了，哥带你去还不行。"段辞叹口气，一副豁出去的样子。

周一的那天清晨，天色昏沉，冷风阵阵，不一会儿便飘起雨来。于昊来得有些晚，他脱下那花花绿绿的破旧雨衣，闷头坐回座位时，江盼晞才发现他眼睛红肿，像是哭了一宿，侧脸上有两三道红印。

"怎么回事？"江盼晞迟疑着问他。

于昊淡漠的语气里带着些许不耐烦："与你无关。"于昊再度恢复了沉默，刚燃起光芒的眼眸重归暗淡。

江盼晞似乎猜到一二，不禁蹙眉："想哭就哭，不爽了就反抗啊。你只这样沉默着算个什么啊？"

"你真以为自己是圣母玛利亚？闲事儿管够了吗？"于昊蓦地抬高音调，像是杜鹃啼血。

"我就是厌恶你软弱的样子。"江盼晞气愤地拈一本《古代汉语词典》就想动手。可想想自己最近被老魏盯上了，不能这般轻举妄动，只得咬牙忍了。

于昊转身出了教室，回来的时候，手里多了张宽大的硬纸板。纸板被夹在桌子的缝隙间，形成一道半米高的天堑，隔开了他与江盼晞。

阳光从江盼晞的身侧照进教室，纸板在于昊的桌上投下阴影，将他笼罩其中。灰色纸板像监牢的铁门，牢里的人拿着钥匙，却不愿放自己出去。

江盼晞耸了耸肩膀，也不知道究竟该庆幸还是无语，总之她的余光里，不会再有一张忧郁而严肃的脸。

江盼晞前些天还异想天开，于昊听了自己一番话，悟出了生活的真谛，变得随性自如。然而事实告诉江盼晞，纯属扯淡。不知为何，她忽然心生挫败感。

"我那天就是大脑进水了。"段辞把脸皱成了苦瓜，向江盼晞诉苦，"我当时看见于昊那个样子，不免心生恻隐。我想于昊生活也挺惨的，从出生起，全世界都拿着喇叭催他努力，熬到精疲力竭，也没人拍着他的肩膀说句：'别着急，休息休息，玩局游戏。'所以我就想逞个英雄，救他于水深火热之中。他家长自然不同意他打游戏，我就给于昊出主意，让他偷偷溜到我家玩。后来……"段辞顿了顿，"后来，我家的门铃响了。"

"他们怎么知道？"江盼晞诧异。

"于昊的家长报警了。他妈妈的原话是，儿子未经允许就离开了她的视线。"段辞捂着自己的胸口，似乎想抚平心悸。

江盼晞愣在了原地，窗外的凉风哗啦啦地灌进她的袖口，她冷得抖了三抖。

段辞无奈地摇了摇头："我挺不明白他家长说的话。我可没教唆于昊不去大城市上学，不要总背负两个人的期待……"

段辞又说了什么，江盼晞都听不清了，她的耳边嗡嗡作响。

江盼晞坐在无人问津的角落，一边是窗户，一边是没有温度的硬纸板。前后的同学，埋首于作业，从不言语。当周遭无人可交流时，她不得不直面自己孤独贫瘠的灵魂。

她发现自己跌入了可怕的深渊泥沼。她总想通过拯救别人来找寻自己的意义。拯救成功了固然是个美好的奇迹，可失败才是常态。她以为自己性格阳光就能普照别人，以为自己说几句老生常谈的道理就成了一语点醒梦中人的智者。自己果然天真得可以，天真到幼儿园都不愿意给自己发毕业证。若一个人那么容易被改变，鸡汤文就足以治愈世间一切伤痛，伤心小酒馆里早就没了忧郁买醉的人，哪里会轮到一个微不足道的江盼晞来救场。

盼晞觉得教室里闷得喘不过气来，她夺路又夺门，冲出了这个冰冷的笼子。春天已至，天气也渐渐回暖，窗外枯枝也萌生些许绿意。可自己为什么会感到冷，明明今天的薄袄足以御寒，明明时髦的少女已穿上潮流卫衣。自己的冬天何时才能走？这个冬天好漫长。她怀疑这种冰冷不是从空气渗透入皮肤，而是从骨头缝里溢出，乘着血液蔓延至全身。

她走进洗手间，拧开水龙头，掬一捧冰凉刺骨的水洒在脸上。水滴弄湿了眉毛，沿着不高的鼻梁往下滑，沾染了唇角，直到流进脖颈。冰水一滴滴地往下淌，冰冷的寒意让她清醒了些许。

她对着镜子整理衣冠，嘲讽地问镜子里的自己：“江盼晞，你以为你是谁？救世主吗？你真的太把自己当回事了。”

回班的路上，她无意间一瞥，看到了墙上贴的地图，她忽然想起许梦如来。许梦如倒是令人羡慕。许梦如不会因周遭的沉默，而陷入孤独的深渊。她心里盖了座博物馆，收藏着千里江山图和无数隽永诗篇，只是沉醉其中，便乐趣无穷。

江盼晞禁不住反思，自己心中除却教科书上干枯乏味的知识，除却试卷上按公式推出来的答案，到底还剩点什么？

剩下的不过是黎康乐缥缈的背影，一戳即破，去似朝云无觅处。还有一个理想的幻影，几经变化，最终定格为萧和尘的形状。她想像萧和尘一样无拘无束，随心所欲。一番日积月累，模仿研究后，却只学会了他高傲不羁的心性，不曾拥有他骄傲的资本，这般舍本逐末，终究落得被现实击垮的下场，被撕碎的《小王子》就是最好的凭据。我想叛逆，可我又哪儿来资本叛逆。盼晞深感苦恼。

进班时，盼晞忍不住偏头望，漫不经心地把目光落在萧和尘身上。萧和尘正与周遭的同学插科打诨，笑得连眉毛都舞了起来。

盼晞笑了笑，径直走回了座位。

45

也许真的需要个人来陪她说话，以免她在这个安静的角落里退化成哑巴。盼晞想了想，终究还是作罢。星辰六中就像一片汪洋，每个学子都在穷尽自己的力量以求得上岸，谁又有余力去顾及别人的悲欢。

终于，她忍受不了压抑的气氛，跑下了楼。

电话亭前排着长队。有人一把鼻涕一把泪地哽咽，透明液体几乎蹭到座机上；有人谈笑风生，中气十足地念着傲人的成绩单。哭笑之间只隔了一个透明塑料挡板，相看两生厌。

江盼晞有时想发笑，电话亭这种 20 世纪流行的玩意儿，七八年前就在街头巷尾绝迹了。星辰六中真是一个让人怀旧的地方。

江盼晞也曾借电话卡致电爸妈，可半天没人接听。回家后，爸妈不无遗憾地说，他们把那奇奇怪怪的号码当成了广告。

不知不觉间，江盼晞溜达到了学校的栅栏边。上次站在这里时，身边还有萧和尘。他们滑稽地叫外卖，大胆地逃逸。

江盼晞抓住眼前黝黑生锈的栏杆，有种冷涩压抑的感觉，就像一座庞大巨塔困住了自己，她左右奔突，黑塔自岿然不动。然而，她的叛逆情绪愈是被压抑愈是沸腾不止，直到迸裂而出，把巨塔拆出个窟窿。

她决定翻出学校。

江盼晞瞅了瞅左侧爬着藤萝的石墙，那足以成为支点，她又搬来几块砖头垒在一起。栅栏本就不高，也没电线防护。如此看来，翻墙并非妄想。

盼晞心想，星辰六中倒是很相信学生的乖巧。这也有据可依，毕竟，洒脱自由的萧和尘稳坐教室；向往浩瀚天空的许梦如学会了在书里做梦；颓败无奈的段辞只能登高望远，心向故里。

江盼晞扳着指头盘算着，怎么说第一个爬出来的都不该是自己。她犹豫踌躇，只见砖红色的教学楼与血色夕阳融为一体，威严凛然，让人想垂首朝拜。窗子里探出几个学生的脑袋来，他们捧着教科书嗷嗷地背诵着课文。江盼晞只觉得很聒噪。

江盼晞转身抓住栏杆，乘着心底那溢满的叛逆感，一脚踩上了石头。

江盼晞从栏杆跃下的那一刻起，脑海蹦出了第二个想法——回家。不是回星辰街上那个堆满教辅的大房子，而是小学旁边那个破旧温馨的小院子，那里堆叠着一层层的回忆，又因太过美好而不敢随意翻看。

还记得静水苑旁边的街上有家书店叫作"不系之舟"，江盼晞小时候常和伙伴们去那里翻看线装本的四大名著，还有《儒林外史》。回首往事，她才发觉坐在书店里一边喝奶茶一边看喜欢的书，才是她理想的学习模样。

她穿过街巷走向地铁站，忽然被沿途聒噪的喧嚣搅扰，马路一旁不知何时盖起一座现代感十足的三层小高楼，在薄暮的天色中闪着魅惑的蓝光。门前的停车场挤满了车辆，人群来来往往。

浮靡 bar（酒吧）。

门头上挂的大屏液晶电视循环播放着里面的风貌。红蓝相间的射灯光化作层层薄雾弥漫于暗夜的空气，动感催情的音乐在耳边聒噪，舞池中半醉半醒的男女摩肩擦肘，疯狂地挥着手臂，歇斯底里地叫喊。这一切像是场末日的狂欢。

只见一男一女从酒吧走出。碰巧江盼晞认识那个男生。

那是柯胤，江盼晞高一时的同学。那时，他常穿着某名牌和国际设计师的联名款，运动鞋上有某巨星的签名。有人说他们柯家在当地有钱有势，具体怎样江盼晞不感兴趣，她唯一惊叹的是这位柯少爷换女朋友的频率。有同学闲来无事做了个统计，柯少爷空窗期从来不超过一星期，是名副其实的大忙人。他的恋爱日程排得满满当当，就像是家网红餐厅，里面坐满了人，外面还排着长队。

"哟喂，优等生。"柯胤以戏谑的音调叫她。

柯胤依旧是一副玩世不恭的样子，他旁边站着一个穿着黑色皮衣、皮裤的高挑女子，修长的腿上套着黑丝袜。不知是柯胤的第十几任女朋友，还是拿着号码牌排队等候恋爱的嘉宾。她化着过分俗艳的浓妆，也不知是对自己的化妆技术太过自信，还是对自己的五官太没信心。

江盼晞看那女生的面容眼熟，可想想又觉得荒谬。毕竟化浓妆的女子本就有相同点。

"优等生也逃课蹦迪？"柯胤勾着嘴角，笑容玩味地看着江盼晞。此话一出，身边的皮衣女子也随之发出了银铃般的笑声，脂粉扑簌簌地往下抖落。

江盼晞本能地蹙起眉毛，编织出谎言来："我去上课外班。"

"上课外班连书包都不背？你骗谁呢？"柯胤似笑非笑。

"又开始撩了？她还未成年吧？"皮衣女子嘟嘴轻嘲着。

"这是什么屁话，我也未成年。"柯胤说，"你还有闲工夫查证件呢？"

"你一向涉猎广泛。"皮衣女子耸耸肩，冲柯胤挥了下亮闪闪的皮包，"柯总，我还要和朋友逛街，改天我们再喝酒。"

柯胤眯眼瞧着她："别改天，就明天。我一定在酒桌上用伏特加给你灌醉。"说完又死乞白赖地拽住女子的手。

皮衣女子笑吟吟地说："看你是否有这样的本事了。"

江盼晞刻意与他们保持着一定的距离。她也不知道自己的眼神是冷淡还是嘲讽。

她眼神里的情绪被柯胤准确无误地捕捉到。柯胤好像受了刺激，冲江盼晞嗤笑了一声："我说好学生，你装什么呢？都逃学了，还不进来蹦迪？"

"与你无关。"江盼晞淡淡地说。

柯胤仰脸笑了一声，吸了口电子烟，又吐出烟圈。迷蒙的烟中，柯胤走近她。他身上散发着酒精与香水混杂的气味，江盼晞嗅到了奢靡颓败，像是一种正在腐烂的繁华。

"知道为什么要蹦迪吗？"柯胤调侃说，"因为我只有癫狂地跳跃与挥舞，才能抓回飘在我头顶上真实的灵魂。一起来吧，我们找找灵魂。"柯胤向她招手。

去吗？江盼晞本来坚定的内心忽然犹豫了，被压抑到有些变形的情绪在不停翻涌。

柯胤轻笑着诱惑她："来吧，反正不看证件。"他坚信堕落的人总是惺惺相惜的。

江盼晞低头看了一眼手表，今天晚上七点半要交数学作业，她还有十几道题没做。脑海里有双眸子闪着犀利的光，像是在拷问。她心中一凛，本能地以为是老魏，可当那人的眉眼渐渐清晰，她才发现是萧和尘。她旋即掉转了方向，重新朝学校的围墙走去。

身后传来柯胤不悦的叫喊声："江盼晞，你不尊重我的人格。"

江盼晞没搭理他，反倒加快了脚步。她觉得和这样的浪子谈人格是件毫无价值的事。

翻回学校时，江盼晞在思考一个问题，高一那年柯胤参加过考试吗？似乎没有。考前大家复习得热火朝天，他连书包也不背，便拿着请假条大摇大摆地出校门去了。

江盼晞猜想他应该不参加高考，大概率会出国留学。他的英语有点儿蹩脚，高一的时候因为读不出 computer（电脑），被英语老师批评了一通。还有一次，老师让他翻译"有人逃学"，柯胤昂首挺胸地说："Have a people run school ..."满座皆惊，叹为观止。

但对柯胤来说，这些都不是问题吧。就像他当初叩开星辰六中的大门那样小菜一碟。

再一次见柯胤是两天后。江盼晞没想到他会跑到文科一班的门口，一脸轻浮的笑容，说："叫一下你们班的江盼晞。"

转瞬间，满城风雨，班里同学交头接耳。江盼晞下意识地在班里寻觅萧和尘的踪迹，他不在场。

江盼晞一脸冷漠地打量着柯胤。柯胤脸上不耐烦的戾气消逝了，桃花眸里居然泛起了款款深情。江盼晞却更加厌恶了。

"送你了。"柯胤把一盒包装豪华的巧克力递到江盼晞面前。柯胤的脸上写满自信，他坚信江盼晞一定识得那个奢侈巧克力品牌。

"别惊讶。"柯胤说。

事实上，江盼晞并未表现出惊讶，就算心里有一丝丝波动，也被掩藏得毫无痕迹。

"我喜欢你，江盼晞。"柯胤坦然自若地说，又毫无负担地重复，"我喜欢你，情不知所起，一往而深。"

江盼晞蹙眉说："给你两个选择，第一拿着你的巧克力走开，第二我帮你把它扔掉。"

柯胤说："怎么？你有喜欢的人了？那又怎样，你喜欢他，照样可以喜欢我啊。没什么比人的感情更丰富，也没什么比人的贪念更深重。"

江盼晞两指捻过巧克力盒，抬起手来。半透明的豪华包装盒在空气中摇摇欲坠。

柯胤不慌不忙，悠然笑了笑问："你知道这巧克力的价格吗？"

"那摔起来更有成就感喽？"江盼晞微笑着数道，"三、二、一。"

"啪"的一声脆响，巧克力盒摔在了地上。透明的塑料纸下，几个心形巧克力碎成了两块。

"你随便摔。本公子一向视金钱为粪土。"柯胤满不在乎。

"啪！"江盼晞一边拟声，一边用手比画出碎裂的样子，"这一声脆响竟让我想到了渣男碎了一地的节操。"

柯胤笑了笑："我哪里渣了？我既不骗财也没借人上位。不过多谈几场恋爱，找找灵魂罢了。"

　　"你怎么不说你没有打砸抢烧呢？"江盼晞说。

　　"对，我确实没打砸抢，你是不是觉得我还不错？"柯胤笑了，"考虑一下吧。你会发现周旋于多人之间的感觉很不错。"

　　江盼晞拂袖而去，临走前不忘奉送他一个"滚"字。

　　柯胤耸了耸肩膀。

　　短暂的闹剧就这样告一段落，留下一盒破碎的巧克力。

46

　　江盼晞会侧过脸去看萧和尘。萧和尘时常靠在椅背上读书，坐姿慵懒，神情却专注。萧和尘桌上摆的书越来越多，他有时课间会给新同桌讲题，表情严肃认真得像个学究。江盼晞不禁笑了，她终于耐不住内心的冲动，隔着几排座位给萧和尘扮了个鬼脸，萧和尘"呵"了一声，双手比画出两把手枪来瞄准她。江盼晞佯怒，拿起文具袋摆出一副要砸他的样子。萧和尘摊开双手，一脸欠打的笑容："来啊。"

　　江盼晞没意识到自己激动到脸颊发热，甚至听不见耳边响起的上课铃。她仿佛回到了小时候的那个院落，教室里一张张冰凉的桌椅都化为乌有了。春风一吹，满眼都是盛开的桃花。

　　那一刻，她觉得自己和萧和尘之间像是隔了条时间的河流。江盼晞撕下演草纸折成飞机，向他掷去，仿佛要坐上时光机去到他身边。超载的飞机飞到一半就栽在地上，落在了一个人的脚边，又被那人拾起。

是老魏。

周遭的场景与时光不再交叠，一切又回到了现在。冰冷的课桌重新出现在面前。大梦初醒。

"不想学习就出去。"

纸飞机在一瞬间被撕成碎片扔进了垃圾桶。一同撕碎的似乎还有她刚拾起的童心。

"说说你最近脑子里都在想些什么。"办公室里，老魏跷着二郎腿靠在椅背上，一边喝茶水，一边看着眼前的江盼晞。

从初中起，江盼晞就讨厌进班主任办公室。那就像个空气稀薄的冰窖子，总让江盼晞头皮发麻，心情忐忑。

"可能我最近有些浮躁吧。"江盼晞说。

"还有呢？"老魏抱臂看着她，"高一入学时背的校规，你都忘了吧？趁早绝了你恋爱的念想，不要厚着脸皮去影响人家。别人是要当高考状元的。"

那一秒钟的江盼晞惊诧错愕，头脑发热，脑海里翻飞着复杂的思绪，奔流着奇异的情感。渐渐地，无奈的笑容溢出了她的嘴角，她自顾自地言说着："我知道。"

我知道他要冲刺状元，也知道自己连全省前1000名都进不了。您大可放心，在星辰六中有谁连自己的名次都不清楚，就太不自知了。

江盼晞掩嘴，冷冷淡淡地笑着，也不知是自嘲还是想缓解尴尬。她转身离开，听见身后老魏在问："记住我说的话了吗?"

江盼晞头也不回地指了指门说:"都打上课铃了。"她故作潇洒地走出门去,把"不回答"当作最后一丝微不足道的反抗。

回教室时,同学们正在哗哗啦啦地传卷子,讲台上站着的历史老师冲她摆手:"愣着干吗,赶快坐位置上考试。"江盼晞从恍惚中苏醒,明白又到了历史周测的时候。

没人会去记得刚才那段插曲,没人会去在意那坠落的纸飞机,大家不会留心那些无关紧要的事,都毫不停歇地投入了眼前的琐碎与繁复。

江盼晞盯着眼前的试卷发呆,她的脑袋空荡荡的,像是刚被小偷光顾一样。她好想按下暂停键,让生活慢一点儿,不要总是匆匆忙忙,就连花时间平复情绪也显得奢侈。

当她静下来写题时,分针已然走了无数圈。她已经豁出去了,知道自己肯定写不完卷子,可是当下课铃响起的那一刻,她的心还是揪了起来。求学多年,她第一次交上了比自己脸还白净的试卷。她料想又该被约谈了,历史老师会以一张冰霜脸,责备她学习态度不端,状态浮躁,再多细节江盼晞也懒得去想,以后的日子里还会反复温习。

江盼晞捶着栏杆走下了楼,一路上捶红了手,直到感觉有团火苗在手心燃烧。每次考砸了,挨吵了,她便找个无人的角落和铁较劲儿。如此,旁人眼中的她依旧是云淡风轻,阳光灿烂。

在这里，她被看轻、被质疑、被冠以"没资格"的位置。可她偏又无力证明自己。她没法考个年级第一，春风得意地给老魏讲述"三十年河东，三十年河西"的故事。江盼晞总算明白阿Q为何会想出个"精神胜利法"，她此刻的心理活动记录下来，也可写就一本《女学渣逆袭升级系统》。

走过教学楼的转角，迎面就是华丽的光荣榜。光荣榜顶端的那个名字跟金箔一样刺眼。江盼晞选择捂住眼睛。

风过，枫叶哗哗作响，还未染红便被吹落，不甘地飘在莲池上。池边坐着一个人，身旁摆满几罐啤酒。他拿起一罐咕咚咚地往嘴里倒。他的背影在风中显得清瘦寂寥，就像一个无家可归的醉汉。他拾起一个石子转身掷进莲池。

转身的刹那，江盼晞看清了他的面孔，是段辞。两人皆惊诧。

"怎么在这里喝酒？"江盼晞走近他问。

"我今天就没上课，老魏让我在小教室写检查。可我有什么好反思的，爱一个人有错吗？"段辞把啤酒罐子扔进垃圾桶，又打开了一罐新的。

小道上有老师骑电动车掠过，江盼晞下意识侧了侧身子，遮挡住几罐酒。不用猜便知道，星辰六中是禁酒的。高一时，江盼晞班里的几个男生赢了篮球赛激动地忘了今夕何夕，刚开了瓶啤酒就被请到政教处面壁思过去了。

"我分手了。"段辞面无表情地讲，或者说已经沉重到失去了对表情管控的能力。

江盼晞哑然失声，这出乎她的意料。她曾真切地祝福他们走得远一点儿，最好远到天荒地老。

江盼晞曾几次在星辰六中的走廊里，望见过段辞和瑾玥。他们肩并肩走着，却又沉默得像两个陌生人。他们四下张望，未见人潮，便心灵感应般地同时伸出了手。触碰的刹那，楼梯转角走出个同学，他们又旋即把手插回口袋，像无事发生一般各自散去。江盼晞无数次地惊诧，这还是那个喜欢出风头的段辞吗？他冷静克制得像个间谍，将情感包裹得滴水不漏。

若由此责备段辞冷淡，便彻底冤枉了他。无论严冬还是酷暑，假期抑或开学，段辞清晨醒来，最先做的便是写一封情书给瑾玥。萧和尘还曾调侃段辞爱出了盛大的仪式感。瑾玥把情书折成爱心放进许愿瓶里，夜里打开荧光灯，星星点点，朦朦胧胧，像盛满碎梦的星河。到分手之日，瑾玥把情书归还段辞，竟有四百封之多，段辞直接倾倒在了荷花池中，终是沤烂在淤泥里。

段辞说："一年多以来，我们躲躲藏藏，战战兢兢，唯恐被老师发现。我现在才明白，那些分手的外因到头来都指向自己。"

时光要追溯到几天前。那晚放学，星辰街修路时挖断了电线，路灯灭了，街上昏黑一片。段辞怕瑾玥一个人不安全，便走路送她回家。街巷倏忽飘起冷雨。瑾玥穿着薄衣，风过，她瑟缩了下。段辞一手撑伞，一手轻轻搂住她，说凑在一起会暖和些，瑾玥歪头蹭在他身上。段辞说，自他来这里上学就不断地修路，也不知修到猴年马月，晴天时飞沙走石，雨天时粘一鞋底的泥，比起他初中时的雅致环境实在相去甚远。瑾玥无奈地笑了笑说，至少街灯熄灭时，我们可以相互依偎。段辞听着鼻子就酸了。走过十字路口时，一辆电动车的车灯倏忽亮起。瑾玥缓缓抬起头，逆着刺眼的光芒望去，如瀑的雨丝中，她看到了坐在电动车上的爸爸，看到爸爸骤缩的瞳孔。爸爸没有发飙，脸上冷漠深沉的表情比发飙还要可怕得多。大风蓦然刮过，段辞手晃了一下，伞掉在了水洼中，被风吹出了好远。

段辞忐忑了一阵子，直至瑾玥爸爸把状告到了老魏那里。藏匿了一年多的恋情便这样浮出了水面。老魏让段辞立刻分手，并对早恋问题进行深刻反思，阐释说明早恋与成绩差之间的因果联系。

段辞的大眼睛里透着深深的迷惑，他和瑾玥的成绩本来就差，哪儿是早恋能影响的？这检查委实不好写，他决不会为了交差而违背事实真相。

勤学好问的段辞又一次燃起了浓浓的求知欲，有些事情他必须搞个明白。段辞斗胆问老魏："老师，您这个年龄的人，想必也看过星爷的电影吧。紫霞是个神仙，也会动凡心，为了至尊宝奋不顾身。再说，我又不是什么仙子，不过肉体凡胎，真情实感地喜欢一个人又有什么错？"

老魏皱了皱眉头讲："正是有些东西总会给人留下狡辩

空间，讨论不出个所以然来，所以才定下规矩来稳固大局。你既然来了星辰六中，就要遵守星辰六中的规矩，校规第二条说的就是禁止学生之间恋爱。"

"星辰六中啊。"段辞苦笑地念叨着这个刺得他心脏疼的名字，"老师，要不是陈瑾玥，我哪儿能在这鬼地方挺下去？一路以来，我们相互鼓励，相互安慰。我们太像了，她就像另一个我。一样愚钝得解不出数学题，一样在成绩单的底层苦苦支撑，一起被同学戏谑为傻瓜，一起在老师办公室挨罚。一个我太脆弱了，两个我还有力量搏一搏。"

段辞和老魏的这段对话是在走廊上进行的。上课时的走廊阒寂无声，段辞尽力压低自己的声音，无意间却使得喉头每一次颤抖都清晰可辨，像是悲鸣的笛音。

老魏看得也有些不忍，一时说不出话来。静谧的空气终归被杂乱的脚步声踩得支离破碎。那边楼梯上走下三个人来。瑾玥脑袋垂到了胸口，瑾玥爸妈的脸气成了猪肝色。

段辞匆匆忙忙地收回了自己的目光，却只痛恨此刻无法堵上耳朵。

"你可真会谈恋爱，跟你们学校的渣滓厮混在一起。"瑾玥妈妈说。

瑾玥会替我辩解吗？她心里是不是和我一样难过？脸上是不是挂着泪？段辞焦灼地胡思乱想着。

"既然已经绝了念想，就别再给我闹出这档子糟心事。"瑾玥爸爸说。

段辞彻底愣在了原地，一瞬间失魂落魄。他转过脸去，把目光投向窗外，今天星辰街没下雨，阳光正好，惠风和畅。我是不是该心情愉悦，段辞的思绪已经成了凌乱无序的毛线。耳边有人长长地叹了口气，估计也是失恋了吧，哦，不是，是班主任老魏在叹气。他是在为我叹气吗？我已经可怜到让班主任替我哀惋的地步了吗？老魏好像还拍了我的肩膀说："段辞，从来都不是学校要禁止早恋。"

"我第一次觉得老魏说的话有道理。不是学校禁止，是我不配。"段辞对江盼晞说。江盼晞愣了一下，"没资格"这种字眼在江盼晞听来格外刺耳。段辞说，那个雨夜过后，瑾玥父母并未直接逼她分手，而是暗中调查了段辞。

"你细品一下其中的差别。"段辞无奈地笑了笑说，"他们介意的根本不是瑾玥早恋，而是瑾玥与我早恋。"这样的差别刺痛了段辞细腻敏感的内心。

不觉间，段辞又喝了半罐啤酒，不胜酒力的他捏着嗓子想要干呕，江盼晞递给了他一沓餐巾纸。

段辞大概真的喝醉了，说起话来也不太利索。他拿着啤酒罐跌跌撞撞地站起来，面朝荷花池，一副指点江山的样子。"江盼晞，给你讲个笑话！想当年，我段辞在99中可是大名鼎鼎的男神，总是蝉联年级第一。就像……就像萧和尘一样风光。哈哈哈……"段辞像疯子般痴傻地笑着，"可为什么现在听起来跟个笑话一样。"

当年中考填志愿的时候，班主任客客气气地请段辞妈妈去吃饭，临走前还塞给她张卡，如此大费周章就是想让段辞填报 99 中高中部的状元班。可段辞哪儿稀罕什么状元班，好男儿志在四方，他伸手便要摘星辰。

如今他身处星辰六中，却一次次地爬上六楼极目远眺，想要望到 99 中的校园。离开后他才明白，那里万物皆可爱，可他却已退不回原点。就算有朝一日偷偷溜回那个熟悉的校园，他也不再是当初意气风发的少年。

47

自那日在浮靡 bar 前邂逅了皮衣女子，似曾相识之感一直在江盼晞心头盘旋。那厚厚脂粉下的五官让江盼晞想到小时候一个叫紫芳的女孩。

那时的盼晞是个孩子王，放了学从不乖乖回家，和静水苑小区里的小孩儿胡闹作一团。大街小巷里穿梭着浩荡的滑板车队，当头那位手持金箍棒的可不是什么孙行者而是江盼晞。

小区里盖房子余下了几排砖头，正愁无处处理，第二天便没了影踪。放眼望去，只见街对面堆出一个微型长城，原来江盼晞要和伙伴们建立一座秘密基地。

春天，街边桃花盛放，他们在缤纷花海中寻得一张小方桌，铺开纸笔玩起了纸上谈兵的打仗游戏。盼晞爱看《水浒传》《三国演义》，对兵法颇感兴趣，她和小伙伴在纸上排兵布阵打下埋伏。聊得正欢时，一转脸却看到几个愁眉苦脸的老头儿，掂着麻将无处安放。原来是抢了他们的风水宝地。

盼晞看完了《桃园三结义》的章节，一时热血沸腾，纠集院子里十七八个伙伴成立了兄弟会，在小方桌上放了饮料、薯片、妙脆角，就拜把子成了兄弟姐妹。

　　而在这众多小疯子里面便有紫芳。大多数小孩儿从小生长在静水苑，而紫芳家是半路搬来的。紫芳妈妈甚是年轻，看上去也就二十七八岁，眼波里藏着万种风情，说起话来轻柔魅惑，就像小猫呢喃，听了会起一身的鸡皮疙瘩。晚上时，她穿着运动背心在小区里散步，在民风淳朴的静水苑成了一大奇观。

　　每至月末，当夜色四合、群星暗淡时，有辆豪车悄然驶进静水苑，停在紫芳家楼下，紫芳妈妈拎起香奈儿的皮包，戴上耀眼的卡地亚戒指，眉开眼笑地钻进了车里。一两天后的夜里，豪车又趁着夜色悄悄将紫芳妈妈送回楼下。

　　到了晚上 11 点多，街道上空旷沉寂，小区里只剩寥寥灯火，偶尔传来犬吠。盼晞着实贪玩，玩捉迷藏到了这个点儿，才开始朝家走。依旧是那辆豪车，沐浴在灰白的月光中，江盼晞滑着滑板从旁边经过。一盏昏黄的街灯洒进车窗，后车座上，紫芳妈妈头发飘散，衣衫凌乱，被一个男人揉在怀里。盼晞愣了愣，瞪着天真的大眼睛瞧了瞧那个秃顶老男人，他起码有五十多岁，脸上的褶皱里包藏着尘土，贪婪的目光就像暗夜里的饿狼，嘴角的笑容用"猥琐"来描述最妥当。

　　彼时的盼晞一头雾水，只觉得那老男人表情丑陋，她寻思着紫芳妈妈应该提升一下审美水准。很快，盼晞就忘却了这个奇奇怪怪的插曲。不愿回家的小伙伴们坐在树荫下的石礅上闲聊，男孩暗恋那个借他抄作业的女孩，他说未见过如此善良的人；女孩想嫁奶茶店里熬珍珠的帅小伙儿，他熬出的珍珠香甜软糯。只有江盼晞豪情万丈地说她喜欢诸葛亮，伙伴们听了哈哈大笑，说讨论的是今人而非古人。"今人？"江盼晞思索了好一会儿说，"那我就喜欢扮演诸葛亮的演员好了。"

江盼晞小学四年级的时候，紫芳搬到了市中心住。她临走前请静水苑的伙伴们去高档酒店吃自助餐。酒店环境豪华雅致，头顶是金色的吊灯，透过宽敞明亮的落地窗可观赏城市夜景。小朋友们一边啃着大龙虾，嚼着刺身，一边高唱："说再见，再见不会太遥远。"

乔迁不久后，紫芳曾请伙伴们到新家打游戏。据说那是套一百多平方米、装修奢华的复式。那时江盼晞正焦头烂额地参加小升初考试，没能抽出时间去，自此便再没与紫芳见过面。

48

"我说高才生，你可还认识我？"

周末，江盼晞在浮靡 bar 前的大街上再度遇见了皮衣女子，只是此时灼日在上，皮衣女子已换了一身黑色低领吊带短裙。当下最潮流的穿搭莫过于衣不蔽体，江盼晞努力让目光飘向远方，以防瞧见她灼目的事业线。

江盼晞点点头，道了句："好久不见啊，紫芳。"

随着那个名字的道出，皮衣女子身体微颤了一下，咧嘴笑出声来："不胜荣幸，你还认我。上次见面你那清冷的目光，吓得我都不敢自报家门。"从最开始，女子恭维的话里就透着讥讽。

江盼晞满不在乎地笑了笑："毕业这么多年了，哪天有空可以聚……"话尚未说完，便被紫芳打断。她笑着说："我现在就有空。"

紫芳指了指马路对面的浮靡 bar。江盼晞很快便摇了摇头。紫芳嗤笑了一声："听您的，高才生。未满十八岁不进夜店就是了。"

两人走进一家名叫"流年"的静吧，江盼晞觉得此名甚好，怀旧而应景。酒吧是工业风的装潢，墙上挂着老钟表和一台老式自行车，暖黄的灯光投下来，仿佛一梦回到许多年前。

身着西装的服务生递来酒水单，紫芳无须翻页，轻车熟路地点了杯血腥玛丽鸡尾酒。江盼晞说自己不擅喝酒，仔细翻看了几页，选择了长岛冰茶。谁知对面的紫芳笑出了声来："高才生，你还真是缺乏常识。长岛冰茶可不是什么茶，那是高达四十度的鸡尾酒。"

"啊，那不是快顶上二锅头了。"江盼晞最后换成了一杯西瓜汁。紫芳仍在不厌其烦地恭维："高才生果然不一样。"

江盼晞想拍案而起，劝她适可而止吧。我才不是什么高才生，在星辰六中我也是抬不起头的失败者。可江盼晞终究是忍住了，毕竟她此行的目的是叙旧而非争吵。

"你变了不少。"江盼晞说。

紫芳一侧的嘴角微微上扬："你也是。"

"放心，我找你不是因为柯胤，他还不配。"紫芳摇晃着酒杯，目光迷离，声音有些沙哑，"我只是想叙叙旧而已。前几天，我晚上做了个梦，梦见自己一头白发在静水苑里玩滑板，周围的小孩儿全是陌生的面孔，他们瞪着天真的大眼睛问我，老奶奶是不是迷路了？我从梦中惊醒，半晌无法入眠。一早起床，我就听到了一个坏消息。二逗出了车祸。"

江盼晞蓦然怔在了原地，脑海里浮现出卢二逗的模样。二逗是个高挑的女孩，就像托塔天王的铁塔，像定海神针，只要站在那里，静水苑的伙伴们就不担心天会塌下来。

　　当年那群一起拜过把子的兄弟姐妹都陆陆续续搬离了静水苑，最后只剩下了二逗。二逗家穷得叮当响，六年级时，爸爸积劳成疾，一病不起。二逗和妈妈、弟弟一直住在那个日渐破落的院子。

　　紫芳说，二逗没上完高一就辍学了，跟着亲戚跑去广东那边打工，因为她爸爸生前的愿望就是下海经商，发家致富。她在异乡漂泊了一年多，羁旅的孤寂渐渐上涌，故乡的破旧院落时刻牵动着她的心。春运时，她在拥挤的售票大厅里等了一宿，也没抢到回家的站票。后来，她搭了辆大巴，中途几度辗转，却在路上遇到了意外，再也没能回来。

　　紫芳无奈地笑着，声音有点儿哽咽："你大概听说过，我和二逗初中同校。那时我刚到陌生的环境里，身边只有她一个熟人。我常被高年级学生欺负，跑去向二逗诉苦。二逗话不多说，拎起板凳就去替我出气，把那男生吓得小脸煞白，连声讨饶。过后，我想请二逗吃饭，二逗拍了拍我的肩，说咱都是拜把子的亲姐妹，还客气啥。是啊，我差点儿忘了这门子事。江盼晞，你是不是早就忘了，当初似乎是你嚷嚷着要拜把子。"

　　墙上的闹钟滴答滴答转得缓慢，她们相对而坐，每一秒却都是恒久的沉默。江盼晞想起搬家后的每年寒暑假，二逗会在 QQ 上给她发消息：“有空回静水苑，朋友们一起聚聚吧。”可江盼晞总在忙，一耽搁就是好多年。

紫芳打开手机蓝牙点了首歌，酒吧里缓缓响起了 *Seasons in the Sun*，江盼晞曾经以为这是首欢快的歌，直到离别的时候，朋友故作淡定地哼着其中的旋律：

Goodbye to you my trusted friend

We've known each other since we were nine or ten

Together we've climbed hills and trees

…………

（摘自歌曲 *Seasons in the Sun*）

这原来是告别的序曲。

隔壁桌一个灰 T 恤粗项链的社会哥请她们玩酒桌游戏。江盼晞看着他手里的骰子和威士忌，摇了摇头，说自己不会玩。紫芳冲他挑了挑眉毛：“来啊。”

紫芳是高手，每次掷骰子的点数都要大上一些。那青年很快醉得一塌糊涂，脸红成了新疆大枣。他在被同伴拉走之前，用粗重的气泡音冲紫芳讲：“美女，你有两下子啊。”

紫芳转脸对江盼晞唾弃道：“真是个穷鬼，有脸拿最廉价的威士忌找我拼酒。”

紫芳终究喝了几杯，没过多久酒意上涌，言语越发莽撞：“江盼晞，我不会忘记上次见面时你那嫌弃的目光。以为自己了不起吗？"

"我没有。"

"你上你的星辰六中，我上我的社会大学，我不崇拜你，混社会不定谁咋的。念在小时候我们朋友一场，我提醒你一句。柯胤近些天对你的死缠烂打都是虚情假意，你上次伤了他的自尊，他想蓄意引诱你堕落。"紫芳呸了一声，"柯胤真是个骗子，什么房地产公司老板的儿子，他爸去年就犯事入狱了，家道中落还在我面前装大款，险些就被他给骗了。还好我消息灵通，及早踢开了他。"

江盼晞问她怎么知道的。紫芳神秘一笑："他爸和我干爹是狱友。我干爹，你大概见过，记得小时候那个常停我家楼下的豪车吧。"

江盼晞的思绪被拉扯到很远很远，缥缈的蜃景渐渐消散，一切都变得冰冷而残酷。

原来那就是她童年的乌托邦。

49

下学期第一次月考，盼晞考得很差，一下退步了十多名。老魏说成绩单上就快找不到她的名字了，不过找还是能找到的，只不过退到了第二页。老魏是在自习课上当着全班同学面讲的，盼晞觉得很羞耻。她希望所有同学都戴着耳塞沉浸于作业中，不去在意是谁退步挨吵失了体面。

她说不清楚，这些天来自己的思绪究竟飘往了何方。她依旧是与习题朝夕相对，也曾为此无数次放弃了午休与晚饭，可坐在桌前的始终是那个浑浑噩噩心不在焉的自己，是那个孤独到想要找话说、找归属感、找意义的游魂。

爸妈见她的成绩忽然跳水，焦灼地直跳脚。盼晞刚一回家，他们就把盼晞揪到沙发边上坐下，又各自搬了个板凳坐在她面前。妈妈像个审讯官，她的问题如连珠炮一样不断抛出，盼晞觉得自己该伸出双手乞求戴个镣铐，这样家里更像个审讯室。盼晞说："我就是最近状态不好。"爸妈问她："莫非又是初二那年的症状？"盼晞摇了摇头："精神上有些迷茫而已，谁还没有迷茫的时候。爸妈别在意，我很快就调整过来了。"

"能不在意吗?"妈妈气得直冒火，"我们就不该给你提那个什么康乐，一提她你就精神恍惚，我告诉你，你想都不用想，我们绝对不允许你像她那样辍学。"

盼晞表示自己真没这么想，这事儿和康乐倒没什么直接联系。

在学校，盼晞被各科老师轮流约谈。

回班时，班级后墙已经贴上了退步黑名单。名单前围着看热闹的人。他们是纯粹的旁观者，因为黑名单上压根儿没他们的名字，所以才毫无心理负担地谈论着别人的进退。

像江盼晞这种榜上有名的人早就灰溜溜地走开了。

江盼晞迈着大步往座位上走，脸上火烧一般。她垂着目光，只定格于脚下的方寸之地，心情仿佛一个被通缉的逃犯。

她闻到了薄荷的清爽气息，余光瞥见了那件熟悉的蓝外套。萧和尘与她擦肩而过。她没有抬头，只是加快了脚步。她知道，试卷和题目一直在变，萧和尘的名次却不会改变。

月考后，照旧换座位。盼晞知道，无论同桌是谁，都不会是萧和尘。她按着墙上座位表的指引，把桌凳推到固定的位置。课间还有地理老师的约谈，等她从办公室回来时，已是暮色昏沉。

班里同学坐得齐整，离晚自习开始还有十来分钟时间。

盼晞坐回陌生的男同桌旁边，从包里掏出课本，对照着订正试卷，老师说第五道大题的答案在课本的第七十二页。

"你还辅导我学地理吧。"

熟悉的调侃声响起，盼晞霍然抬起头来。她看到了萧和尘。

萧和尘坐在她前桌的位置上。他把胳膊支在她的桌面上，一手托着腮帮，嘴角流露出淡淡的笑意来。盼晞下意识地移了移胳膊，挡住了地理卷子上的分数。

"你坐这里？"盼晞问他，"座位表不是这样安排的。"

"从小就被安排的小孩儿，难道不能自己做主一回？"萧和尘耸了耸肩膀，"很显然，我跟另一个同学换了位置。"

"被老魏发现了怎么办？"盼晞不无担忧地问。

"那太好了，求之不得。"萧和尘竟鼓起掌来，"我想要的就是向老魏申辩的契机。人最怕连辩驳的机会都没有，就被轻易安排了。"

萧和尘的嘴角流露出讳莫如深的笑容："有句老话不知你听过没，会闹的小孩儿有糖吃。"

盼晞哑然失笑，可是她没勇气也没资格。

"那你为何偏要坐在这里？"盼晞想了想又补充道，"坐在我前面。"

萧和尘大笑了起来，过了一会儿才平息下来，一脸神秘地对她讲："你会知道原因的。"

自从失恋以后，段辞笑得少了，下了课也不再找朋友插科打诨。以前萧和尘嫌弃段辞过分活跃，叽叽喳喳个不停，有那闲侃的时间，不如坐在位子上多写几道题。可如今耳根忽然清净了，萧和尘倒有些不适应。百无聊赖之下，他调换了角色，主动去找段辞说话。

"多大点事儿啊，不就失个恋嘛。"萧和尘劝段辞振作点。

段辞也不看他，只是摇了摇头："你不懂。"

"我怎么不懂啊。"萧和尘不忿，心道不就是伤了自尊，他慷慨激昂地给段辞讲起大道理来，"既然被人轻视了，那就知耻而后勇，发愤图强，待到成就了一番事业，那些曾经瞧不上自己的人自会主动上门赔礼道歉，点头哈腰。此刻自己再挥手一笑：'我大人有大量，不计前嫌。'顺便在那人面前泼上一盆水，意为覆水难收。这种逆天改命的故事情节着实激动人心，荡气回肠。"萧和尘越讲越觉有滋味，以致神采奕奕，眉飞色舞。

"哥，别自我沉醉了。没你想的那么简单。"段辞终于听不下去了，伸手拍了下桌子，示意这位大演讲家停下来。

萧和尘蹙了蹙眉头："你到底怎么了？我知道失恋使人忧伤。伤个几天，够那意思就行了，至于一直这么消沉吗？非要当个武侠小说里的痴情种，憋出内伤，吐口黑血，才算爱过？不至于吧。"

"我就是有点儿怀疑人生。"段辞说。

"迷茫的年轻人？"

"是啊。"段辞叹了口气，"我曾经编织了那么多美好心愿，可强大的理性告诉我：'段辞你忍一忍，只有懂得压抑与延迟，才会有更美满的未来。'浪漫的幻想要等到以后再一一实现，可我等到了分道扬镳，等到了悔不当初。你说我是不是很可笑？"段辞气愤地拍了下桌子，"他妈的，'等待'这个词说白了就是圈套。"

"这只是个意外。"萧和尘说。

"解释不了，就说成意外，这样敷衍很没意思。"段辞望着萧和尘突然笑了，"你说我们活得为何都这样被动。尘哥，曾经我蛮佩服你的。因为你身上有股叛逆的劲儿，你不喜欢被别人操控。可你又何尝没给自己套上枷锁。尘哥你不用反驳我，你要是想狡辩总能说出一段长篇大论来，你问问自己即可。"

每至课间，萧和尘都转过脸来找盼晞说话，尽管讨论的内容只限于学习。萧和尘依然很乐意为她讲数学题，盼晞则常给他买汽水作为感谢。

萧和尘在风口浪尖上偷换了座位，不出几天就被老魏请进了办公室。盼晞替他捏把汗，谁知萧和尘回来时依旧云淡风轻，盼晞问他老魏说了些什么，萧和尘笑了笑："还能说什么？让我按座位表上坐，从哪儿来回哪儿去。我告诉他没必要，坐哪里都不会影响我的成绩。"

"老魏这就同意了？"盼晞狐疑地望着他。

"不然呢？这种无聊的事情有何锱铢必较的。"萧和尘说。

果真如萧和尘所说的那样，后来的几次换位置，萧和尘依旧坐在了盼晞前桌，老魏只是偶尔在他们聊得热火朝天时瞪上一眼，其余的话并未多说。盼晞隐约觉得萧和尘与老魏之间达成了某种协定，至于这种协定为何，盼晞不想多猜。

心似平原走马易放难收，想调整好状态于盼晞而言并非易事。心绪上略微的彷徨迷惑一经考试的放大镜，便成了场滑铁卢。期中考试的成绩仍旧不理想，盼晞也已习惯了挨吵、约谈、出丑，习惯了30多名的名次。

直到那天，萧和尘忽然转过头对她说："你最近是学习状态不好吗？"

盼晞微微愣住，被她丢弃已久的自尊心开始隐隐作祟。"心情有点儿焦躁罢了。"盼晞语气淡淡地说，尽力表现得漫不经心。

萧和尘说："那没关系，你按我之前说的那样，静坐下来，认真感受自己的呼吸，等到心神宁静时再去学习。"

说得倒轻松，对于一个焦躁的人来讲，想做到"静坐"这一条便已经是天方夜谭，她会忍不住地抖腿搓手，用指甲划掌心。

萧和尘依旧说着没用的道理："焦灼又解决不了问题，按部就班做好眼前的事便好了。"

"我尽量。"盼晞笑了笑。她倒也想，可焦灼到极致便是种空虚的慌乱，只会紧张地盯着眼前一桩桩琐事却没有一丝做下去的欲望，反而调转过头来思索起生命意义这档子无聊的命题。

萧和尘垂头玩弄着手中的笔，右边的眉毛微微扬起："加油，要不要考虑努力一下？我向老魏打保票，我若坐你前面，你的成绩会有大幅提升。你不给我点面子？"

盼晞怔怔地瞧着他，过了良久，噗地笑出声来。"给啊，这面子当然要给。"盼晞笑着讲。她的内心有些感动，她最怕亏欠别人什么。

"谢谢。"盼晞郑重其事地讲。

50

　　期末考试结束了，盼晞庆幸自己熬过了格外漫长的高二下学期。放假那天，盼晞问萧和尘是否愿意同她玩一下午。"哦？"萧和尘放下手中的历史书，他撇着嘴，耸着肩，故作嫌弃地点点头，"好吧。"

　　盼晞还是很乐意欣赏他故作矜持的样子。

　　就在几天前出了期末成绩，盼晞终于恢复到原先的水准，考了班级十多名。萧和尘送了她一本《5年高考3年模拟》表示祝贺，盼晞笑得直不起腰，指着书对他讲："我说哥们儿，这本我有。"

　　"啊，你有啊？"萧和尘一副遗憾的样子，"你的是18版还是17版，给你讲这个可是最新版，不信你翻开瞧瞧。"

　　盼晞翻开第一页，发现上面还有段笔记，盼晞疑惑地看着那几行字：

　　　　不想当什么左右丞相抑或是枢密使、太尉，我就想当个谏议大夫，力谏你考虑我一下。

"考虑什么？"盼晞笑望着他，看着他的脸一点点变红。

他们便是这样走到了一起。她前后犹豫甚至不到一分钟，内心早被莫名的成就感溺亡，并未充分深究何为"喜欢"。或许这并不足以构成一道思考题，在星辰六中没人会不喜欢萧和尘。

七八年后，当盼晞再次提起这段转瞬即逝的初恋时，遗憾之余终归觉得有些幼稚："也许我一直都没有真正地了解过萧和尘。"

彼时，她的听众是许梦如。许梦如已经成了一位旅游专栏作家，在外漂泊多年所积累的人生阅历已不是书斋中的盼晞所能比拟的。

那天晚霞是浪漫的粉色，她们俩对坐在民谣酒吧里，酒吧里挂着红黄交错的灯笼，驻唱弹着吉他唱了首马頔的《时间里的》。

"这也没什么问题。"许梦如说，"爱情本来就是件肤浅的事，别总想得那么深奥。你可以爱他的外表、才华、家境，可千万别打破他的心墙去爱他的灵魂。灵魂这东西太宽广博大了，包罗鲜花与猛兽。如果他真的爱你，他会圈住内心的猛兽。如果爱淡了，你看到的便是另一个他，一个不加掩饰却令人厌恶的他。"

51

　　盼晞想回小时候待过的地方看看。虽然她知道，萧和尘不会理解她的那些情感。但有人陪，至少不会太过孤单。

　　追忆过往就像是行走在悬崖边，纵然有旖旎风光在侧，可稍不留神便会堕入孤独的深渊里。如果生活定然需要一种浓烈的情感来填充，她大可欺骗自己那是对萧和尘的喜爱之情，而非对过往的痴念。

　　盼晞要请萧和尘品尝美食。她一路上极尽夸赞之辞："那家餐厅的草莓冰淇淋松饼十分好吃，新鲜出炉的松饼配上冰淇淋，仿佛冰火两重奏。自从搬家后，我就只能在梦里吃了。哦对了，我记得小时候，我和朋友在餐厅的留言墙上贴了好多便利贴，净是些非主流的话，现在看了估计会起鸡皮疙瘩。"盼晞一想到过往的种种，便会忍不住发笑，可当真的笑出来时，又感到一丝寂寥。

　　"那些便利贴现在会在哪里呢？"盼晞自言自语。

　　她转过脸时，发现萧和尘凝眸陷入了沉思。他随口说道："如果不定时把便利贴清走，恐怕屋子会成废纸堆吧。"

"哦，也是啊。"盼晞心想，我们立下的誓言，从来不该要别人替我们保留。

盼晞依旧有说有笑地给萧和尘讲述着从前的趣事。萧和尘听了会笑得前仰后合："你们那时可真逗。哎，你说我是不是该坐上时光机，穿越回过去，在那时就遇到你。"

"噗！"盼晞笑得前仰后合，"得了吧你，此刻正好。也许在那时相遇，我并不会喜欢你。又或者是，我们成了好兄弟，然后各奔东西，为本就遗憾的荒原里又种上一棵枯草。"

汽车持续的鸣笛声夹杂着交警猝然吹起的口哨，像裂帛一般撕碎空气穿越云雾。盼晞的思绪被拉回到当下，这些曾在她眼中无比宽敞的街道却变得有些逼仄，路上堵满了汽车，缝隙之间还时不时穿插着行人与自行车。

盼晞不得不承认，自她走后，这里越来越像市中心。她心中莫名升起了一丝忐忑感，当她努力拨开路上的人群回到原点时，却发现根本没有什么"不散的筵席"，那个餐厅已然变成了一座影院式SPA养生馆。

盼晞愕然立在原地，脑海里浮现出了一座坍塌的废墟，推土机的轰鸣声在一旁嗡嗡不停，破碎的瓦砾下压着残损的誓言，墨迹在大雨浸泡中失了色。

耳边传来了某人嚣张的笑声："原来你喜欢一边做SPA，一边吃豪华大餐？趣味还挺独特。"

盼晞瞪了萧和尘一眼，甩过去一记降龙十八掌。他轻笑着躲开，她推搡着追他，两人就这样打闹了起来。盼晞咧开嘴，努力让自己笑得足够大声，仿佛真的回到了小时候一样。

最后萧和尘请她吃了火锅。盼晞说："既然你赠予我美食，我只好还给你知识了。走吧，去书店给你买书。"

萧和尘眼前一亮，不禁笑道："果然懂我。"

江盼晞记得，小区旁边的那条街上有家名为"不系之舟"的小众书店。店主姓卞，似乎是位《楚辞》爱好者，门前一条半截的木船上总摆着修剪齐整的兰花盆栽。江盼晞出生时便有这家书店，地方不大，装修古朴，甚至有点儿简陋。历经了风吹雨打，墙上的漆已剥落些许。盼晞小学时常来这家店买书，如今家里奉为瑰宝的线装本《儒林外史》便出自这里。此外还有那本已经化作纸屑、满地飘零的《小王子》。

店主虽然做的是小本生意，倒还挺有性格。无论怎样都不卖教辅、文具与饮品。就算是书籍也都与文史艺术有关，还有些已经绝版的陈年旧书。当年，有位学生家长瞧这店主寒碜的样子，不禁心生怜悯，好言劝他卖些教辅。谁知店主听了后竟吹胡子瞪眼："想给儿子买教辅吗？我这儿没有，你出门左拐两条街，遍地都是卖的。"家长气得大骂："书斋里囚禁的疯子。"

不过那时的店主还有些许知音。比方说书架旁常有青年席地而坐，他们捧着书似乎一坐便是一下午。就算不懂事的小孩闯进书店尖叫一嗓子，依旧扰乱不了他们读书的节奏。

店主虽不是出色的商贩，却称得上雅致的读书人，进门处一块粗糙的小黑板上写着每周的读书交流时间。店主常与客人分享读书心得，涉及中西方思想、人生体悟。就算有时桌边只剩寥寥几人，他依旧讲得热情洋溢。

那时盼晞从不怀疑，以店主的赤诚热情会将书店开到地老天荒。

转过下个街角，路上行人渐渐多了起来，愈往前走愈是寸步难行。众人熙熙攘攘，你推我搡。太阳烧灼，酷暑难耐，她看到行人湿成了地图模样的汗衫，还有那被汗水黏成缕的头发。周遭出现了聒噪的争吵声，原来是一位女士打太阳伞时不小心蹭到了另一位男士高举的单反相机。

盼晞困惑，这样的人潮让她想起了十一黄金周的旅游景点。当她仰起头，顺着单反相机镜头的方向看去时，不禁怔住。她看到了一个形似木船的二层建筑，雕梁画栋，窗明几净。透过二楼的落地窗，可窥见里面一排排雄伟壮观的书架。更为壮观的是书架间挤满的游人，像一团团浓密压抑的乌云。

"木船"上挂了块牌匾——"不系之舟"，江盼晞的瞳孔骤然放大。

"不系之舟？"萧和尘忽然想到，"这不是最近很火的网红打卡地吗？"

"网……网红？"

"我看朋友圈里许多人都来这儿留影。"萧和尘说，"只是听说人满为患，进店还需要预约，若想找个座位喝杯咖啡、吃份蛋糕就更要看运气了。"

"哦……"江盼晞心不在焉地说，"那这算是个书店还是咖啡馆呢？"

萧和尘怔了怔，瞧了她一眼，不禁笑道："大概是咖啡……"他的话语被周遭的喧闹声淹没。

他们在网上预约了时间，等待了半个小时左右，终于有机会排队进场。

盘旋而上的木楼梯、木质的书柜桌凳，桌上横陈古琴与紫砂壶，青烟袅袅。图书专柜与文创产品分庭抗礼。

书店之拥挤比街上更胜几分，他们只能龟速挪动。萧和尘在历史书旁驻足，翻看了几本后，面露喜色。他说这里的书籍很有品位，虽说雅俗共赏却又不失专业性。

盼晞的目光集中于图书豪华的装帧，那就像件收藏的工艺品，只看封面便已赏心悦目。至于是束之高阁小心收藏，还是拆开来细细研读，这倒成了件令人纠结的事。

身后忽然有人道："二位请让让吧。"

说话的是位肩扛单反的摄影师，他要给旁边一位女生照相。女生看样子也就二十多岁，穿着短裙，修长的腿暴露在空气中。她耸起一侧的肩膀，做出媚眼如丝的摄魂表情。盼晞看到了她随手拿来摆拍的书《娱乐至死》，随后又走来一个穿着白衬衫的帅气男生，他推了推眼镜，一本正经地把书摊开在面前。女生一手搭他肩上，一手翘指去翻书页。

摄影师倒数三二一，男生女生一同笑着喊："颜如玉！"然后嘟出了个章鱼嘴。

江盼晞笑得打了个趔趄，险些以头抢地。"你说我是不是也该拿个照相机？"盼晞说。

萧和尘知道她在反讽，只是笑了笑，伸手拍拍她的肩表示安慰。

身后又传来了一声："颜如玉！"

盼晞和萧和尘顾不上说话，立马加快脚步，匆匆逃离，却又闯入了另一个摆拍现场。

盼晞屈肘倚靠在楼梯的檀木扶手上，就像历经了一场漫长的逃亡，蓦然回首时，知识圣殿竟然歪歪扭扭，一副直不起来的样子。

她和萧和尘相视苦笑。盼晞笑着笑着，脑海里又浮现出了刚才的摆拍现场。她蹙了蹙眉头："书店是比从前多了，可我们的知识怎么一点儿也没多？真是个奇怪的悖论。"

"别总想这么深沉的问题。"萧和尘笑着说，"当成个旅游景点算了。瞧见没，古香古色。"

盼晞仔细思索起来，自己又有什么资格探讨这样的问题？妈妈把古今中外的经典小说摞在她的案头，甚至科学地制订好了书单，可她仍然一页也不想翻看，反倒振振有词地与妈妈辩驳起来："读小说又不提升语文成绩，何必呢？与其把时间浪费于此，倒不如多背几个文言文释义，多抄几篇满分作文。"妈妈无奈地摇了摇头，只是反复重申："读书是有用的。"可究竟有何简单粗暴的作用，她一个文学院老师也答不上来。

盼晞便是再肤浅，也知晓看书的好处。可高中的紧张局势不许她厚积薄发，她只能无比悲哀地竭泽而渔。江盼晞禁不住嘲讽自己，表面上一副看不惯的样子，充其量不过是披着读书人外衣的实用主义者罢了。

唯一值得庆幸的是，结账时并不需要排队。盼晞在前台拿到了一纸介绍页："不系之舟书店隶属于上海博涵文化有限公司……"

她在董事中没找到一个姓卞的。

萧和尘双手插兜倚在收银台边，旁观着喧嚣的闹市，忽而长出口气："无可厚非了，除了走红，书店又能有什么生存方式呢？"

盼晞带着萧和尘在街上兜兜转转绕了好几个圈子，她一点点观赏着这些日渐陌生的街景，当年的面包房换作了韩式洗剪吹，大排档改成了一家教育培训机构。当他们渐渐偏离目的地时，萧和尘忽然一脸疑惑地瞧着她："你不带我去看看静水苑吗？我一直好奇那里景色有多美，能让你至今念念不忘。"

盼晞听完顿了顿脚步："现在回去可没什么美感。"

"那要等到什么时节？你是想看三秋桂子还是十里荷花？"萧和尘问。

盼晞听完，扑哧笑了："还是别等了。"

"为什么？"

"因为……怎么说呢？"盼晞踌躇着踹飞了一颗石子，"从我和朋友长大那一刻起，它就成了一座空城。除了灰色破旧的楼房和一大摞破碎的回忆，应该不剩什么了。"

萧和尘转过脸来冲她微微一笑："那我朝谁抱怨呢。你至少有过这么一座城，我连有都没有。"

盼晞笑了笑，如果不曾了解自由，套着枷锁的人也许不会伤心。静水苑从故乡变成幻想，在心里反复煎熬，烧得滚烫，若烫出一个戒疤，是否真能四大皆空？她不懂。

萧和尘拍了拍她的肩，安慰说："快乐城会消失，但快乐精神可以永存。"

"好啊，我尽量。"盼晞说。盼晞的脑海里驶过一辆疾驰的汽车，急刹后是一阵刺耳的摩擦声，她看到二逗那张童真的脸一点点消散在风中。

盼晞捶捶脑袋，想摆脱这虚幻的意识，可脑海里又浮现出康乐的样子，她双眸无神地看着自己。盼晞想问她为何不回QQ上的留言，她却茫然地问："你是哪位？"盼晞想开口解释时，紫芳浓妆艳抹的面容忽然惊掠而过，她嘴角挂着嘲讽的笑："你不认识她啊？人家现在可是星辰六中的高才生，咱小区的骄傲呢。"

盼晞转过头来，大声地对萧和尘讲："走！我们去逛商场。"

"你……"萧和尘迟疑地望着她。

"没错，我就是想来这里逛街购物，仅此而已。"江盼晞语气笃定而刻意，仿佛要拼尽全力说服自己。

很快，盼晞便发现那些自我告慰纯属多此一举。她根本没理由不喜欢这里。道两旁是现代化的摩天大楼，在阳光下像一面面长镜耀眼夺目，夹着公文包的白领行色匆匆地没入大楼，在街边停留的是敞篷保时捷。

他们穿过风格复古的酒吧街区，下午时分已亮起霓虹，盼晞能够想象到夜晚灯红酒绿的繁华。街区尽头是座新建的高档商场，自然少不了国内外的名牌，各式网红餐厅、奶茶店。

盼晞在一家甜品店里买了份草莓冰淇淋松饼。她已然忘记了当年松饼的味道，可唇齿却对当前这份格外留恋。她忽然觉得怀旧是件无意义的事情，那些美好的过往都已不甚清晰，她却还当执念守着，也不知一片执着究竟为了谁。

商场新开业了一家网红餐厅，听说是从深圳那边引进的。才下午五点多钟，餐厅前便站满了赶时髦的年轻人。

萧和尘感叹，不知从何时起，餐厅纷纷开进了商圈，又迅速打入互联网。

"是啊，才四五年，世界就变了模样。"盼晞细数起幼时常去的街边老店，当年生意红火，口碑相传，如今竟尽数消散，难觅影踪。一时间，有种多少楼台烟雨中的隔世感。

52

　　商场一楼的角落，在举办小型拍卖会。拍卖台是临时改装的，下面摆了几排塑料椅，竞拍人坐得稀稀落落。看热闹的过客倒是围了一圈。盼晞与萧和尘经过时，正在拍卖一件小幅的风景油画，起价一千元人民币，经两次竞价后，被人以一千二百元买下。

　　"下面要拍卖的是几幅水墨画。"主持人说，"这位画家前些天决定封笔，退出画坛。在座的老板们可以趁价格尚低时入手收藏。"

　　画上的红布被依次揭开，萧和尘的目光瞬间变得凝固。

　　主持人用富有感染力的声音介绍着："第一幅画名为《喜乐盛宴》，图中画的是除夕之夜，家人们欢聚一堂吃团圆饭的场景。父慈子孝，兄友弟恭，热闹非凡。挂在家中，寓意着团团圆圆，阖家欢乐……"

　　主持人的声音像电波一样在耳边刺啦流动，然后渐渐飘远，不甚清晰。太多的不可思议，太多的突如其来，席卷萧和尘的心头，他想愤怒地回"怼"主持人："别胡扯。"可当他张口时，主持人也恰巧在说话："这幅长卷设色画的起拍价为四百元。"

萧和尘疯狂地上下翻着口袋，只拿出了二百多块钱。"能不能……"汗水从萧和尘额头冒出，他求救地望着盼晞，"我不能看我爸这样糟践他的作品。"

"我知道。"盼晞把口袋里的二百多块钱全塞给了他。

"谢谢，明天还你。"萧和尘没走入口，直接翻身跳进场内，强行加入了拍卖行列。竞价被叫到了四百五十元便开始徘徊不前。他听到场下的人谈笑风生，说这装画的画框倒还不错。萧和尘气愤不已，撤去画框，这卖价竟然低得像个印刷品。

萧和尘数清了手中的钱，喊出了"四百八十二元"，这一喊嗓子都随着嘶哑。空气滞钝安静，他听到主持人说："四百八十二元一次，四百八十二元两次。"那一字一句缓慢得像隔了一个世纪之久，他望眼欲穿等待着那一刻来临的救赎，对名画与艺术的救赎，他慷慨激昂，觉得自己高尚得像站在云霄。

"五百元。"

萧和尘回过头来，看到一个中年人举起了号码牌。

中年人拍下了这幅画，笑着对身旁的夫人说："多喜庆的一幅画啊，回去就挂董事长办公室吧，老头子天天想着阖家欢乐呢。"

他夫人蹙着眉头讲："会不会有些廉价？"

"反正就闹着玩的，挂个三五天就换新的了。"中年人讲。

随后又廉价拍出了五六幅画，有《月迷津渡》，有《孤村》。

萧和尘惨笑一声，对盼晞讲："我怎么有种被抄家的感觉。"

分开后，萧和尘没有直接回家，拐弯去了万象城附近的写字楼，第19层是家私人美术馆，萧父的一个朋友是这里的老板，专门划出一块地方作为艺术家创作基地。平时萧和尘的父亲若不外出写生，会一整天待在这里创作。

果然不出萧和尘所料，父亲办公室门口的兰花盆栽已不知所终，原先明净的环境里，如今堆满了废旧的桌椅和画架。他透过半敞的门缝望去，办公室已经被搬空了，有两个工人站在梯子上刷漆。

萧和尘想进门问个原委，却在转身时看到了站在走廊尽头的爸爸，他正对着手机讲话："是的，我已经决定了，把所有画都卖了，贱卖也无所谓。通过艺术创作赚钱？我早该绝了这门子心思了。敝帚自珍是大可不必的，我等了十多年也没等来什么识货的，如此看来，应是货本身的问题。复出是不可能的，说封笔就封得彻底，对于艺术的热情一旦燃起来，就像打开了潘多拉的魔盒，再想合上又要花费多年。我已经迷狂地度过了青壮年岁月，该做回个正常的中年人了。"

他抬头时看见了儿子，惊讶中又感到喜悦："怎么来找爸爸了？"

"爸，我下午在商场看见了你的作品。"萧和尘说，"它们被贴上了低的标价，被一群不懂的人指指点点。我挺后悔的，我带的钱不够，没能帮你买回来。"

笑容僵在了萧父的脸上，萧父伸手拍了拍萧和尘的肩膀："是我同意卖的。"

"我知道。"萧和尘说，"但他们根本就不懂画中的含义。他们以为《喜乐盛宴》是真的阖家欢乐。"

萧父笑了笑："这又有何不能接受。只要买家付了钱，我一个创作者便无权去置喙什么，说到底我也不过是个卖菜的摊贩而已。况且，并不是所有收藏家都要懂自己收藏的名画。艺术对有钱人就是附庸风雅、标榜地位的工具而已，理解与不理解又有什么关系。"

萧和尘愣在原地，半天没回过神来。"所以爸你真的不画了？"萧和尘问他，"还没成大师就半途而废？你不是说要当一个可以写入史册的画家？"

萧父笑得很大声，笑着笑着又显得有些凄哀苍凉："谁年少时还不是个理想主义者？可人到了中年总归会明白，梦想在琐碎的生活面前一点儿也不值钱。以后我准备改行做艺术品生意，还跟艺术有点儿关系，算是狗尾续貂吧。"

萧和尘觉得身上有些发冷，握拳捶在了墙壁上："是爷爷给你安排的，还是你和妈妈吵架后妥协的结果？"

"不。"萧父摇了摇头，"是我自己决定的。我才发现这些年来，我所谓的坚守自我，说到底都是在给家里人添加负担。但和尘希望你能理解，这本来不是爸爸的初心，爸爸其实也想让儿子感到骄傲，也想你在提起爸爸时能自信地说'我爸是个国画大师'，只是这条路爸爸没有走成功……"

　　"爸，不用解释了。"萧和尘说，"如果我真的质疑、讨厌过你，那也是在我小时候还不懂事的年纪。但自从我走上你的老路，我才知道这个世界想不受牵绊去做自己有多难。所以我一直把你当作我的先行者、拓荒者，仿佛我跟着你往前走，我们父子俩就真的能在家族里闯出一条独一无二的路。当你说你要封笔时，我无比坚定的内心忽然有一丝动摇，爸，你说我是不是也早该选个理科，将来回家族企业工作？我折腾许久，绕了一大圈，最后是不是还要回到原点，又或者说我再多的离经叛道都不过是原地打转，最终也难逃他们的手掌心？爸，你怎么不早告诉我？为什么不早告诉我啊。"萧和尘苦笑着低下头，看着自己孤单的影子，心中飘出一句"形影相吊"。

　　萧父摇了摇头，面容复杂地看着萧和尘，伸手拍了拍他的肩膀说："家里有一个人去做自己便已经足够了，况且和尘你比爸爸更有天赋去追寻自己的梦想。你妈妈之前的担心是有道理的，她怕你会成为一个被现实击垮的理想主义者，怕你养不起自己的梦想最后也像爸爸这样陷入对自己无尽的怀疑中。但现在没关系了。从今往后，爸爸会回归家族的生意，生活的事情我来考虑，你可以尽情地去做你自己想做的事情。"

萧和尘并未在认真听爸爸讲话，只是低头玩弄着自己的指节，最终心不在焉地讲了句："别说了爸，让我静静吧。有些事也许我该重新思考了。"

"有爸爸在，和尘你不用想太多。"萧父说，"以后你再也不是孤军奋斗了。爸爸会为你赚很多很多钱。"

"爸——"萧和尘惨然笑了笑，"没想到，最终还是剩下了儿子一个人，我真的不知道自己还能坚持着走多远。"

萧父沉默了，父子俩相顾无言。萧和尘转过身背对着爸爸，长叹了一口气："不管怎样，儿子都会尊重爸爸的选择，就像您当初不顾一切支持我那样。"萧和尘说到最后，嗓子有些喑哑："爸，早点回家。"

萧和尘走后，电话那边又响起了气恼的声音："萧师兄，你真觉得这样就能当个好父亲吗？你儿子可是把你当作偶像和榜样。你自己先精神坍塌了……"

萧父目送着儿子的背影，眼睛变得有些湿润，直到儿子走上了电梯，才转身对着电话讲："老庞，你能务实点儿吗？你都多大的人了，怎么和小孩子一样来质疑我？时代早变了，不是享受着精神盛宴就能一往无前的时候了，到社会上迟早会被现实压垮。现在的年轻人比咱那时候难多了，找工作难，竞争压力大，干得不好就立刻拎包走人，后面等着就职的人排成长龙。你知道小范吗？反正就是我的一个画家朋友，他儿子也是名校毕业，费了好大劲儿才在上海找了份工作，一周上六天班，每晚都得加班到九点。他跟人合租在地下室里，二十年的工资算下来也买不了上海郊区的一套房。这压力可比咱那时大了好多倍。和尘只是高中生，他不懂，他天真地以为只要高考结束了，就解放了，再不会有焦虑压抑的生活，他懂事得令人心疼，我真的不忍心看他失望。"

53

　　暑假过了大半，盼晞一如既往地早起去上地理课外班，不承想这天却吃了个闭门羹。机构光秃秃的门上挂了把坚强的大锁，任盼晞一通推搡大喊，愣是没人回应，反而搅扰了居民楼里的住户。她觍着脸向隔壁小姑娘借了个电话打到家里，盼晞妈妈这才看到群里的通知。

　　"给各位家长、同学添麻烦了，因遇到特殊紧急情况，我们不得不暂停当前所有的课程。我们正在努力联系租赁下一个上课地点，准备就绪后会即刻通知大家，如果有想退学费的家长可以联系时老师。再次道一声抱歉，给家长同学们添麻烦了。"

　　当时的盼晞只是抱怨老妈没看清消息，让自己白跑一趟，浪费了宝贵的晨读时间，至于课外班为何要紧急转移，盼晞倒从未深究过。直到高三开学换了班主任，班里同学一时间议论纷纷，盼晞才渐渐弄清了前因后果。

　　萧和尘说："学校附近这一栋栋居民楼里藏的全是课外

班，大多是咱星辰六中的老师在带课。咱也都愿意跟着上课，毕竟自己学校的名师有保障啊，精准把握学校考试动向，无障碍对接。但这在一定程度上也抢了那些专业培训机构的生意。有家机构叫吴果数学，不知道你们听说过没？"

"这谁能没听说过？"段辞说，"天天在咱学校门口摆摊位，挂个巨大横幅标语，'吴果数学，开花结果'，不知道的还以为是卖水果的呢。"

"我记得还发过传单。"盼晞说。

"没错没错，我也记得。"段辞说，"什么吴果老师所带学生在2016年高考中取得了优异成绩。李同学被清华大学录取，韩同学被北京大学录取，王同学被上海交通大学录取，杨同学被浙江大学录取……诸如此类的，名字也未写全，不知道是为了保护隐私还是什么别的。还有，他教的是文科数学，可咱省文科生哪儿来的那么多上清华大学的，这一共才投放了几个名额，敢情都在他那里上过课？数据伪造得似乎有点儿离谱。"

"扯远了扯远了。"萧和尘说，"暂且不论吴果数学有没有伪造数据。这次确实是吴果去教育局告了状，抖漏了学校老师的上课地点和信息。据说暑假的某一周里，教育局把附近的课外班全都扫荡了，有的老师恰巧在上课，被抓了个正着，其中便有老魏。"

"啊！"盼晞满脸的震惊。

段辞也在一旁点了点头："这事儿似乎闹得挺大，不少家长都听说了，比方我妈，她说老魏之前就被查过一回。"

"什么时候？"盼晞问。

"他之前在九十几中带竞赛班。"于昊从作业堆里抬起头来应了一句。盼晞等几个人这才发现讨论的声音把于昊都给惊动了。于昊继续讲道："他当时在外面机构带课外班过多，难以平衡，影响到了本职工作，被学校警告了。后来借助一个学生家长的关系调到了星辰六中工作。这是我妈听说的。"

"所以老魏现在是辞职了？回家专心开课外班？那岂不是赚得盆满钵满啊！"段辞刚问完，发现盼晞和萧和尘都在朝他使眼色。段辞不明所以地转过头来，却看见了现任班主任陆泓。

陆泓笑容温和地冲段辞摇了摇头："君子不在背后论别人的长短。段辞啊，先想一想怎么在最后一年把成绩提上去，以免来年再受复读之苦。"

陆泓去山区支教了半年，回来后就遇到了这样的突发情况，于是临时救场，接替了老魏班主任的位置。陆泓说他是第一次当班主任，希望大家多多包涵，哪里做得不到位了，大家要及时指正。盼晞自是激动不已，还隐隐想掉泪。

"世间何水独流清，唯有箕山此一泓。"

54

"于昊疯了！于昊疯了！"段辞大喊着跑回了教室。正在写作业的盼晞和萧和尘同时搁下笔来，面面相觑。

那是 2018 年 1 月 14 日，全市第一次质量检测考试刚刚结束没几天，市里面下了第一场大雪，银针一般纷纷落下，一夜之间树上、车上、道路上全堆满了雪。到了第二天清晨，马路成了冰川，汽车已无法正常行驶，路上全是铲冰撒盐的工人。融雪时格外冰冷，盼晞穿着厚重的黑衣，虽然有帽子的羽绒围住她冻红的脸蛋，可随便吹来一股西北风还是能让她冷到面部僵硬。

这场大雪来得很及时，驱散了让人三米以外辨不清男女的雾霾。前几天雾霾压城的庞大阵势惊动了教育局，教育局特此发布了中小学生停课通知。而星辰六中一直秉持着"对学生高度负责的独立之精神"，对于这些停课以及禁止补课的通知向来是视而不见。段辞借来一张电话卡，义愤填膺地跑到楼下的电话亭，准备给教育局打电话投诉。一群男生跑去围观看热闹，殊不知段辞刚打通说了句："你好，教育局吗？我是星辰六中的学生。"就随即认怂挂掉了电话。

伴随鹅毛大雪而来的是另一个喜人的消息，今年要补课到大年二十七，寒假满打满算才八天。

"还放什么假，咱不如待在教室里一边周练一边看春晚算了。"段辞耸耸肩，又抄起电话卡奔向了电话亭。三寸厚雪险些封了门，段辞裹紧围巾，把手藏进兜里，在雪中没走多久，竟看见一个身穿毛衣的人箕踞在白茫茫的雪地里，棉袄被他丢在一旁。段辞好奇，深一脚浅一脚地踩着积雪走了过去，待到那身影一点点清晰，段辞不禁愣在原地，那人居然是于昊。

于昊上翻眼睛看着自己额前成绺的头发，用冻红的五指在雪地里来回穿插。

"于昊你疯了？不冷吗你？"段辞从雪地里拾起破旧的棉袄，想搭在于昊身上。

"要你管！"于昊叫嚷一声，抬手便甩开了棉袄，他又顺势向后一倾，像个无赖一样四仰八叉地躺在地上，雪被碾成冰，又化作水，一点点渗透他的毛衣。他拢起一团雪，按扁成冰碴子，拉开自己的衣领倾倒其中。嘶嘶的声音从他喉咙里发出来，他嘴角带着傻笑："好凉快啊。"

段辞怔在原地，浑身颤了一颤，喃喃自语道："疯了，当真是疯了啊。"段辞转过身，逃也似的跑回了教学楼，那张皇失措的模样仿佛看见了厉鬼阎罗。

于昊回班的样子很滑稽，耳朵和脸蛋儿红得像煮熟的虾子，毛衣前干后湿，仿佛背了张世界地图。他一手揪着棉袄的袖子，棉袄拖在地上，随着他的行进，拉出一条长长的水痕。

"于昊。"萧和尘拦在了他的面前，"你到底怎么了？"萧和尘压低了声音，"你是不是精神有点儿……"

"滚，别咒我，最烦你们这些管闲事的人。"于昊说。

"怎么就闲事了，我是心理委员。"萧和尘眉毛挑了挑，心里早就一万个不耐烦，若不是想在女朋友面前表现得乐于助人，我会愿意来碰你这个烫手的芋头？你长得帅还是怎么的？

"哦？心理委员啊。"于昊斜他一眼，露出四分之三的眼白，"啊呸，去你的心理委员。还不是跟学校的心理咨询室一样是个摆设，我一连去了五天，没有一天是开门的。"

"哦，学校的心理咨询室一个月开放一次，里面的沙盘还蛮好玩的。"段辞在一旁接话道。

"你才疯了。"于昊忽然吼了一声，转脸瞪大眼珠子盯着段辞，"你刚才在雪地里为什么对我指指点点，对我有偏见是吗？"他伸出一根指头来，指了指萧和尘："你！"又指了指江盼晞："还有你。"他对着同学们一通乱指，仿佛要把班级戳出几个透明窟窿来："你们都在排挤我。"

上课铃适时地响起，于昊愣了一下，拽起棉袄，滴着雪水回到了座位上。盼晞松了一口气，转脸问萧和尘："你说

314

他这是喝醉了还是得知八天假后的应激反应？"

萧和尘伸手拈来她的试卷弹了弹："专心做题，别让人家的事情扰了心神。"

这节是地理课，地理老师发下一模考试的参考答案，让同学先自行分析研究。没过一会儿，于昊忽然公鸡打鸣似的仰起脖子，对着明晃的天花板大喊了一声"奋斗"。一瞬间，老师和同学都惊诧地抬起头来看向他。若是以为此刻于昊羞赧到无地自容，便大错特错了。于昊只是龇牙一笑，又自顾自地看起卷子来，仿佛刚才那个叫唤的人不是他。

地理老师在黑板上画下了青藏高原的雪线分布图。"大家看下选择题第八题。"她的话音刚刚落下，于昊忽然从座位上站了起来，几步走到了黑板的旁边，拿起黑板擦把黑板擦得一干二净。然后他掸了掸手掌上的粉笔灰，若无其事地走下了讲台。

"来，于昊请坐。"陆泓拉来凳子，让于昊在自己身边坐下，从瓜果盘里拿出一颗大白兔奶糖递给他。"今天是怎么了？"陆泓问他。

于昊睁大眼睛瞧着陆泓，陆泓表情柔和，没有半分责怪的意思。于昊呵呵地笑了起来："不只今天，几天前脑袋就出毛病了。既然有人问了，那我就肆无忌惮地讲了。我感到头疼心慌。脑海里总会持续蹦出些乱七八糟的问题，解决一个会跳出下一个。它们就像群强盗拦在我面前呵斥我：'于昊！你不把我这些问题思考明白了，你就没资格去做卷子上的题。' 我好累，我的大脑像个永动机，永不停歇地思考，我抑制不住它，它马上就要爆炸了吧。人若放肆地去想，脑袋里能装个银河系，可我真的想怕了，我想要一个芝麻粒就能填满的脑袋。"

"老师，你真的要听吗？"于昊伸手捶着后脑勺，仰面傻笑着，"老师，你就算知道了也给不出答案的。真的，我不只思考琐碎小事，还有宇宙终极问题。我在思考我是谁？我存在的意义又是什么？是帮我妈实现她的迈巴赫爱马仕梦想吗？可那明明遥不可及，我深感颓废挫败。又有人告诉我，人要为自己而活，那我自己存在的意义又是什么？我感到虚无缥缈、毫无意义。若从琐碎的来讲，人生更像是一团理不出头绪来的乱毛线。如果我高考失误了，我要不要去复读？如果复读，我能不能坚持下去？且不说复读，我现在这个摇摇欲坠的状态又能坚持多久？如果我真考上了顶尖大学，被调剂到我讨厌的专业该如何熬过？如果大学压力太大，我想半途而废怎么办？如果大学毕业，到社会上依旧没什么竞争力，那我是不是还要读研深造？我知道人常说走一步说一步，车到山前必有路，可一旦思考的闸门打开了，那些思绪就像洪水一样奔涌而出，把我溺在其中无法脱身。"

陆老师望着于昊也渐渐陷入了沉思："人生的意义为何？不仅老师无法回答，古往今来的哲人也无法给出正解。有人信奉宗教，有人把金钱当作终极意义，不同的人有不同的信仰。中国的传统文人士大夫讲求入世思想，强调胸怀天下，'不以物喜，不以己悲'，这样便给人生赋予了强大的使命感，自然不会被现实的虚无吞噬。若你能有这样的伟岸胸怀，老师自然会为你感到骄傲。但也许作为沧海一粟，你又觉得这样的理想太过宏大与缈远。确实如此，老师亦深有体会，也许我们可以换个思路。我们不一定要拼力攀爬，直到世界之巅，只要找到自己喜欢、适合的位置，有事可做，乐在其中，有三五好友，寻到挚爱之人，这种恬淡的乐趣也可以当作人生的意义。就比方说当下，你可以在学习新知识中感受乐趣，在与同学们的欢笑中体验生活。"

"老师，你别说了！"于昊忽而抬起手来，"我知道你讲课蛮好的，但若是我能听进去这些道理，我早就没事了。我现在真的好累，好痛苦，我想辍学，真的很想。"

这段对话，是萧和尘去办公室问作业时偶然听到的。他将此转述给了江盼晞。江盼晞听后呆愣半天。萧和尘无奈地耸耸肩："他是清醒了，还不如以前麻木着好。"

几天后的下午，盼晞看到于昊的妈妈给于昊送晚餐。母子俩隔着学校冰冷黝黑的铁栅栏对话。于昊忽然扑通跪倒在草坪里，举起双手投降："妈，你饶了我吧。我真的无法帮你改变人生。"过了一会儿，他又开始扇自己巴掌，扇得啪啪作响。于昊自言自语："我就是个畜生，我就不是人，妈，我不该说出这样的话来。"

于昊又穿着破洞毛衣躺了几回雪地，等到太阳升起融化了积雪，他便裹上棉袄坐回了班里。他跟班上同学发生了几次口角争执，若非旁人劝架，他们险些揪打成一团。"你才疯子呢！"于昊对着那人吼，顺便拍着自己的胸脯讲，"看清楚了啊，我可是人间清醒哲学家。"周围同学听了都笑得很大声。

再后来于昊就没了影踪。有同学说他去医院精神科看大夫了，有人说他妈付不起治疗的钱，他就去买了心理学的书自我疗愈。

年后的一天，班里正在上晚自习，走廊上忽然传来妇女尖厉的吼叫声。一群心怀好奇的同学趴在后窗往外看，有人说那位穿着时髦的妇女便是于昊妈妈。

"于昊妈妈，我了解您的心情。您别急，于昊可能需要去医院看看医生，您耐心一点儿，会好起来的。"

"谁告诉你俺儿子有病的？俺儿子好得很呢，一点儿毛病也没有！你怎么当老师的？你有师德吗？你再这样诋毁学生信不信我去教育局告你？"

"如果这么做，于昊真的可以好起来，那陆某愿意主动递上辞呈。"

"理直气壮啊你，俺告诉你啊，陆老师，俺天天忙着儿子的事儿，还没找你算账呢。当初魏老师当班主任时，俺儿子好着呢，怎么一到你当班主任，他就成这副模样了？陆老师你是有不可推卸的责任的。"

"同学让一让。"盼晞拨开围在班门口的人群，伸手拉住门把手。然而她的袖子却被萧和尘扯住了。

"冷静点。"萧和尘说。

"我看不下去了。你说陆泓老师哪里错了，为什么要受如此耻辱？"盼晞说，"难道斯文有涵养的绅士就要被这种没素质的人欺压吗？"

萧和尘沉默了几秒，摸着下巴思索着："这样下结论太草率，也许陆老师只是在避其锋芒。"

外面的吵闹声越发地蹬鼻子上脸。盼晞气得牙痒痒，却始终摇不开萧和尘的手："别思考了，你思考得太多了。"

"你想当炮灰？"萧和尘问。

"在所不辞。"盼晞仰着下巴，目光坚定。

"在所不辞个屁啊。挺身而出之前是要给自己留足后路的。"萧和尘目光沉凝地对她讲，"听我一句劝，人生经验告诉我，千万别惹这种疯子。"

盼晞直视着他的眼眸，忽而讽刺地笑了一声："萧和尘？这就是你对你名字的诠释啊。好一个和光同尘，我确实学到了。"

等盼晞挣脱了萧和尘走出去时，于昊妈妈已经被一群老师拉到一旁好言相劝。或者说，待到形势缓和时，萧和尘才松开了盼晞的袖子。

从那以后，盼晞再也没听到过有关于昊的消息。

那天晚上盼晞做了一场梦。萧和尘请她去市里最高档的餐厅共进烛光晚餐，说是要庆祝高考圆满落幕。

"其实今天有点儿小事想跟你讲。"萧和尘一边帮她切牛排，一边漫不经心地讲，"我们分手吧。"

盼晞不紧不慢地喝了口西瓜汁，拿叉子叉薯条时，转脸叫了叫服务员："你们这里有番茄酱吗？我不太吃得惯芝士蘑菇酱。"她挤上番茄酱吃了根薯条才想起萧和尘刚刚说话了。"分手是吧？哦，可以啊。"盼晞点点头问，"你有其他喜欢的人了？"

萧和尘摇头否认："但人啊，是有更要紧的事去办的。"萧和尘点的那份特级牛排也端了上来，牛排很小一块，中间划了几道，露出泛红的血丝，摆在精致的陶瓷盘上。萧和尘拿起刀叉切了一小块："几百块的牛排果然肉质非同寻常。"

盼晞感到十分无奈："我的牙口和味觉兴许有点儿迟钝。"

"我有些疑惑。"盼晞说。

"你直说。"萧和尘说。

"你之前向我表白是出于叛逆心理吗？"盼晞问。

萧和尘笑了笑："还有你对学霸的纵容与敬意。那种姿态格外令人心动。"

萧和尘递给她一本很厚的书，上面写着《现代社会个人主义思想研究》。他说："那我们也算和平分手，这本书就当分手的礼物好了。"

书籍沉甸甸的，放在包里压得肩膀疼。"好聚好散，过几天我回赠你一个。"盼晞丢下半盘未吃完的牛排，摆摆手扬长而去。

盼晞走出高档餐厅，穿过几条车水马龙街灯闪烁的街道，拐进了旁边的一个小巷。巷子里有家精品店，初进门的一面墙上摆满了精致的八音盒。她被其中一个吸引，是小男孩坐在乡间别墅前读书的造型。盼晞拧上发条，伴随着欢快的音乐，别墅亮起了七彩的光芒，把男孩的脸也映成了彩色。

身后有人推了推她："姑娘，这玩意儿是怎么捯饬的？"盼晞回过头看到了一个穿着花衬衫和宽肥裤子的中年女子。盼晞不禁愣了愣，那人竟然是于昊的妈妈，只是与她平日里的富贵打扮大相径庭。

"阿姨，请问你是要给儿子挑礼物吗？"盼晞问。于昊妈妈听后笑着点了点头："是啊，俺孩儿跟俺一样节俭，从小看别人玩漂亮的八音盒，只是眼巴巴地盯着，也不忍心向俺要钱买。懂事到让人心疼。本来俺想，他能考上本科，在咱市里找个工作就行了。没想到他这么争气，今年考上了985大学。"

"妈！"远方跑来一个穿着白衬衫的大男孩，他激动地挥舞着手臂，"妈，买到了，你最爱吃的霉干菜锅盔。"

母子俩相望而笑，他们之间遍布阳光与彩虹。盼晞确信自己看到了，虽然只是在梦里。

梦醒后的盼晞忍不住去问萧和尘，问他可曾尝过六百元的极品牛排，牛排在肉质上又有何出色之处。萧和尘听完后一脸正色地点了点头:"吃过。"盼晞微微愣住。萧和尘仰面沉思着:"是不是极品我不知道,肉质怎么样我说不来,但分量是真的足,够我吃十次呢。"

"啊?"盼晞一脸疑惑地瞧着他。

他笑得合不拢嘴:"不瞒你说,我吃过十次单价六十元的牛排。"

"哦。"盼晞反复告诫自己这只是场半假半真的梦而已。

55

于昊疯了，班里同学无意间见证了这场事故从酝酿到消逝的始末。它像极了一场瘟疫，知情者情绪上都遭了瘟。尤其当于昊一次又一次巡演似的穿过班级，立于恐慌的同学面前，拍着胸脯自豪地嚷着自己是人间清醒时。盼晞忘不了他的表情，他恣意地咧着嘴角，笑得疯疯癫癫，扭曲的脸庞野性中带着原始的意味，仿佛未经过现代文明的雕饰。可他的眼眸却清澈明亮得能反出光来。

这不是件惊天动地的大事，学校也无须刻意封锁消息。然而同学之间早已讳莫如深。不知情的任课老师照常提问于昊，无人应答亦无人解释。老师自言自语说了句"请假了是吗"，便若无其事地提问下一位了。

"也许只是请了个漫长的事假而已。"盼晞对自己讲，"是事假，不是病假。"由于长时间起早贪黑，盼晞感到一阵晕眩，眼前的世界渐渐模糊了，讲台没了，黑板没了，浮现出一片白茫茫的雪原，雪地里躺着一个把身体摆成"大"字的人。雪簌簌地往下抖落，干粉一般，一点点覆盖住那人的四肢、躯干，当人脸即将像全身一样要与雪原融为一体时，那人忽然睁开了眼，睫毛抖落了雪粒。

这难道就是于昊发疯那天的场景吗？雪地里的人背着盼晞缓缓起身。盼晞却看到了如瀑的长发倾落而下，与飞雪交缠在一起。盼晞心中陡然一惊，这分明是个少女。少女起身时未站稳，滑跪在雪中，前额蹭着厚厚的积雪。她攥紧的拳头撑着地，在雪里砸出了两个深坑。她颤抖着直起上身，勉强抬起的膝盖又一次重重击在雪地上。少女终于站了起来，盼晞已不知看了多久。当她在心中责骂自己是个麻木不仁的旁观者时，少女已然向天边走去。少女穿着淡蓝色的棉袄，愈走愈远，渐渐与天空融为一体。只能看到一条火红的围巾在地平线的边缘飘舞。盼晞揉了揉眼睛，红色的围巾竟渐渐折返。盼晞看到了雪中跳舞的少女，围巾像是条红丝带旋转成一朵绽放的红莲，是康乐……

"别睡了，午饭时间到了。"

眼前的光景霎时收拢消散，堕入了一片漆黑。盼晞霍然睁开了眼。萧和尘正咀嚼着汉堡，腮帮鼓鼓，唇边有一颗芝麻粒。

"你睡半节课了。"萧和尘说。

盼晞抬头，看时针已走过了十二点，钟表下摆的是醒目的倒计时牌子，距高考还有 105 天。

盼晞从书包里掏出了早上带来的三明治，顺便摊开了政治课本。一边吃午饭一边背书，她仰观全班，发觉大半如此。高考在即，已经没人愿意去食堂浪费时间。盼晞选择了中午留校，困了就枕着胳膊休息会儿。睡醒时只觉得脖子酸痛，双手麻木。

"喝不喝？别再睡过去。"萧和尘拿了罐咖啡在她面前晃了晃。

"谢谢你。"江盼晞笑了笑，回赠了他一盒饼干。

老魏卸任后，再没人去阻止他们俩坐同桌。可此刻他们明明坐在一起，却仿佛隔着一条宽阔汹涌的长河。陆泓的那件事，让他们彼此感到不自在。"我不该那样解释你的名字，对不起。"江盼晞说，"我当时只是惊叹于你强大的理性，觉得你像个缩头乌龟，没有别的意思。"

萧和尘听完掐了掐人中，深吸口气才勉强抑制住愤怒："还没别的意思？缩头乌龟？我这种男子汉大丈夫听了可是憋屈得不行。识时务者为俊杰，我是在帮你规避风险。当初你被徐苏揪到走廊上吵，我还不是奋不顾身地站出来英雄救美。现在倒说我是缩头乌龟了。"

"不理解就算了，让这些事情随风去了。"萧和尘摆摆手说，"谈恋爱是为了愉悦，别总是提让人不开心的事情。"

话虽如此，萧和尘还会偶尔愤愤提起，某天刷卷子时他便毫无预兆地开了口："你总是在一些无关紧要的事情上过分怜悯慈悲。"

盼晞蹙了蹙眉头，望着他释然的面孔，心中感慨，如果我足够冷漠，也许在歌手大赛上我们就可以完美错过了。

百日誓师那天，凌辰枫举着拳头在台上慷慨激昂地领誓。盼晞一个字也没听进去，只是同周围人一样在队伍之中叽里呱啦地背着课文。打多了鸡血，喊多了口号，人就会麻木，盼晞连三分钟热度也不剩了。整个操场上热血沸腾地喊着必上清北的只有高一学生。

高考倒计时的牌子一张张地向上翻，春日渐行渐远，天亮得越来越早，同学们依旧赶在日出之前就坐满了整个教室。同学从前往后传递试卷，仿佛一波未平一波又起的巨浪。浪潮平息之时，班里陷入一片白色的汪洋。课桌上早已积压了十多套卷子，语数英和文综卷子各一套是每天的基本任务。知识点的查漏补缺与难点专题突破依旧在向前推进。盼晞像个资本家，不断榨取着休息与放松的时间，逼迫自己重复着那些机械乏味的工作。创造力、想象力是无稽之谈，如何像精密仪器一般运转才是王道。

盼晞望着桌面上的几本作文素材书，觉得自己越来越像个缝纫机。机械地切割段落，拼贴在议论文恒久不变的模板上。新概念作文的神话早已远去，盼晞只能无奈地缅怀。后新概念时代里，纵你才高八斗也需戴着枷锁写八股文，方显出你对阅卷老师的体谅。

"高考作文的本质是什么？是拼贴。"语文老师总这样自问自答，"别给我整意识流和象征，我们这里不培养多愁善感的艺术家。"

这样的言论并不新鲜，自上初中以来，盼晞听得耳朵几乎长茧。她回想起自己也曾自诩为半个文学爱好者。可惜在唯分数主义的潮流下，学校的文学社名存实亡，空有个文雅的名字和一套僵尸般的体系。一年一期的校刊就像是移植几棵仙人掌来遮蔽广袤的文化荒漠，聊以自慰罢了。盼晞知道自己没有资格冷嘲热讽，后来的她竟和学校比起了谁更功利。

转眼到了5月，盼晞日复一日困在题海中，只觉昏天黑地，日月无光。

三模结束，她从家偷来手机登上弃置已久的QQ号。她给许梦如发去了一周后拍毕业照的消息，言尽于此，却暗暗期许着对方的回复。没过几秒，手机震动了起来，盼晞惊喜地睁大了眼。许梦如传来了一张照片。照片上身材修长的许梦如穿着一袭黑色的深V连衣纱裙，红唇明艳，嘴角微微勾起带了一丝浅笑。她意气风发地矗立在山巅，裙裾飘扬。

"把我P到你身边。"许梦如说。

许梦如的回答让盼晞想捧腹大笑，可是仔细一想却是丝毫笑不出来，这不是她想要的答复。

江盼晞："还在上课吗？"

许梦如："一半时间上课，有时当助教打工赚点零花钱，周末就坐大巴去周边转转。成年了真好。"

许梦如："最近累吗？成绩如何？"

江盼晞："二模、三模考试成绩稍有了点起色，能排到班里一二十名。"

许梦如："能放平心态吗？我知道你心态向来不好。可你得懂个道理，无论高考发挥如何，你始终都是那个江盼晞。"

江盼晞："我有时会想，假若你当初未选择出国，而是留在这儿陪我一起读高三，生活将会怎样？"

许梦如："讲讲你和萧和尘的近况。他还是那个你崇拜的学霸吗？"

江盼晞："我们在一起了。"

许梦如："恭喜！我是不是知道得太晚了，现在发红包祝福还来得及吗？我这就给你转个99的红包，祝你们天长地久，百年好合。"

江盼晞："你呢？近来可有爱情萌芽？"

许梦如："无。"

许梦如："是不是忙着高考复习，我不打扰了。"

江盼晞："好。"

手机屏幕重归于黑暗，聊天历时十五分钟。依照语文老师的观念，这休闲娱乐的十五分钟不属于现在，而是在透支高考后的时间。她接下来所应做的是即刻提高学习效率来偿还。曹老师的时间安排理论足以著书立说。主要以"竭泽而渔"的核心观点展开论证分析，就比方说读一本课外书的时间可以刷三套语文试卷，当你酣畅淋漓地读完了十本课外书，你与别人相差的就是一本试卷的距离。别总打着旗号说

"读课外书能提高阅读写作能力"，不妨告诉你们，多个十年阅历也能提高阅读理解力，那你们倒是十年后再来参加高考啊，懂不懂什么叫作截弯取直？

5 月中旬拍毕业照，盼晞把许梦如的照片给了摄影师。摄影师吩咐盼晞站在最边上，这样方便把许梦如和她 P 在一起。

萧和尘自然而然地被一群哥们儿簇拥到了合影架正中央的位置。可谓"左牵黄，右擎苍"。他两手插兜，微仰起下巴，半眯着眼睛，蓬松的刘海本就张扬地上翘，如此姿态倒真有太守狩猎，"千骑卷平冈"的风范。就是前面站的女生有点儿陌生。萧和尘发觉自己遗漏了什么，用目光在人群逡巡，看了半天才找到低调地站在角落的盼晞，忽然有点儿恨铁不成钢的懊恼。他冲江盼晞使眼色示意她赶快站过来，周围男生看见了跟着起哄。盼晞犹豫不决，想到过往萧和尘无所畏惧地坐在自己身边，觉得过意不去。况且他们是情侣，情理上该站在一起拍毕业照。

盼晞下意识地看表，不知道自己在等待什么，明明她已无人可等。

"走吧，我们一起站中间去。"身后有熟悉的声音响起。

盼晞霍然回头，合影台下身穿黑色纱裙的少女在冲她微笑："不好意思，路上堵车了。"

盼晞目瞪口呆地愣在原地，半晌说不出一句话来，她感受到了自己激烈的心跳节拍。

"真的不请我到台上去吗?"许梦如笑着冲她伸出手。

"你缺席了一年半,不允许你毕业。"盼晞说。

"好啊。"许梦如被逗乐了,笑得花枝乱颤,"那我在下面看你们照相。"

合影结束后是毕业典礼。许梦如不急着走,与盼晞一起去了学校礼堂。离别的伤感气氛并不浓重,高二的主持人在台上煽情,台下摊的全都是卷子。最后全年级一起合唱了《放心去飞》与《和你一样》。

当唱到那句"我和你一样,一样的善良,一样为需要的人打造一个天堂",盼晞和许梦如不约而同地转过了脸,看到了彼此眼中晶莹的泪。同一个地点与最初的那场朗诵会,纷繁的回忆浮现在她们脑海。朦胧不清的余光之中,盼晞看到了同旁人大声说笑的萧和尘,超载的眼泪终于从眼角跌落。

56

"高考辛苦啦。来，我们家的探花多吃点儿。"萧老爷子给萧和尘夹菜时总要重复一遍这句话，声音不咋呼，但全桌人都听得清楚。

萧和尘的目光寄存于盘子里堆满的芝士焗龙虾、芥末鱼片、甜虾刺身。至于萧老爷子的客气话，他的心中已毫无起伏。显而易见，醉翁之意不在酒。这话本就是说给旁人听的。

奢华的水晶吊灯，复古的红酒壁橱，满桌精致的摆盘，透过三百六十度的落地窗可望尽城市的繁华夜景。钢琴师弹奏着恬静优雅的古典音乐，音符缓缓地流淌，像轻柔的海风拂面，他一点点融入梦幻的天堂。而穿着西装的服务生永远等候在一旁，用精细的刀工切好整块的安格斯牛排。

这家位于市中心黄金地段的奢侈餐厅，萧和尘还是第一次踏入。"溢·餐厅"，他脑海里还闪现着那在月色掩隐下大气复古的门牌。

对面的林家父女已对萧和尘赞叹许久。林老板是一家上市公司的董事长，算是本省商圈的翘楚。萧老爷子想巴结他也不是一天两天了，碰巧林老板的小女儿林默和萧和尘同届高考，小时候还曾有过一面之缘。在萧老爷子看来这简直是天赐的缘分。

萧老爷子说不如聚在一起，交流一下考试的经验。

"借口敢再烂一点儿吗？高考都结束了，还有什么可交流的。"当然，萧和尘不会说出来。世故是他最好的保护色。

然而这一次，萧和尘没了往常的眼色。既不跑前跑后端茶倒水也不礼让敬酒，只顾低头坐在位置上专心吃菜，每逢抬头必然是盘里的菜吃光了。萧老爷子已经拿胳膊肘撞了他好几下，萧和尘依旧岿然不动。既然敬我是探花，那我就顺势体验一把探花的骄纵与快乐。反正我为你们纨绔子弟辈出的萧家贴了光。

此外，这菜肴实在没给他抬头的理由。萧和尘原以为吃火锅便是人生头一等的享受，把食材丢在涮锅里简单地一煮，沾满红油捞出来便成了人间佳肴。可如今看来，还能更讲究些。

譬如眼前这道龙井虾仁，清新淡雅，弥漫龙井茶香，只有虾肉的弹软而未有虾的腥气。再如这开胃甜点，巧克力黑松露蛋糕，不苦不腻，甜得恰到好处，绵软丝滑，入口即化，虽然萧和尘并未搞清松露是怎样一道食材。此外还有肥美的咖喱黑椒蟹，烟熏果木烤鸭，透过朦胧烟雾可窥见白玉瓷盘上六颗金黄的芝士虾球，摆成了六芒星阵的模样。一桌珍肴，琳琅满目，还有些许叫不出个名目来，只是望一眼，便开了这十几年的眼界，尝完也不知笃定了多少脍不厌细的欲念。

纵然萧和尘沉迷美食，无暇顾及其他，一副低情商的二愣子模样，林老板依旧流露出欣赏的目光来。毕竟萧和尘的成绩、家世、容颜都摆在明面上，想否认都难。林老板夸萧和尘很优秀，转脸告诫女儿叫她严于律己，多向她萧哥哥学习。难得林大小姐没有仰头哼一声深表不屑，反倒娇羞地笑了一笑。萧老爷子不禁眼前一亮，心想着有戏，立马套近乎地讲："都是自家人，都是自家人。"

萧老爷子心里打好了算盘，如果搞一场商业联姻，我们就成了儿女亲家，林老板比我小上一辈，那他岂不是得敬重我，答应与我合作项目？萧老爷子愈想愈心生欢喜，恨不得连订婚宴在哪儿摆都已想好了。

他一边白日做梦，一边在桌下面敲萧和尘的腿。萧和尘不动声色地把左腿跷到右腿上，摆出一个标准的二郎腿姿势。

萧老爷子面部略微抽动了一下，转过脸来一脸正色地看着萧和尘，用官方的语气朗声对萧和尘讲："从报的志愿来看，你们很有可能去同个城市上大学。你是男生，一定要照顾好妹妹。对了，可以先加个微信，到那边也好联系。"

"咳、咳……"萧和尘被上等的拉菲干红呛住，咳嗽了好几声，脸红了一半。待到止住咳嗽，他愧疚地笑了笑。"真是不巧啊。"萧和尘无奈地拍着大腿说，"前几天我的微信账号被冻结了。放心，我怎么会发表什么过激言论呢。大概由于多个客户端同时登陆的原因，被怀疑成了风险账号。"

萧老爷子的笑容僵在脸上，目光透出了警告。经过一秒的静寂，只听到"啊哈哈哈哈哈哈哈"的笑声，萧老爷子笑得更大声了："这小孩儿顽皮，连微信都能被冻结，还挺搞笑的……"

"没事儿没事儿。"林老板笑着摆手，"你们先留个电话吧，等找回来再加上微信。"

萧和尘手顿了一下，刚夹起的蓝莓酱鹅肝掉落在了地上。他把求助的目光投向父亲。父亲笑了笑，对林老板说了儿子的电话。

萧和尘扬起的眉毛快要飞到后脑勺。父亲这又是何故，他怎会看不出儿子的拒绝。萧和尘郁闷地喝着松茸汤，用勺子搅动出一串串涟漪。他忽然想起，林老板也做艺术品的生意。

父亲什么时候跟爷爷一个样子了？萧和尘目光复杂地看着父亲。父亲脸色泛红，手中的酒杯很少放下，也不知是在何时练出了这样的喝酒本领。萧和尘长叹了一口气，举起酒杯咕咚咚地咽下一口烈酒。

临近散场，林老板忽然想起了什么："和尘这个高考分数，能去国内顶尖的经管金融专业吧。"

"我也是这么想的。"萧老爷子满意地笑着说，"他将来可是要当我的接班人。"

林老板抬手，热切地拍了拍萧和尘的肩膀："小伙子聪明努力，未来可期，会是商界的新星的。"

萧和尘的下唇上齿相碰，留下一道深痕，硬生生地把冲到嘴边的话咽回了肚里。

"谢谢伯伯。"他笑得毫无破绽。

57

"不考虑双修，只选历史。"萧和尘和爷爷坐在宽敞的雷克萨斯商务车后座。出乎意料的是，萧和尘这次坚定的话语并未引起轩然大波。

萧老爷子仍旧悠闲地跷着二郎腿，淡然吸上一口电子烟，口中吐出香馨的烟圈来："司机，我们去睢园。"

"睢园"这个名字，萧和尘听着有些耳熟。王勃《滕王阁序》里有言"睢园绿竹，气凌彭泽之樽"。睢园是汉时梁孝王宴请文人才子的地方，当时的汉赋大家，写《七发》的枚乘，写《子虚赋》《上林赋》的司马相如都是其中的宾客。

萧老爷子的目光变得清虚起来。"离这儿不远处有座百年古镇，小镇西北角是块风水宝地，依山傍水兼有茂林修竹。前些年，有些自诩风雅的文化人喜欢在那里吟诗作画或是探讨人文历史，借用典故命名此地为'睢园'，仿佛待在汇聚天地灵气的地方就真能与竹林、兰亭的古人神交，不懂不懂。"萧老爷子轻笑了一声，鼻孔冒出两股子气来，"后来有次宴席，某位心气儿极高的文化人喝醉了，拒绝了一位老板加入他们聚会的请求，还大放厥词说了些轻蔑的话语。老板一怒之下买下了那块地，开发了房地产，占了那群文人聚会的地方。"

下车那会儿碰巧落了雨，雨淅淅沥沥地打在青石板上，漾起一圈圈涟漪，空气中氤氲着迷蒙水雾。

"睢园"已经被打造成了休闲度假区。绵长的青石板路两侧皆是幽深庭院与青砖黛瓦的古典小楼，仰脸可见二楼雕镂的精致花窗。庭院的另一侧临着条碧绿的小溪，可浣纱乘船。由于刚建成不久，庭院崭新，一碧如洗，没有被岁月侵蚀的痕迹，古香古色的表皮下潜藏着现代建筑的高端奢华。

萧和尘伫立小巷的尽头，目光写尽了沉醉。在他看来，这里的景致简直是从史卷诗行中打捞而起，满足了他对古意的无限怀想。

萧老爷子笑得有些得意："那群'睢园'文人天天嚷着'忆江南'却也只能在诗歌的字里行间望梅止渴。可悲啊可悲。我就不一样了，我只好勉为其难地在北方打造一个江南小镇替他们欣赏喽。当然，他们若能付起一千多万，我也不介意卖他一套庭院。"

萧和尘诧异地瞧着阴阳怪气的爷爷。爷爷冷不丁地笑了一下："不错，当初那个被他们瞧不上的土掉渣财主就是你爷爷我。你爸爸还说我对他们提的要求太苛刻，当初我可是礼遇他们，虚怀若谷地与他们相处。那些年你爸爸真是处处与我作对，胳膊肘永远朝外拐。不过你爸爸倒也是浪子回头，迷惘了半辈子终于认清了什么是芝麻什么是西瓜。我希望你不要步他的老路，早一点儿认清时务。难得萧家有个天赋异禀的后辈，只待在书斋里跟古籍打交道着实可惜。当然，爷爷也是通情达理的人，会给你留下选择空间。便像徽商培养子弟那般，想进入仕途的便去考取功名做官，想经商的便去经商。若你有意向从政，爷爷也赞同你的想法。"

"你也别跟我犟，我们先参观庭院。"爷爷出言打断了萧和尘急欲反驳的姿态。

虽然看着是古典院落，安装的却是自动门。萧老爷子伸了食指轻轻一触，那木门便像被施了魔法般自动拉开。

入门是鹅卵石铺就的小径。一座木桥弯过小池塘。翠绿垂柳拂在桥上，荷叶亭亭如盖雨中摇曳，池边青石堆成假山。风雨长廊的尽头是座赏景的凉亭。

时值仲夏，又逢雨天，满目碧绿如洗。萧和尘伫立桥边，已想象出一年四季不同的盛景。尤其是冬日，当木桥覆上一层薄雪，走过将留下两串脚印。枯瘦的枝丫，陡峭的怪石，染雪的冰面，一片苍凉的白。房檐结上冰凌，白雪与朱墙相映衬，红得夺目，又勾勒出每一片雪花的轮廓。兜兜转转，千年不变的是雪，再加上楼台亭阁带来的错觉，他似乎真的穿越了时空，抑或是过去的盛景穿越至今。他对所有复古的东西有种灼人的痴迷，那是想私藏、想占有、想一网打尽的可怕冲动。

当他极尽贪婪地想象欣赏时，出乎意料地发现，凉亭下竟坐着一位穿唐装的男子。他身前的桌上放了一架杉木七弦古琴。但他的架势不像是会弹琴的样子，只是随手拨弄下琴弦，发出几个杂音而已，要想奏成曲调只是天方夜谭。他很快就弃了琴，拿起手机目不转睛地盯着屏幕，一边浏览一边发笑，直到萧和尘和爷爷撑伞邻近，他才霍然抬起头来。

"萧先生好。"他即刻从位子上站了起来讲，"没想到您这么快便到了，怎么不通知我一声？下雨路滑容易跌倒，我该去巷口迎接一下才是。"

"路滑？"萧老爷子微微笑着，"你是在说路修得不好？"

"萧先生开什么玩笑呢。"那人忙赔笑着讲，"我可不是这个意思，萧先生打造的这片度假区在省内都是数一数二的。"

事实上，这话讲得有失偏颇。首先这片度假区并非萧老爷子一人开发，合伙人有五六个。其次，省里比这豪华的度假区并不在少数。

萧和尘仔细看着那人，他也就三十多岁，留着半长不羁的头发，鼻梁上架着厚厚的眼镜。从打扮来看，像是个搞艺术的。说来奇怪，这副面孔萧和尘竟有些眼熟。

那人望着萧和尘开了口："小伙子，不认识我？"他的语气里透着自信，好像认识他是件理所应当的事。

"景醉舟。"那人开口自我介绍。

萧和尘愣了一下："您便是景先生？"据说，景醉舟曾是省里一所高校的讲师，后来不知因何原因不满，就离职闲居，成了专业撰稿人，三十出头写过一本关于社科的随笔，书中颇有些古代高人隐士的高尚做派，也曾在网络上激起小小的水花。可惜互联网的速度与效率过高，一波热潮刚起不久就被另一波热潮掩盖过去，他没过多久就变得籍籍无名。

萧和尘初中时读过他的书，也曾被他的贤雅感染过，如今得见真人倒有些诧异。萧老爷子笑着说："这是项目的文化总监。"萧老爷子说的项目是这座江南小镇。

二楼的茶室是用纯木打造的，雕镂着梅兰竹菊的屏风与屋外相隔开。茶室宽阔而静谧，两侧的花梨木书架上摆满了精装的书籍。萧和尘嗜书，不仅是书中内容，对纸卷本身也有执念，有些书就算读不下去，也总想拿来珍藏。他小时候去书店，心里想的不是当学者而是当个藏书家。

书架上的书大多为线装版的古籍善本，如《脂砚斋重评石头记》《吕氏春秋》《道德经》《春秋左传》，最为震撼的当为《百衲本二十四史》，整整齐齐多达八百多册，摆满了两个书架。看到的那一刻，萧和尘便忍不住发出了赞叹声。

"这书是？"萧和尘转脸问景醉舟。

"你爷爷让我选购的，用来装饰茶室。"景醉舟讲。

景醉舟为萧和尘沏了一壶茶，喊他来红木桌边落座。桌上摆了套胡桃色的紫砂茶具，茶盘上雕刻有山水景色。

刚才一个电话打来，萧老爷子又跑到楼下联络起了公司的事。茶室只剩下了他们二人对坐。

"您为何会与我爷爷相识？"萧和尘问。

"萧老先生是我们文化圈的老朋友了，为我们提供了不少物质与精神上的支撑。"景醉舟讲。

这样的回答让萧和尘有些失望。景醉舟的说客身份已是昭然若揭。

景醉舟对他讲了许多话。可惜萧和尘心不在焉，心思全被周遭的古籍吸引了去。印象深刻的不过只言片语："古人读史是为了什么？是为了积极入世。只有仕途不顺的人才想去闭门著书。无论你从事什么研究，该把这当成一种手段而不是目的。"

"你可知我最佩服历史上哪位人物？"景醉舟自问自答，"非陶朱公莫属。"

"范蠡？"萧和尘问。

"正是。"景醉舟点头称赞，"范蠡寒门苦读，习得满腹韬略，辅佐越王勾践灭吴后退隐江湖，经商成为巨贾。据民间传闻，还有美人西施作陪。怎不叫人艳羡称赞？"他并没有讲范蠡散尽家财的事，也许这并非他论证的要点。

茶室的墙面是淡灰色的，暗黄的灯光摇曳出他们的身影，这里有一种说不出的静谧安详。萧和尘仰脸无意的一瞥，看见墙面装裱着一幅字。

"趋名者醉于朝，趋利者醉于野，豪者醉于声色车马……安得一服清凉散，人人解酲。"

"此话出自《小窗幽记》？"萧和尘讲。

"不错。"景醉舟点头说，"这幅字是当今一年轻书法家张生的作品。"景醉舟嘿嘿一笑，"说白了就是个江湖骗子，靠炒作为生的。他的字说好也好，可写字像他这样的可不少。但艺术嘛，本来就是主观的。这倒给了商业可乘之机。这字本来悬于张生北京家中的酒吧间。前些年，我与众多文化人儿一同去他家喝酒，酒醉后我们先是自嘲，又互相调侃，最后干脆脸红着吵了起来。张生这人奇丑无比，居然酒气熏天地指着我讲：'景醉舟！你年轻时就是个大骗子，也不知挂着伪文青的皮诱骗了多少女子。'啊呸，去他的呢，站着说话不腰疼。他凭着商业运作也不知道赚了多少钱，再说他本就是富二代。这年代买个名牌包比写一箱的情书有用，满腹才华比不上一身名牌显眼。我俩这互相瞧不上的人就在酒席上打了起来，他个兔崽子，打烂了我的眼镜片，在我脸上划了个疤。他便把他挂在酒吧间的那幅字赔给了我。本来我是想撕成碎末以解心头之气，后来想了想，这撕的将是几个月的生活费。我就没骨气地把它留了下来。"

　　萧和尘抿了口茶，淡淡地讲："所以你就把这画高价转让给了我爷爷。"

　　"不错。"景醉舟笑了笑说，"你爷爷是慈善家，对于艺术品总是抱有海纳百川的宽容态度，着实令人敬佩。"

　　"噗。"萧和尘笑得险些把茶喷出来，他看着景醉舟脸上虚伪的面具，觉得着实滑稽，"反正一个想要钱，一个想附庸风雅，各取所需，两相情愿，何乐而不为呢？"

景醉舟说："西方现代派小说的发展，仰仗的就是你爷爷这种人的支持。"

"哪种人？不懂艺术的人？"萧和尘嘴角轻轻扬起。

景醉舟耸肩摇头："我可没这么说。萧同学，你真的年纪轻轻，还是个理想主义者。等你再大点儿就会发现，谁或多或少都会活成自己讨厌的样子。这是我们逃不过的定律。无须多言，将来你自会明白。"他又转身把目光投向了墙上的那幅字："这话细品起来倒是有几分哲理意味。我闲来无事也会想，醒时追名逐利的我和醉时自嘲大骂的我究竟哪个才是真正清醒的。你说呢？"

萧和尘没在听他讲话，前言不搭后语地问了一句："这茶室装修连同家具书籍共花了多少钱？"

景醉舟不禁掩面笑了起来："萧同学，你这又是醉是醒？"

萧和尘愣了愣问："你让我喝的是茶非酒，怎就会醉？"

景醉舟笑得神秘："谁又说你醉在酒？"

窗外细雨噼啪地敲着琉璃瓦，空气有几分湿冷。临近薄暮时分，萧和尘肚中咕咕作响，随意问起镇上的餐馆。景醉舟听完笑着摆了摆手，原来萧老爷子雇的有厨师。晚餐除了景醉舟又来了几位文人雅士，萧老爷子被奉为上座。茶室里摆上了炭火与烤盘，周遭的几个木餐车上是从市里送来的烤肉与料理外卖。景醉舟沏了壶庐山云雾茶，厨师端上了蛋挞、拿破仑酥与绿茶饼。萧老爷子说："今天炒菜的厨师在

另一座别墅里照顾我的妻子，只跟来了一个甜品师傅。"萧
和尘的爷爷会变老，但奶奶一直都是三十多岁，青春永驻，
美丽不褪色。萧老爷子又说："改天吧，有机会请大家吃。
厨师做的那几道寒碜的家常菜还算可口，比如咖喱面包蟹、
佛跳墙、松鼠鱼……"

吃过饭已经很晚了，外面依旧下着冷雨，萧和尘决定今
晚暂且住下。时间太晚是借口，下雨也是借口，都是骗自己
用的。他今天就是想享受一下有钱人的生活而已。以前看历
史书他就幻想住在王公贵族的府邸，坐一坐张居正那架三十
二人抬的轿子。但他义正词严地告诫自己，这与奢华之风无
关，自己只是单纯崇尚古风而已，不仅无可厚非，反倒是好
事儿。

萧和尘跷着二郎腿，悠闲地躺在阳台的躺椅，晚风把他
的头发吹成嗫嚅的形态。他一边望着远方河堤上的点点灯
火，一边打开了瓶葡萄酒，喝了半杯后，酒意上涌。他觉得
大脑很沉，像灌了铅水，可他又坚持认为此刻的自己比以往
都要清醒，那些圈养在内心的野兽全都破笼而出，虎啸
猿啼。

暗夜中，他看到了亮起的手机屏幕，是江盼晞发来的
信息。

"今天玩得开心吗？"

"开心吗？"萧和尘自己问自己，禁不住满意地咧嘴一
笑，不雅地流出半截口水。他颤巍巍地抬起手指来回复：

"开心，你知道吗？隐约间，我看到了我想要的……"

"想要什么？"

"好多，好多……"萧和尘没有足够的力气把字打完，就回屋躺倒在床上，疲倦得像是被沙皇奴役的农奴。只是他还没弄清什么是他的沙皇。闭上眼，他感到自己矗立在庭院的木桥上，远方的假山、亭台、长廊——从眼前掠过。

58

　　报志愿结束后有段短暂的空闲期，盼晞和几个同学自发举办了一场谢师宴，以此感谢他们的班主任陆泓。只有陆泓，没有老魏。

　　在盼晞心里，陆泓代替老魏就算不是推翻君主专制迎来民主，也算是暴君倒台、明君登基。高三这年过得倒是很快，没有什么课业外的糟心事。陆泓也不会像老魏那样永远奔走在棒打鸳鸯的第一线，揪住盼晞和萧和尘恋爱的事情不放。依照陆泓所说，都是现代社会了，年轻人还没点儿自由恋爱的权利吗？盼晞内心腹诽，您不知道，星辰六中的建筑风格就有点儿像中世纪的修道院。陆泓对早恋也有自己的一套看法，在和政教处主任徐苏讨论此事时，呛得徐苏半晌嗫不出一个词来："常说不要早恋，我们到底该如何定义'早'字？有的人还没成年就已经心智成熟，有的人都二十多岁了还像个孩子。所以'早'说的是心智不是年龄。"

　　陆泓一直是学生心中的青年才俊，三十多岁，文质彬彬，一双大眼睛炯炯有神。盼晞每次找他请教问题，都眼神飘忽，不敢直视他，这跟不敢直视老魏是两回事。有一次讲完题，盼晞偷眼看了他一下，发现陆泓低垂双眸，眼神黯淡，睫毛在眼眸里投下了深深的阴影，嘴角露出了无奈的笑容。陆泓忽然开口问盼晞："老师是不是平时对你们关心太少了？"

盼晞猜陆泓还在为于昊的事儿自责。她立刻摇头否认："老师我说句真心话，星辰六中这地方早就默认学生是台麻木不仁的学习机器，只管产量就行了，没人顾及设备老化。所以像于昊那属于沉疴旧疾了，也不知深藏心底多少年了，跟老师您无关。"盼晞讲得有点儿激动，一不小心就打翻了陆泓桌上的书，盼晞慌忙去捡时看到了一本关于魏晋的历史专著，作者名赫然是陆泓。盼晞心中惊诧，抬眼看了看陆老师，发现他的目光停留在办公桌上的相框摆台。盼晞趁此空档去翻看作者简介：陆泓，北京师范大学历史学学士、硕士、博士。已出版书目多本。盼晞瞠目结舌，张口就想说："老师您哪点儿想不开，非要来星辰六中？"但出于礼貌，她到底没把这话说出口来。

"没事，没事。我来收拾吧。"陆泓俯身帮她拾书，坐回凳子上时叹了口气，认真地讲："不管这所学校的其他老师怎样，我终归是没有担起一个班主任应尽的职责。"

盼晞瞟了眼相框摆台，是陆泓和他妻子的合影，"郎才女貌"，盼晞想到了这么一个俗气的词。

高考前的最后一堂历史课让盼晞记忆犹新。不知陆泓从哪里找来一页 PPT，上面一行名字写的是"崔元瑞、孙何、宋庠、冯京、黄观、商辂"，下面一行名字是"杜甫、贾岛、柳永、李时珍、金圣叹、蒲松龄"。

　　陆泓问哪一行名字更耳熟能详，学生自是毫不犹豫地喊第二行。萧和尘读《明史》知道商辂的来头，瞬间明白了陆泓的用意，对盼晞神秘一笑："中圈套了。"

　　陆泓说："那简单介绍一下，第一行的考生连中三元，第二行的考生科举落榜。所以，高考不是人生的终点，尽力就好，以后还有很长的路，只要满怀信心与期待，就算走得慢一点儿也会到达终点。"

　　盼晞心中感动，眼泪差点夺眶而出。但一想到还要再艰苦奋斗几十年，又郁闷地忍住了眼泪。

　　谢师宴上，几个男生给陆泓敬酒。陆泓摆摆手，说自己好久不喝酒了，可又抵不住学生的热情，跟着喝了几杯，脸上很快就泛起红晕。他长叹一口气："难过时，酒精是个好东西，也莫怪李白说'但愿长醉不复醒'。"

　　酒过三巡，盼晞没忍住好奇地问："老师，您这样的才华为何不去做历史研究？"

　　"我做过。"陆泓的回答出乎她的意料，"二十七岁博士刚毕业的时候，我去了咱省的研究院工作，离这儿就十分钟的车程，每天中午下了班，我开车来星辰六中接我夫人回家。"

"哎哟，夫人！"有些调皮的男生已经竖起了八卦的耳朵，起哄道，"所以老师您来星辰六中教课是为了师娘哎！"

"这就是历史教科书级别的浪漫吗？"有人俏皮接话，桌上登时笑倒了一片。

"净瞎说，我没你们讲的那么浪漫。"陆泓笑得脸都红了。

"我夫人啊，很了不起的……"陆泓一拾起这个话题，大家就跟着笑，笑声依旧无法打断陆泓讲话，"我夫人是精致利己主义洪流中的一股清泉。她当班主任时，天天自愿加班，要是办公室里有张凉席，她估计连家都不回了。她们班有个女生抑郁了，她就自考了个心理咨询师证，给学生打电话做心理疏导，打到深夜两点。我跟她开玩笑：'你干脆也别挂电话了，唱首《摇篮曲》把学生哄睡了再挂。'她说：'好啊。'拿起电话就唱起歌来。周末时免费给人家上课不说，还拉上我堂堂历史研究员辅导学生历史作业，关键我还总做错题，着实丢人。你们当学生的都知道，有的历史选择题就是蹩脚的文字游戏嘛，无聊至极还偏偏选不对，气得人牙痒痒。后来她得了恶性肿瘤，进 ICU 之前问我要录音笔，不是为了跟我说撕心裂肺的情话，而是要给接任她的班主任交代代班的注意事项。"

大家笑着笑着，便猜到了结果，猜到结果以后，就都不笑了。满座只剩下了陆泓一人在笑："她走以后，我很难过，难过到窒息绝望。随后的两三年里，我就是工作跑步交替轮换，出了两本通俗的专著，申请了一个项目，还被出版社请到各地开讲座，赚得盆满钵满，趁着房价没飙升那会儿还买了两套房。"陆泓嘿嘿一笑："现在想想，这小伙儿干得还不错是吧。可我那会儿一点儿成就感也没。同行夸我、敬我或是妒我、骂我，我也没什么感觉。仿佛这个世界压根儿就与我没关系。有同事给我打趣说我这已经到了道家'逍遥'的境界，我呵呵一笑，哥们儿别开玩笑了，我明明跌进了虚无主义的泥沼里，常常怀疑存在的意义。虚无是个可怕的囹圄，就算存在真的没有意义，我们依旧要存在，既然如此还不如最初不去怀疑。我在苦苦追寻人生意义时，想到了我夫人说过的一句话，凡事只为了自己，不关心别人，不关心社群，不只是冷漠自私的事儿，最怕的是有一天你陡然发现自己内心空虚，意识到孤身一人压根儿没什么意思。我夫人受儒家的思想影响严重，家事国事天下事事事关心，假期还经常参加社会上的公益活动。之前我只是觉得她闲得慌，现在倒觉得其中富有人生道理。"

陆泓不断地将酒杯满上，一饮而尽："有次饭局上，我向你们宋校长提出，想来六中当老师。宋校长问了几遍真假，我说是真的。她当即要了印泥和纸要跟我签合同，还说：'陆先生，再多感谢的话语也不足以形容我此刻的心情，可您确实是我见过的最有责任感的人。您让我想起大教育家陶行知的那句话，捧着一颗心来，不带半根草去。'我同事听说我要调工作，瞪得眼睛斗大，缓缓竖起一根大拇指来说：'小陆！当代梁山伯、焦仲卿啊，忘不了她，就活成她的样子。'这群人啊净瞎扯，我这样一个极度自我的人哪里担得起他们的夸赞。我就是自我到怀疑人生，才循着妻子的路来找人生答案。"

盼晞知道，陆泓是在喝高的情况下才说出了这么清醒的话。可惜此刻萧和尘不在。

萧和尘虽然也参与了张罗的过程，但终归是没去谢师宴。他听萧老爷子的建议，正在打捞人生的第一桶金，无暇他顾。他一边录网课，一边辗转于全市各大教育机构做学习经验的讲座。赶场途中在路边买个汉堡作午餐，讲课时嘴边还沾着沙拉酱。从网课录制点回到家里已是深夜，打开手机，他看到了盼晞发给他的晚安信息。

盼晞说："煎熬了六年，理应给自己放个假。"

萧和尘回复道："依照萧老爷子的话，探花这个身份便是吸金的招牌与噱头，必须在这几个月里充分地利用，事不宜迟，等到了明年黄花菜都凉了。"

盼晞并不能从这段话里挑出任何不妥之处，只是很难想象它出自萧和尘之口。

59

　　盼晞重新坐上了发往静水苑的公交车。还是初中时常坐的车次，还是她喜欢坐的第一排，因为第一排和后排相比，可以早两秒抵达目的地，她还可以放任自己的目光透过挡风玻璃直到道路的尽头，这样便又早了无数秒。

　　无数次坐在这里的场景不断在脑中交叠重合，她清晰地看到自己脸上不断蔓延滋长的惆怅。她坐在车上寻思着，发现心境也与当年大相径庭。初中时像是激动地回乡，而现在倒像是去一个陌生的地点流浪，心中的悸动已经被岁月熨平。只是偶尔还会蹦出一丝侥幸，她来此还想碰碰运气。

　　"文曲路45号院静水苑"的铁门牌已锈迹斑斑，蓝色的油漆剥落成了灰色。像是一条坐落于闹市区的破旧古街。道两旁高大的杨树愈加浓密，绿意盎然，绿叶的缝隙间只筛下几丝孤单的阳光。

　　院子里人迹稀少，只是偶尔零星地走过几个白发苍苍的老年人。她不知道院子里的小学是否还在办，这一届又剩下了几个学生。人们总像候鸟一样飞走，却很少像候鸟一样原路返回。

盼晞忍不住去到校门口的那片樱花林，纵使早已过了花开的时节。至少那里有康乐坐过的石墩，有她们一同踩出的小径。盼晞坚信就算人去楼空也总归会留下几片残瓦，抓住它也能给思念留个由头。

樱花树不会因为稀客的到来而乖巧地开放，不过是细枝上挂着片片绿叶甚至难以和其他树区分开来。盼晞坐在石墩上，绞尽脑汁也想象不出当年樱花树下浪漫的场景，垂眸看着泥土上野蛮生长的杂草，早就覆盖了当年开辟出的幽深小径。"当年共我赏花人……"盼晞幽幽叹了口气，抬起头时却望见树林那边站着一个亭亭玉立的女孩儿。女孩儿穿着洁白的纱裙，乌黑长发遮住女孩儿的侧脸，她伸手折下了一段树枝。盼晞心中有些不悦，她似乎对这里的一草一木都抱有莫名的情感。可随后，她又看见女孩儿把树枝放进了一个小木盒里，她心中的不悦随即被一种强烈的预感冲散。

盼晞攥着手心，禁不住从石墩上弹起，她没有几步冲上去，只是在原地紧张地踢着石子。她看着女孩儿一点点地转身，一步步地走近，时间被切成片段无限地延长，明明这一刻她已经等了六年，可再多等一秒钟她依旧会觉得漫长焦灼。

相顾无言，然后跌进长久的沉默。最终以盼晞的一句"好巧啊"作为尴尬苍白的开场白。

十八岁的黎康乐比十二岁的黎康乐还要美丽动人。盼晞感到一阵目眩，手臂僵直，手指不安地搓动，甚至已经忘却了熟悉的拥抱姿势。

康乐笑了，是露出牙龈的夸张笑容，如果有智齿也一定会裸露出来。盼晞太喜欢这个笑容了，六年前的康乐便是这样。

康乐说："对不起，难过时我真的不敢找你说话，我害怕我出口的每一句饱含颓丧情绪的话语，都像一个气针给全速冲刺的你泄气。"

"那你现在开口了，是否还难过？"盼晞笑着问她。

康乐微笑着摇摇头。原来她学了舞蹈，走了艺考。今年9月也会与盼晞一样去上大学。康乐问她去哪里上学，盼晞说："还在这个城市，离静水苑不远，我们小时候经常会骑车去那里兜风。"康乐笑弯了眼睛，说她就在隔壁。

"我将来想当个芭蕾舞老师。"康乐说。盼晞说："不如让我做你的第一个学生。""告诉你，我早就收徒了。"康乐神秘地笑道。"哦？敢问你的开山大弟子是何许人也？"盼晞问。康乐脸上的笑容更加浓郁了："那人可了不起，你说六年前我在这里跳舞是为了教谁？"盼晞愣住，终归没忍住笑了出来，笑得树叶也随之沙沙作响。

她们像小时候那样肩并着肩坐在学校旁边的矮墙上，悬空晃着双腿，望着学校操场上破旧的塑胶跑道，温习聆听着阔别六年的上课铃声。

"你这几年过得孤独吗?"盼晞措辞许久,终究是把这句话讲了出来。纵使在旁人听来有些模棱两可,莫名其妙。

康乐笑了笑,没有说话。盼晞猜她是默认了。盼晞小时候不懂康乐,后来才明白一个人不停地说话也许是不愿意面对自己孤独的灵魂。

"你既然会这么问,大概也感受到孤独了。"康乐说。

"你说得没错,人生如寄啊。"盼晞感叹道,"自从出了静水苑,我就成了孤身一人,四处流浪。再没有人会幼稚地拜把子,说我们永远是好姐妹,欺负她便是欺负我。过年时没人会陪我放鞭炮,中秋节我一个人也懒得去天台上看月亮圆不圆,万圣节再也没人提着镂空的南瓜灯跑到我家要糖打闹。我总说我在怀念静水苑,可是又搞不清楚怀念的究竟是什么。现在我似乎明白了,我怀念的是一群人的感觉。每次,我坐在高中的教室里,抬头看着满座写作业的陌生人,感觉我们就像宇宙中孤独的星球,各自运行在自己的轨道,永远不会发生交集。每一次无人交流、没话找话的窘境都增添了我的焦灼与慌张。我尝试救赎别人来弄清自己的意义,我尝试特立独行来引起旁人的注意,我试着谈恋爱来缓解强烈的孤独感……"

"给我讲讲吧。"康乐说。

"讲什么?"盼晞问。

康乐说:"讲讲你离开我之后的故事,就从我们上一次见面开始,到无限延伸的此刻。悲伤的,欢喜的,所有关于你的一切。"

盼晞迟疑地望着她："可是故事琐碎乏味、低回无奈，你还愿意听吗？"

"愿意啊，只要你愿意开口，我就这么坐着把故事听完。"康乐说，"你有没有这种感觉，我们经历每分每秒的强大动力，就是想有朝一日给一个人或者一群人慢慢地讲述。也许我们不是文学家，谈不上文采飞扬，但这至少是我们存在的证明。"

"开始讲吧。"康乐坐直身子。

盼晞"嗯"了一声："离开前的最后一次相聚……"